公元787年,唐封疆大吏马总集诸子精华,编著成《意林》一书6卷,流传至今
**意林:** 始于公元787年,距今1200余年

在长成大人之前,
以时光铭记

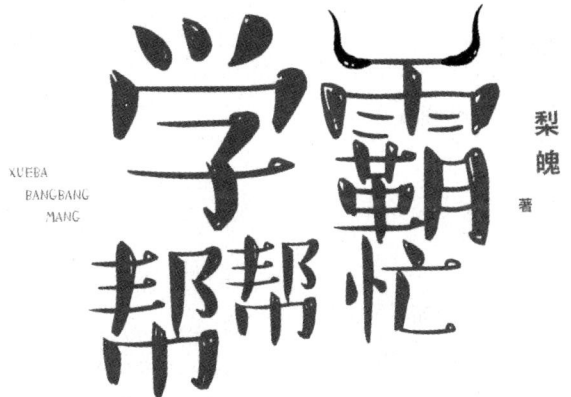

梨魄 著

吉林摄影出版社

·长春·

图书在版编目（CIP）数据

学霸帮帮忙 / 梨魄著. -- 长春：吉林摄影出版社，2018.9

（青春未央）

ISBN 978-7-5498-3765-6

Ⅰ.①学… Ⅱ.①梨… Ⅲ.①长篇小说–中国–当代 Ⅳ.①I247.5

中国版本图书馆CIP数据核字(2018)第207512号

# 学霸帮帮忙
## Xueba Bangbangmang

| | |
|---|---|
| 著　　者 | 梨　魄 |
| 出版人 | 孙洪军 |
| 执行策划 | Fairy |
| 责任编辑 | 施　岚　胡晓路 |
| 图书统筹 | 安　安 |
| 特约编辑 | 李　康 |
| 绘　　图 | 叮咛叮咛 |
| 书籍装帧 | 胡静梅 |
| 美术编辑 | 张云丽 |
| 开　　本 | 880mm×1230mm　1/32 |
| 字　　数 | 210千字 |
| 印　　张 | 9 |
| 版　　次 | 2018年9月第1版 |
| 印　　次 | 2018年9月第1次印刷 |

| | |
|---|---|
| 出　　版 | 吉林摄影出版社 |
| 发　　行 | 吉林摄影出版社 |
| 地　　址 | 长春市泰来街1825号<br>邮编：130062 |
| 电　　话 | 总编办：0431-86012616<br>发行科：0431-86012602 |
| 网　　址 | www.jlsycbs.net |
| 经　　销 | 全国各地新华书店 |
| 印　　刷 | 北京市兆成印刷有限责任公司 |

| | | |
|---|---|---|
| 书　　号 | ISBN 978-7-5498-3765-6 | 定价：32.80元 |

**版权所有　侵权必究**

如发现印装质量问题，请与印务部联系退换，电话：010-51908584

| | |
|---|---|
| 001 | 第一章<br>苏同学，请多指教 |
| 065 | 第二章<br>不知人间险恶的温室小姐 |
| 099 | 第三章<br>债主的命令 |
| 131 | 第四章<br>天才少年，追梦少女 |

| 173 | 第五章<br>十七岁，一场梦 |
|---|---|
| 205 | 第六章<br>苏同学，求合租 |
| 239 | 第七章<br>失眠症之夜 |

## 《第一章》
### 苏同学，请多指教

十七岁的少年，鲜唇乌眉，眸光似雪。
被二中学子们嫌弃了千万遍的校服，
穿在他身上却有了另一番味道——
朝气中带着理性，美好中透着淡漠。

## 01

苏愆的大名闪闪发光,在恒市无人不知、无人不晓。即使在他毕业后的许多年,恒市二中正门的大屏幕上,每天依然重播着他当年在全国物理竞赛荣获冠军的情景。

十七岁的少年,鲜唇乌眉,眸光似雪。被二中学子们嫌弃了千万遍的校服,穿在他身上却有了另一番味道——朝气中带着理性,美好中透着淡漠。

聚光灯下,少年五官清冷,气质干净,在对手们艳羡的目光下,淡然登上领奖台。那次竞赛,他以满分的成绩摘下桂冠,不仅打碎本市三十年来"物理荒漠"的谣言,更因解题思路另辟蹊径,深得各大高校青睐。

名校的录取通知书如雪花似的飞来,隔壁一中的校长肠子都悔青了,早知道就不该仗着自己是名校,为了省下一笔奖学金,白白让二中将苏愆挖了过去。当然,那都是后话。

此时此刻,文心站在恒市二中新生分班名单前,盯着名单最上方的名字,惊诧得忍不住叫出了声来:"苏愆?"

对!是苏愆。可……怎么可能是苏愆?错了吧?绝对是看错了!苏愆不是早被一中提前录取了吗?

一中学生从暑假的时候就在哀号,大魔王要去一中称霸江山,只要苏愆大魔王在一天,诸位就别指望能考年级第一了。这样的哀号,还被二中、三中、五中、六中群嘲了一番。

都说"宁做鸡头,不做凤尾;来我二中,保你第一。"可今儿个……好几个跑二中读书的原一中学霸们笑不出来了。苏愆竟然出现在二中的新生名单里?见了鬼的人生,从今天开始。

## 第一章 苏同学，请多指教

同样感到不可思议的，自然不止文心一个。恒市二中是个什么样的存在，苏愆又是个什么样的存在，几乎整个恒市的学生都知道。

恒市二中，纨绔子弟的聚集之地。按说，二中的师资力量和教育环境都是顶尖的，也是不亚于一中的省重点，却因招收学生上欠严谨，导致风评略逊一中。而真正顶尖的学霸，是不屑于让二中的铜臭味玷污了自己的优秀的。

而苏愆，可以说是凌驾于学霸之上的神级人物了。初中时的苏愆已是恒市教育界"别人家的学生"。即使老师们跟每一届学生都说过："你们是我带过最差的一届。"但带过苏愆的老师，都会在末尾补上一句："苏愆同学除外。"

苏愆的名字对差生而言，杀伤力十足，简直令人闻风丧胆。

"你怎么能考出这样糟糕的成绩呢？看看人家苏愆，满分！"

"你本来就落后于人，还学不会先飞！你看看人家苏愆，那么聪明，还那么努力！"

"是不是学习方式不对啊？有机会找苏愆请教请教？"

"那个叫苏愆的孩子，他爸妈得多骄傲啊，你什么时候才能给我争气点儿？"

"儿啊，听说近朱者赤，要不我们搬到苏愆家旁边住？"

……

诸如此类，数不胜数。

文心作为苏愆初中三年的同桌，日日夜夜活在阴霾之下。只可惜，作为离学神最近的人，她每日兢兢业业，却并没有如老师和父母所期待的，考入市一中。

"小心,在学神的光环下呼吸了三年,你的智商居然没有质的提高,真是浪费了你们班主任的一片苦心啊。"文心的表哥徐昭然是这么评价的。

其实文心觉得,自己也不是没有考进一中的实力,只是终于熬过了初中的三年,可以摆脱被苏愆支配的恐惧了,她又何必再跟他考到同一个学校自讨苦吃呢?然而现实告诉文心,她真的想多了!苏愆居然放弃了那所号称"进去了就等于大半个身子进了重点大学"的名校,跑到"会玷污他学神光环"的二中。

"是我眼花了吗?我都看到了什么……"

"苏愆!妈呀!这个名字,我妈一天在我耳边唠叨十几二十遍,比喊我的名字还勤,我估计到死都会记得这个人。"

"听说苏愆是个帅哥?名字老是听,人倒没见过。"

"二中到底怎么想的?还让不让我们这些人混下去了?"

"哎哎……那个是不是苏愆?"

议论声顿时微弱了下来,大家的目光都胶着在了苏愆身上。果然白天不要说人,晚上不要说鬼。当文心还在心里埋怨着苏愆,为自己未来三年的高中生涯默哀时,苏愆已经不紧不慢地走到了她的身后,停下了脚步。

盛夏的午后,艳阳灼灼,偶尔拂过一阵微风,带着空气中的闷热,根本没有一丝凉意,但苏愆不过往那里轻轻一站,文心便一阵"透心凉、心飞扬"。

少年的身影瘦削颀长,影子不偏不倚正好落在文心身上,将她整个人笼罩在阴影之下。他还是一副冷冰冰的表情,双唇微抿,眉目俊朗,睫毛根根分明,她一抬头,便能看到它们像蝴蝶的翅膀一般轻轻

# 第一章
## 苏同学,请多指教

地扇动。好一个干净清冷的美少年,活脱脱从漫画中走出来。

"哈喽,苏愈,好久不见。"文心咧开嘴,尴尬地朝苏愈微笑。其实也没多久,不过是短短的两个月暑假。

苏愈挑了下眉,薄薄的嘴唇微微翕动:"几班?"声线清冷,却掷地有声,还是那样熟悉的声音。

文心说不上来心里是什么感觉,按理说,又要和苏愈待在同一所学校,她是郁闷的,但见着了苏愈,她又是愉悦的。大概是因为,苏愈是她的朋友吧。

文心暗暗叹了口气道:"我才刚到,还没找到我的名字。"其实是目光落在了第一个名字上,就再没挪开过,忘了找自己的名字了。

苏愈"嗯"了一声,没再说什么。

文心这种耐不住寂寞的人,最怕空气突然安静,偏偏苏愈又是安静得可怕的人,每次和他在一起,她都会下意识地寻找话题:"你的名字在最上面,(3)班。"

苏愈没有吭声,也没有要离开的意思。文心惆怅,琢磨着要不要问下他暑假过得怎么样,又刷了多少套试卷,但这么一问,大概又会自己给自己挖坑——没有对比,就没有伤害。

还是不要问了吧。小姑娘心里默默地压下寒暄的念头,阻止自己作死。

沉默了许久的苏愈,却冷不丁地开口了:"嗯。(3)班。"清淡的声音中,似乎还带着一丝笑意。

文心愣了愣:"对啊,你在(3)班,我刚不是跟你说了吗?"

"你也是。"少年温润的指腹落在了名单右下方的一栏,那里,

正中规中矩地印着一行小字——"文心,高一(3)班"。

阳光洒落在苏愆身上,少年整个人仿佛笼罩了一层光芒,柔和了锋锐的棱角。雪白柔和的侧颜,完美得像个天使。文心心里一咯噔,紧接着蒙了。

我去。老天这是在耍她吗?不仅让她和苏愆继续待在一个学校,居然还要他们继续待在一个班上!还给不给人活路了?

苏愆走路时,背总是挺得很直,偏他个子又高,跟移动的电线杆似的,站在他身后非常有安全感。文心从初中开始,就特别喜欢跟在苏愆的背后。跟着苏愆总不会错。这是路痴文心经过三年总结出来的经验。

恒市二中的建筑设计出了名地错综复杂,在二中待了好些年的老师偶尔还会迷路,但苏愆只在学校的地图前停驻了三秒,就直接往教学楼的方向走去。文心不疑有他,赶紧跟上。

她对于苏愆的感情很复杂,想远离他,又习惯性依赖他。三年同桌,他们见证了彼此的成长。

大概是因为苏愆太聪明,物极必反,所以常常受到孤立,即使有人憧憬他,也只敢远观不敢靠近,因此苏愆并没有朋友。他总是一个人。一个人上学,一个人吃饭,一个人刷题。

文心曾经半开玩笑地跟苏愆说:"要不,我来做你的朋友吧?"

"不需要。"苏愆的声音,冷淡得不带一丝波澜。

文心毫不在意,大大咧咧地拍他的肩:"反正,以后你就是我的朋友了。"

文心的朋友千千万万,而苏愆的朋友只有她文心一个,想想就很有成就感呢。虽然她的这些话,换回的只是苏愆的一个冷漠眼神。

## 第一章
### 苏同学，请多指教

不过后来文心也发现了，扬言要和苏愆交朋友，是自己给自己挖了一个坑。就像现在，文心刚跟着苏愆顺利走进了教室，一个灵活的胖子就惆怅地迎了上来："救命啊，文心姐。"

"什么情况？"

这胖子是文心初中时社团的小跟班，平日里都是一副笑眯眯的模样，今天居然一脸愁容，也是难得。

"文心姐，我要跟你换座位！"胖子瞅了眼已经找到自己座位坐好的苏愆，急得都快哭了，"我不想和学神坐一起啊，你比较有抗体，我是会死的啊！"

"……"文心拉下一张脸。真想一脚踹过去。"谁说我有抗体了？"

胖子小心翼翼地观察着文心，见她并没有要答应的意思，甩出了撒手锏："文心姐，你和苏愆是朋友嘛！他只有你一个朋友啊！"

得，这一点是文心的死穴。文心没好气地重重弹了胖子的脑门一下："行行行，换换换。"

"文心姐你就是我的救命恩人啊！"胖子捂着发红的脑门，笑得见牙不见眼，脸上的肉都聚成了一坨。

苏愆不知道从哪里掏出来了一本书，正在全神贯注地看着。教室里纷纷攘攘，有些人还在追逐打闹，但苏愆就是有本事将自己隔离到另一个世界，不受影响。

文心打着哈哈，拉开了他旁边的椅子，坐下："苏愆，别惊讶，我又成为你的同桌啦。"

虽然老师排好了座位表，给每个学生都分好了座位，但在二中，老师们基本都是睁一只眼闭一只眼，不会为难学生。

苏愆没有吭声,文心也没指望他会给自己什么反应,正准备转身和未来的后桌打声招呼,旁边的人却飘来了淡淡的一句:"挺好的。"

文心一度以为自己听错了,半晌才回过神来。挺好的?是指她当他的同桌挺好的吗?

轻巧的一句话,文心顿时心花怒放,脸上忍不住露出一个大大的笑容,笑靥如花:"苏愆,以后还请继续多多指教!"

♥ 02 ♥

"他绝对是因为你才来二中的!"闺蜜叶安安笑着评价道。

"没有的事!"

阳光透过落地玻璃窗倾泻而下,学校附近的水吧,环境清雅,价格亲民,颇得二中学生的欢心。钢琴优美的旋律飘扬而起,优雅祥和。浓郁香醇的咖啡香味弥漫在身侧,文心啜了口卡布奇诺,长长地舒了口气,斩钉截铁地否定。

每个周末,都是文心和叶安安的少女时间。安安虽然认为苏愆的智商招人怨恨,但长相的确是很招人喜欢的,文心也不得不承认,自己偶尔会多看他几眼。可叶安安每次提到苏愆,总觉得苏愆另有所图,这就很无语了。

"不是我说,小心,你真的有点儿迟钝哦!他明明可以去一中,却非要跑到二中来,跟你一个学校,而且还让你当他什么唯一的朋友,你不觉得他有什么图谋吗?"

文心皱了皱眉,为自己纯洁的友谊,也为自己至今还被苏愆打压不承认的"朋友"身份,忍不住辩解:"他到二中是因为二中给了他

# 第一章 苏同学，请多指教

一笔丰厚的奖金……至于唯一的朋友，也是我自己要求的啊，他到现在还是拒绝的。"

"哎，小心，我听说他家庭环境不太好，他是不是贪图你家的钱？"

"他才不是这样的人！"文心下意识地替苏悠辩护。

正说着，一个低沉、清淡的嗓音突然从头顶响起："你好，你们点的芒果千层，请慢用。"

一份精致的千层蛋糕魔术似的出现在了餐桌上，而那只拿着碟子的手修长白皙，指节分明。顺着手臂往上看去，一张精致秀气的少年脸庞落入她清澈剔透的墨瞳中，逆光里，那少年好看得仿佛会发光。只一眼，文心立马低下了头，觉得有些羞涩。

谁能告诉她，苏悠到底是什么时候出现在这里的？刚刚她和叶安安的话，他听到了多少？

叶安安也认出了苏悠，默默地低下头喝咖啡，不再作声。叶安安倒还好，跟苏悠毫无交集，可文心明天上学还要面对苏悠，说八卦被当事人撞个正着，她只能硬着头皮笑嘻嘻地和苏悠打招呼："苏悠，你在这里打工啊？"

"嗯，兼职。"苏悠低头在账单上画了一笔。

文心这才注意到苏悠的打扮。文心一直知道苏悠穿白衬衫好看，像个不食人间烟火的少年，如今再套上一件熨帖的黑色马甲，反添了几分成熟，显得又有才华又有颜值。

文心咬了咬唇："怎么我都没发现你？你什么时候来的？"

"也没来多久。"

"小哥哥,买单。"不远处的小姑娘朝苏悫招了招手。

苏悫点了下头,跟文心说:"我继续工作了。"

"哦哦,好的,你先去忙。"文心慌忙应了一声,苏悫早已经走远了。

隐隐约约地,文心能听到小姑娘愉悦的声音:"小哥哥,我可以和你合照吗?"

叶安安终于重新抬起了头,但声音故意压低,嘀咕道:"怪不得最近这里生意突然这么好了。"

"学校附近的水吧,本来生意就很好。"文心捏着银光闪闪的小勺子轻轻搅动着手中的咖啡道。

"这不一样。美少年学长坐镇水吧,你没发现来这儿的女生明显翻了几倍……"

"那是因为女生更喜欢零食啊。"

"小心啊小心,你真是白长了这么一张漂亮的脸蛋,怎么就不开窍呢。"

叶安安还说了些什么,文心一点儿都不关注,确切来说,她现在所有的精力全用在了敷衍和祈祷上。敷衍好友的话题,以及祈祷苏悫没有听见她们的对话。她的小期盼是如此纯粹、简单,却不知从一开始,她俩的谈话内容便一字不漏落入苏悫耳中。苏悫开学后就在水吧兼职。除此以外,他还有多份兼职,从周一到周日,占据了他所有的课余时间。自从父亲因为事故入院,家里的重担就压到了苏悫身上。父亲的医药费,母亲的债款,还有一双弟妹的生活费,这一笔一笔的费用,压得苏悫喘不过气。

刚刚叶安安的话,苏悫全部听到了。他承认,他的确不是什么好

## 第一章
### 苏同学，请多指教

人。他到恒市二中的目的，除了一笔丰厚的奖金，还有一个任务，一个连他自己都唾弃自己的任务。这个任务时常会让他从噩梦中惊醒，让他怀疑自己，怀疑他人，怀疑人生。他知道自己妥协不对，可他永远忘不了初三的那个夜晚。

初心和金钱之间，他选择了他最需要的……

那一夜，冰冷的雨水滴落在他身上，刺骨，椎心。电视机里播报着十四级台风的红色预警，呼吁市民回家躲避，不要在路上停留。大风呼呼作响，吹得窗户噼里啪啦响，道路两旁的树木倾倒了一半，而医院的人却将还在昏迷的父亲推出了医院。

恒市那些曾被苏愆碾压的学生们都知道苏愆家境不好，为了奖学金来到二中，可谁也不知道……他的家庭境况究竟困难到什么程度。

那是父亲因事故变成植物人的第六个年头，母亲败光了家中的存款后，他们穷困潦倒，再掏不出一个硬币来支付医药费。没有钱，意味着医疗的中断，意味着父亲即将面临死亡。

他曾请求医生再宽限几天，他会再想办法凑钱给父亲治病。医生却一脸为难："不是我们不想帮你，但你们已经欠了医院很多钱了……"

他求过主治医生，求过院长，求过医院中每一个人，每一个人却都在对他摇头。

母亲发疯般的尖叫，弟弟妹妹撕心裂肺的哭泣，都让他更加沉重压抑。

苏愆从小被捧着夸着，是公认的神童，哪怕父亲遭遇事故，年少的他依然不屈不折，优雅从容地挺直背脊，打工为家庭分忧。他从未因金钱权势低头，如今却因为医院的拒绝，第一次感受到金钱

的压迫。

大雨中，母亲哭喊着拉扯着他："小愆，怎么办？他们要把你父亲弄走，你想想办法，你想想办法啊！"

"……哥，怎么办，怎么办……"年幼的弟弟妹妹在雨中拉着他，手足无措。

千万钧的重量沉甸甸压在心头，几乎压垮了这个堪堪十四岁的少年。

他不得不抛弃自尊，跪在地上，咬着牙低声哀求："求求你们，救救我爸……"

膝下仿佛有千斤重，大雨将他的衣服打湿。他将自己的雨伞挡在父亲身上，想要替昏迷的父亲遮风挡雨，但他的力量太小。

"我们是医生，但是也要遵守工作流程，要不你去找下你的亲戚，借点儿钱筹医药费吧？交了款，我会尽快给你父亲安排病房。"

钱是什么东西？它不能买到健康，不能买到生命。但是没有钱，连生的机会都没有。他握紧了拳头，指节泛着苍白的棱角。雨声滴答滴答，像催命的符咒。带着湿气的风吹拂而过，冷冰冰的，像针刺在身上似的。

医生无奈地叹了口气，拉了拉领口，转身要回去，双腿却被一双更加冰冷的手禁锢住。

少年浑身已经湿透，像刚从河里捞起来的一样。雨水从脸颊两侧流下，分不清是雨水还是泪水。一种沉闷堵在心口，说不出的压力，迫使他的双腿沉重得仿佛失去知觉。有那么一瞬，他眼前猛然一黑，觉得自己下一秒就会停止呼吸。

恍惚之中，他仿佛回到父亲发生实验事故之前的光景，听见父亲慈祥的话语。那时的父亲,把他当成最大的骄傲,总摸着他的头,言之凿凿地肯定他。

"TOP1(顶点),我儿子有这样的实力。

"小愆啊,听说你今天哭了?男孩子怎么能哭?

"你要快快长大,等父亲老了,你要保护弟弟和妹妹……"

……

大家都说,苏教授,您的发明多么多么了不起,您真是一个伟大的人。可父亲却总是捧着茶杯,笑呵呵地说:"我家小愆才是最优秀的……"

他说过:"苏愆,我希望你不畏困厄,有选择善良的能力,也有不屈的脊梁,你是我的儿子,继承了我的头脑和脾性,我希望你站在我的肩上,永远眺望更广袤的世界,能够成为一个优秀的人。"

当时,小小的苏愆还懵懂着,傻乎乎地问:"什么是优秀的人?"

父亲哈哈大笑,刮着他通红的小鼻子,打趣说:"首先,优秀的人不会被困难打倒,不会做错了奥数题就哭鼻子。"

大雨噼里啪啦地砸在身上。往事如烟。

那个曾伟岸到能扛起天地的男人,如今不省人事,将被推出重症监护室;那个他视之为行动方向,厉害得无所不能的人,如今却苍白无力地躺在病床上;那个他企图用一生追赶、超越,天赋异禀的男人,如今却停在了这里,他还没有真正长大,他却濒临死亡。

"再给我一点儿时间,我发誓!发誓一定借到钱!"眼泪混着雨水砸落脚面。他发出绝望的哀求,扑跪在地上,眼眶发红,疯狂地磕头哀求。

父亲，我答应过你，要做个顶天立地、不被困厄击倒的优秀的人……对不起，我食言了。

他紧紧地抱住医生的腿，像是抱着唯一的救命稻草。喉咙像堵着铅块，发出绝望的哀泣，双膝沉重地匍匐于泥泞中，已经失去了知觉。

如果弟弟妹妹看到这一幕，大概会对他这个哥哥很失望吧！因为在弟弟妹妹的心中，他可是无所不能的存在啊。

"你这……"医生想要挣开苏愆的束缚，苏愆却抱得更紧了。

"两天……"苍白的双唇翕动着，苏愆发红的眼中透出受伤孤狼般的绝望，"只要两天，我……"

"现在就可以。"身后，带着笑意的声音打断了苏愆的话。这笑声，三分嘲讽，七分看戏，还有那么点儿耳熟。

苏愆惊诧地回过头，深蓝色的雨伞下，对方脸上的笑容刺痛了苏愆的眼，与他的落魄狼狈相比，对方流露着局外人甚至是落井下石的冷酷和淡漠。

"只要你答应我完成一件事，我马上替你把你父亲的医药费缴清。"

"……"

"怎么样？答应还是不答应？"

❤ 03 ❤

恒市二中学霸多，富家子弟的差生也不少，没多久就分帮结派，大家都有了各自的小组织。整个高一（3）班，只剩文心和苏愆还没有组织。

## 第一章
### 苏同学，请多指教

苏愆自不多说，两耳不闻窗外事，一心只读圣贤书，对身边的事情漠不关心，你想跟他多说句话，他都嫌你吵。而文心是苏愆的另一个极端，用她的话来说："像我这种万人迷，是属于大家的！"

说来也奇怪，文心像是拥有一种让人下意识放松戒备的体质，即使游走于多个敌对的组织之间，也不会遭到大家的怨恨。就连苏愆似乎也对文心很不一般。

阳光洒满大地，天蓝得像一幅铺展开的水彩画。篮球场上，熙熙攘攘地围了一群人，里三层外三层的，是一张张朝气蓬勃的脸。他们张扬着，惊诧着，艳羡着……

随着哨声响起，"哇！又进一个三分！"

人群中一阵骚动。而人群外的文心，大大咧咧地躺在草坪上，手脚舒展开来，懒洋洋地伸了个懒腰。

"苏愆对我不一样吗？有什么不一样了？"

她每天费尽口舌卖力演绎，都得不到他的一个笑容。文心怀疑苏愆根本不会笑。

胖子一拍大腿，浑身的赘肉都在颤抖，满脸的愤世嫉俗："他平时和我们都只会说一句话，'安静点儿'，但他跟你会说两句！"

"哪两句？"文心笑了，露出两个可爱的小梨窝。

胖子竖起了一根手指："第一句：'安静点儿！'"紧接着，又竖起了第二根，"'吵死了！'他都愿意多浪费一秒钟骂你，你说是不是很不一样？"

文心过去就是一脚，胖子得意地开溜，躲过了文心的攻击，一下子弹开老远："文心姐别激动，冤有头债有主，你去找学神啊！"

什么叫一语成谶！什么叫飞来横祸！什么叫白天不要说人！文心

这一脚出去,没踢到胖子,反而是鞋带不知道什么时候松了,鞋子挣开了束缚,放飞自我,呈抛物线急速下降。

"啊啊啊!胖子你快给我滚回来!"

篮球场那边中场休息。苏愆挤出人群想去喝口水,刚弯下腰伸手拿水瓶,背后一痛,一只鞋子不偏不倚砸了下来。"啪"的一声,动静还挺大,后背立马留下了一个嚣张的鞋印。

苏愆瞅了眼掉落在地上的鞋子,运动鞋,女款,有点儿眼熟,如果没有记错,大概还是他的同桌文某人曾向别人炫耀的限量版。

苏愆一抬头,目睹了刚刚一幕的人齐刷刷地扭头,将目光落在了正若无其事转身的文心身上。而草坪上只坐着文心一个人,背后的注视炽热火辣。她捡起地上的树枝,坐在草坪上挖坑。

"我什么都不知道,什么都不知道,什么都不知道……"

如果文心会自我催眠,那她现在就想把自己催眠,然后当作什么都没发生过地走掉。可右脚的凉意时刻提醒着她,她的鞋子飞出去了,砸到人了,砸到的人还是苏愆!

文心的内心千回百转,手中的动作越来越快。树枝一点点地挑起泥土,渐渐挖出了个坑来,不知道挖多久才能挖出个能把自己埋了的坑呢?挖着挖着,居然还挖出了点儿乐趣。

"苏愆。"

苏愆将目光从文心身上收回,转移,落到了眼前的少年脸上。

健康的麦色皮肤,和煦的灿烂笑容,一排牙齿白得透亮。周锐的笑容毫无掩饰,爽朗开怀,像一抹冬日的暖阳。恒市二中的少女们给

## 第一章
### 苏同学，请多指教

他起了个爱称叫"小太阳"。

苏愈性凉怕热，敬谢不敏。但"小太阳"想要融化坚冰，二话不说直接就上手。他亲密地勾过苏愈的肩膀，嘴角上扬："刚刚你在篮球场上很厉害嘛，三分几乎百发百中，半场都敢投，拦都拦不住。"

苏愈眉头微蹙，抬手毫不客气地拂开了周锐的手。他们刚在篮球场上较量了一番，此时彼此都是汗津津的状态，肌肤接触之间，有种抹不开的黏腻。

刚刚的一场篮球赛激动人心，赛况精彩得像奥运现场一样。吃瓜群众们都想不明白，不过是体育课上的一次练习，怎么双方都互不相让，僵持不下。

跟火热沾不上半点儿关系的苏愈也参与其中，居然还是最牵动人心的那一个，众人更想不明白了。

学神苏愈不仅智商过人，打篮球也这么厉害，篮球就跟粘在了他手上似的，别队的人想抢球，他一个反手运球，球就跟着他跑了。苏愈跑得不快，从容不迫，偏偏别人就是近不了他的身。

周锐一队的人咬牙切齿，但唯独周锐越打越投入，两虎相斗，棋逢敌手的感觉，周锐已经很久没有体会过了。

作为校篮球队队长，无数次领着球队征战四方，他的爆发力和弹跳力，在市内乃至国内都是首屈一指的，曾有职业球队的经纪人试图挖他入队培养，但都被他拒绝了。篮球只是兴趣爱好，他不想把它变成赚钱的工具。含着金汤匙出生的他对金钱并不执着，他只需要肆意挥霍，享受青春。

但刚刚，他自诩无人能敌的弹跳力，居然拦不下苏愈的三分球。

苏怨似乎算准了他的切入,篮球的抛物线全是他的盲点,眼看着球在指尖上飞过,但自己就是够不着,无能无力。

"怎么这么生分嘛!刚刚在篮球场上不是玩得挺开心?"

周锐完全无视苏怨的冷漠,还想继续勾肩搭背,却被苏怨巧妙避开。苏怨捡起地上那只像个被抛弃的孩子一样,在静静地躺着等待主人的鞋子,递给周锐。

周锐一脸蒙:"啥?"

为什么突然送只女鞋给他?

周锐一下子弹开老远,再也不敢对苏怨动手动脚了。苏怨在篮球场上这么卖力,难道是想吸引他的注意?好吧,那他成功了。

周锐警惕地注视着苏怨:"你……你这是什么意思?"

苏怨在心里默默叹了口气,冷漠地将鞋子塞进了周锐手里,周锐像接到了烫手山芋,扔也不是,接也不是。

苏怨低垂下眼帘,浓密的睫毛在眼睑处落下一片斑驳。"给在草坪上挖坑的那位女同学还回去吧。"苏怨这么说着,声线清冷,不带任何感情。

周锐愣了一阵,对方已经走远,只留给他一个孤傲的背影。

草坪上,文心已经做好了应战的准备,就等着苏怨过来发射冰冷光波,教训自己了。但等了半天,背后一点儿动静都没有,她又不好意思回头去看。不会是劫持了她的鞋子跑了吧?

"苏怨真是个混账……"文心狠狠地戳了戳挖出来的小洞,树枝都磨秃了。

## 第一章
### 苏同学，请多指教

下课的铃声丁零零地响起，文心盯着没穿鞋子的右脚："难道我要蹦跶回去？"

"同学，这是你的鞋子吗？"

身后突然传来了一阵爽朗的试探性的声音，一只鞋子递到了她的眼前，是她踢出去的鞋子。但来人不是苏愍。

文心有点儿失望，又有点儿庆幸。

周锐见对方迟迟没有回应，伸手在她眼前晃了晃："同学？"

怔忡的少女回过神来，连忙接过鞋子穿了起来。

"谢……谢谢。"

她手忙脚乱，并没有抬头去看送鞋的周锐，倒是周锐低下头注视着她因为紧张而染上了红晕的脸颊，眼眸中的笑意渐浓。

"我都不知道，原来高一来了个这么可爱的女生。"

"嗯？"文心终于抬起头去看来人。

肤色偏黑，五官深邃，不是苏愍那种奶油小生的白净帅气，而是浑身散发着阳光气息的帅气。

她心里扑通了一下，正要说些什么，对方却蹲下了身子，修长的手指缠上了她的鞋带。

"鞋带……要这样绑才不容易松开。"手指灵活地打了个结，周锐的侧脸还淌着汗水，目光专注认真。

他抬起头对文心笑了笑："会了吗？"

嘴角上扬，笑容夺目，十分耀眼，完全是移动的小太阳。

"嗯嗯，知道了。"文心点了点头，心里却突然想起了苏愍。

"刚刚在那里的那个男生呢？"文心往苏愍原本站着的方向一指。

周锐撩起球衣擦了把汗水，回答得很随意："你是说苏愈？他应该已经回教室了吧。"

体育场的人已经走得七七八八，周锐的队友收拾完篮球场，见周锐还在草坪上和一个漂亮的女生有说有笑，一副神采飞扬的模样。

队友插在了两人中间，一把拽过周锐："你还不走了？下一节化学课，要到化学实验室啊。"

好小子！周锐又好气又好笑地拍了队友一下，笑着说："好了好了！有这么急吗？真是的。"

"你又不是不知道教化学那个老头儿多严厉……"

"那我先走了。"周锐笑意盈盈地看向文心，深邃的眼眸仿佛淬进了星光，"你也快点儿回教室吧，快上课了。"

说完，他就和队友勾肩搭背地走了。文心看着他渐行渐远的背影，才想起自己忘了问他叫什么名字了。

♥ 04 ♥

"苏愈，体育课上那个男生是谁哦？"

文心一回到教室，就见苏愈又坐在座位上埋头刷题，笔杆"唰唰"地动着，一行行清逸飘洒的字迹跃然纸上。

文心挨过去，戳了下苏愈，眼睛笑成了弯弯月牙，完全忘记自己的鞋子砸到苏愈的事情了。

苏愈面无表情地瞅了她一眼，眼神中带着警告的意味，薄薄的双唇微微抿着。不需要说话，便已经拒人于千里之外。

文心假装没看见，没心没肺地继续追问："你跟他很熟吗？"

文心缠人的功夫一流，大概能把石头都唠叨得开出花来，苏愈不是没有领教过,索性放弃挣扎:"不认识。"

胖子回座位经过文心时,正好目睹了这一幕,直感慨真是一物降一物。

"不认识啊……"末尾的语调上扬,带着怀疑的意思。

要是真不认识,怎么是那个人给她送鞋子呢?

文心想起了少年身上的8号球衣:"他穿着球衣的,你刚不是去打篮球了吗?怎么可能不认识?"

"……"苏怼将注意力转回到试卷上,声线低沉,没有一丝波澜:"周锐。"

苏怼是真不认识周锐,但在篮球场上的时候听到过周锐的队友喊他的名字。苏怼不知道文心为什么对这个人的名字这么执着,他也不在意,只是不满文心的聒噪。

"哦哦,周锐啊……"

文心转移目标,敲了下后桌胖子的桌子:"周锐,何许人也?"

不知道什么时候,政治老师已经到了,但教室里不少人却还在开小差,胖子就是其中之一。

胖子的整颗心都不在这里,注意力高度不集中,所以没有注意到文心在叫他,结果文心见他不吭声,提高音量又喊了一声:"胖子!"

胖子心中一惊,一个激灵,赶紧把手机塞回到抽屉里,一本正经地站了起来,大喊了一声:"到!"

"……"

最怕空气突然安静。教室里所有人都目瞪口呆地看向胖子,连正在全情投入几近忘我的政治老师也吓得手上一松,捏着的白板笔

"啪"的一声掉在了地上。

"好……"政治老师也是见过大场面的人,扶了扶眼镜,指了指一旁的大屏幕,"那你来回答一下这道题。"

屏幕上的幻灯片,正好停在了一道问答题上——

"假定原先1台电脑与4部手机的价值量相等,现在生产电脑的社会劳动生产率提高一倍,而生产手机的社会必要劳动时间缩短到原来的一半,其他条件不变,则现在1台电脑与多少部手机的价值量相等?"

政治老师对二中的学生素来睁一只眼闭一只眼,每堂课都只有他在台上讲课,学生在下面搞小动作,刚刚念完这道题,本来打算点击鼠标报出答案,却想不到,胖子突然站了起来。

胖子看完题目,傻了眼:"老师,你怎么还教起了数学?是打算转行教数学吗?"

"哈哈哈哈——"上一秒还寂静无声的教室,下一秒便传出了哄堂大笑。

文心捂着眼睛,不忍看。

"胖子,以后别人说你数学烂,可以理直气壮地告诉他,你的数学是政治老师教的了!"坐在后排的捣蛋分子嘲笑道。

"胖子你突然这么积极,我还以为你要秀智商,没想到……还真是秀智商啊,哈哈哈。"

胖子挠了挠后脑勺儿,尴尬地笑着。

政治老师也相当尴尬,脸上一成不变的笑容抽搐了两下,有点儿挂不住了,但还是和颜悦色地引导胖子:"政治的经济学在某种程度上也和数学挂钩,这里考查的是价值量、社会劳动生产率和社会必要劳动时间的关系……"

胖子唯唯诺诺地点头，实则目光迷茫，一头雾水。

政治老师期盼地注视着他："所以……答案是……"

"呃……"胖子喉结滚动，艰难地咽了口唾沫。

文心真的看不下去了，小心翼翼地用铅笔点了下坐在旁边的人，凑到他耳边压低声音问他："苏愆，答案是什么哦？"

苏愆正在埋头刷题，在他手边上，还摆着好几套已经刷完的数学题库，文心瞄了一眼，标题有"微积分"字样。文心咂吧了下嘴，自惭形秽。

少女的气息猛然靠近，耳朵有点儿痒。苏愆始料未及，圆珠笔在试卷上画出了长长的一条线。他有些不满地瞪了文心一眼，没有说话，眉头微蹙，不怒自威。

文心知道苏愆肯定也没有在听课，胖子还在她身后"罚站"，她只能赶紧催促他："你快看看屏幕上的题，告诉我答案。"

苏愆抬头扫了这道题一眼，真的只是随意扫了一眼，一秒后，文心听到了答案："四。"

虽然文心不知道苏愆是不是真看完了整道题，不过她对学神的信任是百分百的，不信学神能信谁呢？

她回头给胖子使了个眼色，伸出了四根手指。胖子会意，擦了把额上的汗水，乐呵呵地说："老师，是四部手机。"

政治老师和胖子都长长地吁了口气。政治老师摆了摆手："不错不错，答对了，这位同学你先坐下，以后想回答问题，先举手，不要突然蹦起来，老师年纪大了，心脏承受能力不太好。"

"好了，"政治老师话题一转，又回到了课堂上，"我们继续后

面的内容。下面我们来讲……"

胖子虚惊一场,重新坐下,噘着嘴抱怨道:"文心姐,有什么事不能好好说,非要吓我?真是尴尬得要死,如果是老师提问,我还能理直气壮地说不知道,这次是我自己傻傻地站了起来。"

"最后不还是我帮你解决了吗?"文心椅子后挪,凑近胖子,"我问你,周锐是谁?"

他闭上眼睛沉思了三秒,才加入文心的八卦讨论道:"高二的,我们学校的篮球队队长,你没听说过?"

文心摇了摇头。胖子继续轻声说:"还是二中校草,不过……"笔尖点了点苏愆的方向,"应该很快就要让位了吧。"

"但我觉得他不比苏愆差呀,而且还有肌肉,感觉应该有八块腹肌!"

"我听别人说,今天篮球场上你同桌可威风了,周锐根本不是他的对手,被压制得死死的……"胖子摸了摸下巴,分析得头头是道,"而且嘛,你同桌还是个学神,姿色又这么出众……"

"可是脾气臭啊。"文心据理力争。

"他凶你了?"胖子瞪大了眼睛,"我就没见他发过脾气,不对,我应该是没有见他有过任何表情。"

"他天天对我施暴!"

胖子难以置信:"你们……"

"冷暴力也是一种性质恶劣的施暴!"文心振振有词。

"……"

被文心在耳边吹了一下后,苏愆就有些沉不下心来,找不到刷题的状态。身边的声音变得分外清晰,胖子和文心的对话一字不落地传进了他的耳中。

他有这么"残暴"吗?他不过是对身边的事不太在意,不过是性子冷了一点儿,再加上每天放学后赶好几份兼职,身心疲惫,根本没心思再管其他事情罢了。

也许,他应该对他的这个同桌更友善一点儿?

♥ 05 ♥

放学后,文心去了趟篮球场。她对篮球没有兴趣,不过对周锐打篮球有点儿兴趣。胖子说周锐每天放学后都会到篮球场训练,矫健的身姿吸引了不少女生前来加油助威。果然,还没到篮球场,远远地就听到女孩们激动的尖叫声。

"周锐加油!"

"又进球了,好棒哦!"

"听说今天周锐和学神比了一场篮球?最后结果怎么样了?"

"周锐赢了。"

"我们锐锐棒棒的!"

"学神也不是全能嘛……总有弱项,篮球这一块我们锐锐在学校认第二,没人敢认第一了。"

文心一眼就认出了篮球场上的周锐,红色的身影神采奕奕。此时他正被两位穿着蓝色球衣的人拦着,试图抢走他手上的篮球。

周锐抬眸瞅了篮筐一眼,一咬唇,直接起跳,投篮。半场投篮!

所有人都始料未及。拦住他的两个人都愣了,本来以为他会传球,没想到直接投球……

篮球在半空中划出一道抛物线,众人的目光都跟随着篮球而去,

屏息凝视。文心莫名被感染，也期待地看向篮筐。

只见篮球飞入篮筐，正要张嘴大叫，却见篮球沿着圈边转了两圈……

"进，进，进……"文心握拳祈祷着。

但事与愿违，篮球转到两圈半，跳出了篮筐，直直地坠落在地上。"咚咚"地跳了两下，篮筐底下的蓝衣3号率先反应过来，控过球往回跑。

周锐气急败坏地一跺脚，迅速回防。

整场练习赛，周锐似乎都在尝试超远距离投球，但成功的次数寥寥无几。有个全场几乎没摸到过球的红衣队员抱怨："锐哥，你倒是传下球啊，我又不是陪跑。"

好友韩杰拍了拍他的肩："别被影响了，找回你自己的风格。"

周锐一闭上眼，脑海里就浮现出苏怼半场投球从容自若的模样。手中的矿泉水瓶被攥得干瘪，他仰起脸，将矿泉水往脸上一倒，水哗啦啦地全倒在了他的脸上，混合着汗水和矿泉水的球衣贴在身上，底下的肌肉若隐若现。

周锐甩了下头发，对抱怨的队友说："等会儿盯紧球，要是传球给你了，你却接不住，以后就别再瞎嚷嚷。"

队友一脚严肃地立正："遵命！"

第二场训练赛中的周锐像换了个人，带球突破，传球配合，冲锋陷阵，无人能敌，每一个扣篮都快准狠，毫不含糊。

大概正是周锐的这股狠劲，不同于苏怼的冷静沉稳，与体育运动无缘的文心第一次发现，原来篮球赛还挺有趣的，打篮球的人……也挺好看的。

# 第一章
## 苏同学，请多指教

深沉的暮色笼罩了大地，太阳西沉，道路两旁的街灯已经尽数亮起，恒市灯火璀璨的夜生活即将降临。文心慢悠悠地行走在市中心的街道上，不想回家。

平日里的这个时候，文心早就吃过帮佣阿姨准备好的饭菜，回到房间看书去了，但今天接送她的王伯家里有事，没办法来接她，正好她也不想这么早回到那个冷冰冰的家。

她家很有钱，从小她就知道。父母全身心投入到了工作当中，根本无暇照顾她。要不是电视和网络上的金融频道，时不时能看到关于爸妈的报道，文心大概会记不起来自家父母长什么样。

表哥徐昭然时常安慰文心："得此就会失彼，一个人哪可能事事顺心？你拥有了其他人渴望却永远得不到的金钱，还要渴望得到亲情和关怀，未免太贪心了吧。"

文心走得有点儿饿，随便挑了家人气不错的饭店走了进去。

饭店很有情调，主打日式料理，装潢别有一番风味。一走进门，就有身穿传统和服的服务员过来招待，将顾客引到座位上。

文心推门而入，就听见一阵低沉悦耳的男低音在耳边响起："欢迎光临。"

文心惊诧地一抬头，正好对上了一张熟悉的面孔。

"怎么哪里都有你？"文心难以置信地瞪大了眼睛。

苏您挑了挑眉，心想：这应该是我的台词才对吧？

不过他什么都没说，只是例行公事地问文心："您好，请问是一位吗？"他的表情始终是淡淡的，好像他和文心只是两个根本不认识的陌生人。

这种例行公事的态度不由得让文心想起了自己屈指可数的见到父

母时的场景。

"文心,你是我女儿,多少双眼睛都盯着你,你要是不优秀,就是给爸妈身上抹黑。"

"班主任说你最近学习成绩下滑,是不是该给你请个家庭教师?"

"连个班长都竞争不上,文心,你以后怎么管理我们家公司?"

"文心,你太让我们失望了……"

文心深吸了口气,甩掉脑海中的这些不愉快,举起了两根手指,笑意盈盈地注视着苏愆:"不,两位。"

苏愆点了点头,将文心引进雅座:"请跟我来。"

这家饭店的每一张桌都有围栏隔开,形成独立的半封闭空间。饭店里已经坐了不少人,偶尔能听到酒杯相碰的清脆响声,文心跟着前面的高个子穿梭在形形色色的人群之中,无所适从。

像这样的酒宴,文心虽然不愿意参加,但也被迫参加过几次。每次走在陌生的华衣美酒之中,她都会心生惶恐。她在学校里总是大大咧咧,但其实并不是擅长交际的人。成人世界的那些虚以委蛇和真情假意,她还看不透。

无数次,走在受人瞩目的红地毯上,她都想伸出手,去拉走在最前方的父母,但想到他们严厉的恨铁不成钢的目光,她还是放弃了。他们一定会摇着头叹息道:"文心,你不是普通的女孩子,做我文盛达的女儿,要学会独当一面。"

但这一次,文心仰望着走在前面的高个子,他是那样冷心冷眼的一个人。鬼使神差地,文心伸出手,拉住了他的袖子。

和风味十足的宽大羽织微微一沉。苏愆垂眸瞅了文心一眼,小女

# 第一章 苏同学，请多指教

孩的脸上不知为何，露出了像偷腥成功的猫儿一样的窃喜。

他没有阻止她，客人的这种小小的要求，他还是可以接受的，更何况，她算是位比较特别的客人呢。

苏怼微微驻足："到了。"

角落的位置，还挺安静的。文心满意地坐下，拉着苏怼的手却没有丝毫松开的意思。

苏怼还是没有说什么，递过菜单问她："请问您是现在点菜，还是等人齐了再点？"

文心用空出来的手翻了下菜单，嘴角上扬："现在吧。"

苏怼立在一旁，一声不哼，等待文心点菜。

文心边翻着菜单，边问苏怼："你有什么想吃的吗？"

是问推荐吧？

"寿喜烧挺受欢迎的，凉拌荞麦面适合夏天享用……女生应该会喜欢这款草莓雪媚娘和这款水信玄饼。"

文心托腮，依然笑意盈盈："那男生会喜欢哪款呢？"

苏怼指着菜单的手顿了顿，抬眸淡淡地扫了文心一眼，但很快又将目光移回菜单上："男生的话，推荐烤牛肉和吞拿鱼刺身。"

文心合上菜单："行，那就你刚刚说的几样，都给我点一份。"

苏怼"嗯"了一声，下好单，要离开，却发现文心还拉着他的袖子不撒手。文心注意到他落在她手上的目光，脸上的笑容越发灿烂，指了下自己，又指了下苏怼："两位，我和你，你坐在这里陪我一起吃。"

"……"苏怼语塞，叹了口气，"别闹，我在上班。"

"我买下你的上班时间还不成吗？而且……我点了这么多菜，一

个人肯定吃不完。"

　　苏怨冷漠地抬起笔:"那就点少一点儿。"

　　文心懒得理他,白了他一眼,一把夺过他手上的菜单,递给了另一个路过的服务员:"麻烦帮我们俩下个单。"

　　服务员狐疑地看了眼苏怨,点了点头离开了。

　　苏怨微微眯起眼,眉头紧蹙着,声音清冷如水,有点儿凉意:"放开。"

　　"不放。"文心像个大爷似的靠在椅背上,笑盈盈地望着他。

　　苏怨的目光越发犀利,寒意渐生。如果眼神可以杀人,文心应该已经被捅成了筛子。文心别过脸,轻轻咳了一声,刚刚二百五一样的气势弱了下来:"我放开了,你会走吗?"

　　"你以为你不放开,我就走不了吗?"苏怨有些好笑地反问。

　　苏怨的语气是冰冷的,眼底却含着融融暖意。

　　指尖的布料有些粗糙。文心轻轻摩挲了几下,最终还是放开了他。他没有离开,就站在一旁,与她面面相觑。

　　"怎么这么晚,还一个人在外面?"

　　总是事不关己高高挂起的苏怨,难得主动开口。文心却反问他:"你不也一样?上次在咖啡馆,这次是饭店,你到底兼职了多少份工作?"

　　"不多。"也就七八份吧。

　　文心拍了拍自己身旁的位置:"你别一直站在那里了,过来坐吧,我的同桌。"

　　大概是文心的目光包含了期待,苏怨不好拒绝,他还真不紧不慢地走了过去,在她身旁坐下。

## 第一章 苏同学，请多指教

不多久，桌子上便摆了满满当当的一桌子菜。别说两个人吃，四个人吃都绰绰有余。

文心举起筷子："那我开吃啦，苏愈你也快吃，多吃点儿，要不然肯定吃不完了。"

苏愈早就吃过晚餐了，揉了揉眉心："你每次点菜都这么……"

"铺张"两个字还没说出口，文心就一句话怼了回去："这不都是你推荐的吗？"

"……"苏愈默默叹了口气，执起筷子开动。

他有时候真的拿他这个同桌没有办法。说她刁蛮任性吧，她又特别会撒娇服软；说她随波逐流吧，她又特别坚持自我。苏愈从小到大都没什么朋友，他的世界是封闭的，他对身边的人和事都无动于衷，偏偏文心无孔不入，硬是闯了进来，时不时撩拨他几下。这种人真是特别烦人，但想赶她出去吧，比如像现在这样，他根本无从下手。

吃到一半，文心的手机响了，是文家的管家，问她怎么到现在还不回家。

文心看了苏愈一眼，少年握着筷子的动作优雅从容，举手投足尽显贵胄之气。比起学校里疯狂刷题高高在上的样子，现在的苏愈充满了人情味儿，文心突然想和他多待一会儿。

"我晚点儿会回去的，你们不用来找我。"

管家从小照顾文心，自然知道文心根本不喜欢被禁锢在冰冷的别墅里，重复每天一成不变的生活。她还是心疼这位从小没有父爱母爱的小姐的，只能在电话里再三叮嘱："文家的门禁，十点必须回到家了。"

"知道啦，拜拜。"

文心迫不及待地挂了电话，一拍桌子："苏愆，教我打篮球，好不好？"

苏愆正在夹一片烤肉，被文心突如其来的一句，吓得肉都掉进了水杯里。他蹙着眉头："你一个女孩子，能不能文静一些？别总是一惊一乍的。"

"时间紧迫嘛，我九点半要回家了，现在已经八点半了。"

苏愆看了下时间，的确已经八点半了，准备要到下一家做兼职了。但一回神，文心已经结完账，拉着他往外狂奔了。

"刚吃完东西，别跑这么快。"苏愆下意识地叮嘱。

文心还是那句话："时间紧迫啊时间紧迫。"

体育中心，灯火通明，熙熙攘攘。文心拉着苏愆转了一圈，都没找到空的篮球场。这个时间段，是体育中心的高峰期。苏愆拉住说风就是雨的文心："为什么突然想学打篮球？"

文心脸颊一红："你管我！"

"的确管不了，"苏愆淡淡道，"不过……"

他转身："我还有事，就不奉陪了。"

"哎哎哎！"文心赶紧拉住他，"我觉得打篮球好像很有趣的样子，我想学，总行了吧？"

苏愆挑了挑眉，不置可否。他目光平静地凝视着文心，深邃的眼眸看得她心里发毛。

文心缩了缩脑袋，闷闷道："我……我想认识高二的周锐啦。"

苏愆想起文心今天下午一直在问周锐的事情。

## 第一章
### 苏同学，请多指教

"我教你也不是不行。"苏愆嘴上这么说，心里其实还惦记着下一份兼职。

文心的眼睛被他这么轻轻巧巧的一句话瞬间点亮，双手合十，一脸期待地注视着他："那我们……"

苏愆别过脸，不去看她闪着亮光的眼神："不过……你有篮球吗？"

"……"仿佛有一把无形的剑，直扎文心的胸口。

"所以，"苏愆的嘴角无意识地微微往上一翘，"等你买好了篮球再来找我吧。"

苏愆的笑容难得一见，哪怕只是清清浅浅的一个勾唇，都已经让文心失了神。

朦胧的灯光下，少年清浅的笑颜昙花一现。周遭的喧闹变得寂静无声，时光像是停止了流淌，文心的脸颊浮上了一抹粉红。

文心突然不哼声了，低着头，也不知道在想着什么。女孩安安静静的时候还是挺乖巧的。苏愆摸了摸她的头："你早点儿回家吧，我先走了。"

转身的脚步声，惊扰了被笑容所惑的文心："苏愆，你又要去哪里啊？"

"兼职。"

"又是兼职？你到底有多少份兼职？"一切，仿佛又回到了原点。

苏愆已经走远了，隐隐约约还能听见他淡淡的嗓音："不多。"

根本都还不够撑起一个家。

## 06

打开某宝,在搜索栏输入"篮球","唰"地一下,形形色色的篮球出现在文心的面前。

文心摸着下巴往下滑:"工欲善其事,必先利其器,想要学好打篮球,篮球应该很重要……所以,到底该选哪一款呢?"

选择困难症的文心,表示很头痛。

"要不打电话问问苏愆吧。"文心摸出手机,在联系人上翻了翻,才想起来,自己没有苏愆的联系方式。

管家看到文心卧室的门缝还透着亮光,敲了敲她的门,轻声催促道:"小姐,你还没睡吗?已经十一点半了,该睡觉了哦。"

"知道了,现在就睡。"

文心挑了最贵的那一款,赶紧下单。然后关了电脑,盖上被子睡觉。临睡前,心里还念叨着,明天一定要问下苏愆的联系方式。

一夜无梦。第二天,文心心情愉悦,起了个大早。司机送她上学的时候,都能听到她在后座哼着歌。

"小姐,遇上什么好事了吗,这么开心?"

文心摸了摸上扬的嘴角:"有吗?"她表现得这么明显?

可以说,踏进教室的一秒前,文心都是幸福的。这种幸福是建立在无知的基础上。可文心刚坐下,胖子就皱着一张五官都快被赘肉挤没的脸哀求她:"文心姐,等会儿你得帮帮我啊!"

文心莫名其妙:"怎么了?你又闯祸了吗?"

"文心姐你不会是忘了吧?我们今天要月考啊!虽然我也考不出什么好成绩,但总不能太丢人了。"胖子擦了把脸上的汗水,"文心姐，我看你自信满满的，肯定复习得差不多了吧？"

一道闷雷在文心的脑海里炸起，胖子后面说什么，文心都听不清了。

月考！什么时候宣布的事？怎么她一点儿印象都没有？

这时，踩着上课铃声走进教室的苏愈正边打着哈欠，边拉开椅子坐下。他昨晚一直兼职到凌晨一点，今天起床简直痛不欲生。

精神不振的苏愈想趴在桌子上小睡一会儿，但他那个喜欢一惊一乍的同桌突然挪了过来："苏愈苏愈……我们今天要月考？这是真的吗？真的吗？"

苏愈一脸困倦地抬起头扫了她一眼。文心的眼神分明是在祈求他说出这一切都是假的……然而很不幸……

苏愈还没来得及开口，监考的老师已经捧着一沓卷子走进了教室。

监考老师扶了扶眼镜，催促道："同学们，把你们的桌子都拉开，准备月考了。"

苏愈的太阳穴突突地跳，浑身难受："起来。"

"哦哦。"文心这才发现自己整条胳膊都拉住了苏愈。她慌忙缩手，好在周围的人都在急着临时抱佛脚，根本没空注意她逾矩了。

"苏愈你一定要帮我！"她根本不知道月考这件事，复习是不存在的，现在唯有求学神帮忙了。

小姑娘的一双眼眸水汪汪的，我见犹怜。苏愈捏了下眉心，轻轻地"嗯"了一声，算是答应了。

文心拍了拍心口，松了口气："我就知道你不会放弃我的！"

初中同桌三年，苏愈已经不是第一次帮文心考前辅导了，对此，

文心还是很信任苏愆的。苏愆这人呢,就是刀子嘴豆腐心,只要能忍受得住他冷漠的目光,多求几次他准答应。

三下五除二的工夫,苏愆已经"唰唰"帮她画出了必考知识点。

"就这些点,能背多少看你自己的了。"

"考试时我有不会的地方……"

"还有一分钟开考,再不背,后果自负。"苏愆冷冷地丢下一句。

文心赶忙翻书,临时抱佛脚,磕磕巴巴地硬背下题型——这时候,就不得不庆幸爸妈给的好头脑,瞬间记忆的本事还不错。

一分钟后,同学们按照监考老师的要求一人一桌坐定。第一门考的居然是数学,文心拿起试卷看了一眼,两眼一黑,一脸蒙。这小括号大括号,各种数学符号和图形到底是什么玩意……还有这什么德摩根定律,啊!哎……等等,这好像是她刚才背过的题型?

她不敢敷衍,赶紧把会做的全做完。还有刚才……她说考试时不会的题目找苏愆帮忙,他没拒绝自己吧?嗯……应该没拒绝。

文心咽了口唾沫,胆战心惊地握起签字笔,在草稿纸上画着圈圈,勉强做出了几道选择题。侧过脸看了看苏愆,本以为他应该在奋笔疾书,却万万没想到,他居然趴在桌上睡着了!

"苏愆,苏愆……"文心趁着监考老师不注意,连忙轻声呼唤苏愆。苏愆一动不动,根本没听见。

"喀喀。"监考老师轻轻咳嗽了一声,瞟了文心一眼,算是警告。

文心扁着嘴没再作声,心里把苏愆骂了一万遍。说好的帮她呢?居然睡着了……所以他到底是做完了,还是还没开始做啊?文心看了

## 第一章
苏同学，请多指教

下时间，才过去十分钟，要是苏愆十分钟就把卷子都写完了，也太神了吧。

时间一点一滴地过去，苏愆始终没有醒过来，每一秒对文心来说都过得分外煎熬。她好几次试图叫醒苏愆，但对方根本一动不动。

文心将卷子翻来覆去，绞尽脑汁做了些题，但不会做的题还是白花花一片。

也不知道过了多久，直到监考老师提醒离考试结束还有十五分钟时间，苏愆才迷迷糊糊地清醒了过来，浑身乏力，身体仿佛不是自己的。

苏愆揉了揉困倦的眼睛，一直期待地盯着他看的文心眼前一亮，仿佛看到了生的希望。苏愆不知道自己是怎么睡着的，刚做完选择题，意识就开始模糊，一觉醒来已经是这个时候了。试卷还有大半的空白。

文心压低声音催促道："苏愆，填空题第五题……"

苏愆甩了甩脑袋，尽量保持清醒。他朝文心做了个噤声的动作，摸出签字笔马不停蹄地开启刷题模式。文心捂住嘴，不敢打扰他。

所有题目在苏愆眼中都只是套路，剥除问题的华丽外衣，都是千篇一律的公式。笔过落痕，不带一丝犹豫，空白的试卷被一点点填满，字迹工整清晰，过程简洁明了。

别人做两个小时的卷子，苏愆就是有能力十五分钟做完。

苏愆是顺利把卷子做好了，但文心却没有了瞄答案的时间。苏愆刚写下最后一道题的答案，考试结束的铃声就残酷地响起来了。

"完蛋了……"考试结束后，文心和胖子几乎是动作统一地趴在

桌子上唉声叹气。

"我选择题和填空题全靠蒙的,大题一片空白……我明明看得懂每个数字,就是不知道它们之间到底有什么联系……"胖子生不如死。

"我比你好一点儿,就靠考前速记的那几道大题,好歹填满了半张卷子。"文心要死不活。

坐在他们旁边的苏恣的头有点儿痛,深吸了口气,想出去洗把脸。刚站起来,就被文心拦住了。

"苏恣,你是不是故意的?"文心不满地鼓着腮帮,仰着头责问苏恣,"你不想帮我就直说,没必要这样……"

他给了她生的希望,又残忍地推开。

苏恣张了张嘴想说什么,可喉咙火辣辣的,像是有什么哽着,一个字都说不出口,连呼吸都变得困难。他定了定神,想维持住逐渐涣散的意识。

文心一抬头,就见苏恣脸色煞白地扶着桌子站在那里,额鬓间沁着汗水。她心底没来由地一沉,皱着眉头担忧地拍了拍苏恣的肩膀:"苏恣,你怎么了?你……"

话还没说完,只听见"轰隆"一声,苏恣撞倒了桌子,倒在了地上。

"苏恣!"文心吓了一跳,蹲下身推了推苏恣。但苏恣已经陷入了昏迷,身上有些发烫。越来越多的学生闻声围了过来。

"啊!苏恣怎么了?"

"文心,你对苏恣做什么了?"

"学神好像很难受。"

## 第一章
### 苏同学，请多指教

"我去把老师叫过来……"

现场一片混乱，却没有一个人上前搭一把手。

文心一咬牙："胖子，过来。"

目睹了刚刚苏愆昏迷的全过程，还没回过神来的胖子屁颠屁颠地走了过去："文心姐，怎么了？"

见文心似乎要把苏愆往自己肩上扛，胖子忙阻止她："文心姐，你还是别乱动学神了，等老师过来吧……"

"你话真多。"文心瞪了胖子一眼，"帮我扶下苏愆，我现在就送他去医务室。"

"哎，好吧……"

苏愆看着瘦削，扛起来却很有分量。文心这小身板，大话说得好听，但扛着苏愆走了没几步就气喘吁吁。胖子见她这样，只好跑了过去，接过了苏愆："文心姐，还是我来吧。"

肩上猛然一轻，呼吸都顺畅了起来。

"但是很快又要开始下一场考试了……"文心犹豫。

胖子摆了摆手："反正我也不会做，弃考吧，说起来……我中考的时候还迟到了，呵呵呵。"

胖子这些年的饭不是白吃的，体重也不是白长的，苏愆在他手上跟只鸡崽似的。两人很快就把苏愆送到了医务室。

苏愆在颠簸的路途中已经恢复了些许意识，但浑身无力，只能任由胖子摆布了。

胖子将苏愆放平在病床上，医务室老师探了下苏愆的体温："39.8℃，烧得很严重了。你们谁知道他家长的联系方式，让他的家长

过来接他回去看病休息。"

文心和胖子都茫然地摇了摇头。

文心说:"我去问班主任要联系方式。"转头又对胖子说,"胖子,你先回去考试吧。"

她正要离开,手却被人拉住了。文心低下头,看着拉住自己的人,惊喜地瞪大了眼睛:"苏怨,你醒啦?"

苏怨眨了下眼睛算是应答:"我自己回去就行,喀喀。"他的声音沙哑,每说一个字都用尽了全力。

"可是……"文心看了眼医务室的老师。

老师不同意苏怨一个人离开:"这位同学,你现在的身体状况,我是不会允许你一个人回去的,要是在路上发生了什么意外,我和学校都担不起这个责任。如果你不想通知家长过来,就由老师送你回去吧。"

"老师!班上有个同学的腿受伤了,流了好多血,你快点儿过去看看!"

门口突然传来一阵骚动,几个穿着足球队球衣的男生涌了进来,一脸紧张,拉着老师就要往外走:"在体育馆,老师快点儿吧,一直流血不止,我们都没敢动他……"

"这……"医务室老师回头看了眼苏怨,一脸为难。

文心拍了拍胸口:"老师您快过去吧,这位苏同学就交给我好了,我会安全地将他送回家的。"

医务室老师跟着其他学生离开后,文心才回头问苏怨:"那苏同学,接下来,你打算怎么办呢?"

"……"苏怨咬了下嘴唇,呼吸燥热,他有他的坚持,"我自己就可以……"

他冷静地掀开被子,下床,想要站起来。但双腿根本用不上力,刚碰触到地面,就差点儿摔倒。

文心眼疾手快,扶了他一把,又好气又好笑:"你自己不可以,苏同学。"她也有她的执着。

苏愆轻轻叹了口气:"随你吧……"

文心在女生中算高挑的了,但在苏愆一米八几的个头儿下,还是显得娇小玲珑。但此刻,她却用瘦弱的肩膀,撑起了一个大块头的他。她的侧颜在阳光的照耀下散发着柔和的光泽。

苏愆微微抿了抿唇,低沉的嗓音在她耳边轻轻划过:"对不起。"

"嗯?"文心疑惑地扭头看向他。

这时她才发现,原来两个人靠得这么近,她只要稍稍一抬头,就会碰到他线条美好的下巴。

"咕咚。"文心咽了下唾沫,心跳失了频率。

她尴尬地笑了笑,掩饰住自己的慌张:"你是烧傻了吗?这种时候不是应该说谢谢吗?说什么对不起。"

"数学考试,我太累,睡着了。"

苏愆的一字一句,像羽毛一样轻轻地落在文心的心里,有点儿暖心,有点儿痒。

文心突然想起刚刚责备他故意不帮自己的情景,脸上一热:"你不是不舒服嘛,而且……本来也是我自己的问题……"她后面的声音越来越小,总感觉……特别丢人。作弊还这么理直气壮,有求于人还责备别人不帮忙,怕是只有她一个了吧。

"但是，就算我没睡着，我也不会帮你作弊。对不起。这是原则。"苏愆的话音很清淡。

文心一口气，却差点儿没缓过来。行！学神的原则！我服！

明明应该很生气，但是都过去了，她似乎……也没有想象中那么生气，反而有点儿庆幸他睡着了，否则……自己恐怕就会变成不诚实的人了。

♥ 07 ♥

文心拦了辆出租车："司机，麻烦到人民医院。"

"不用，送到城西安邦街就好。"苏愆出声阻止。

出租车司机看了看文心，又看了看苏愆："你们是一起的吗？人民医院和安邦街，是两个方向。"

"安邦街。"苏愆重复了一遍。

"行。"司机点了点头，放手刹，踩油门。

文心皱着眉："你不去医院看看吗？"

"不碍事，回去休息一下就好了。我不喜欢去医院。"

嘿！文心目光一亮，好像知道了什么了不得的事情，八卦兮兮地凑近苏愆，笑得眉眼弯弯："苏愆，你该不会是怕打针吧？"

"你别乱猜。"苏愆将目光移到了窗外。关于医院的一切回忆，都是灰暗的不愉快的。

文心见苏愆不愿意再继续这个话题，更加断定他就是怕打针。一个大男生怕打针，觉得太丢脸，不好意思跟她说呢。一路上，文心都因为自己拿捏住了学神的这个把柄而沾沾自喜。

## 第一章
### 苏同学，请多指教

城西离市中心较远，算是恒市的城郊，与高楼大厦林立的城东截然不同，这里大多是狭窄幽深的小巷，简陋低矮的平房，一家挨着一家，拥挤、破旧。文心以前曾路过城西，但到这里来还是第一次。

出租车驶进了一条摆着小摊档的街道。天气炎热，路边的小贩打着赤膊，叼着根牙签围在树荫下打着扑克。

苏愆指了指路边的一块空地："司机大哥，麻烦靠边停在那里就可以了。前面的路不好掉头。"

"行。"司机打了下方向盘，车子缓缓停在了路边。

苏愆开门下车。文心想跟着苏愆下车，却被他阻止了："送到这里就行了，我家就在附近，我自己走回去。"

"可是……"

苏愆将文心推回到车里："别可是了，自己回去小心点儿。"

在一旁聊天的几个打着赤膊的大叔朝这边吹了声口哨："哟，苏愆今天怎么回来得这么早了？"

"苏愆，既然回来了，就快去找你妈，她都准备到学校去找你了。"另一个大叔笑了起来。

苏愆皱了下眉，但很快恢复了淡然的表情。他吩咐出租车司机："司机，麻烦将这位小姑娘送回到恒市二中。"

"好咧！"

文心有些不放心："苏愆……"

苏愆毫不犹豫地关上了车门："好了，快回去吧。"

文心趴在车窗上，看着苏愆一步一步逐渐远去的身影，不知为何，总是放不下心来。眼看着出租车就要开出安邦街了，文心还是按捺不住自己的心："司机，掉头，回到刚刚那个地方。"

这两个小孩儿到底在搞什么？司机大叔摸不着头脑，但还是依言开了回去。

听见那些大叔说母亲要去学校找自己，苏愆就猜到母亲又缺钱用了。母亲每次找他，都是这个原因。

苏愆的母亲平日里没什么喜好，就爱摸麻将，她可以在麻将桌前坐一天都不觉得累。可她偏偏牌艺不精，运气也不大好，十场总会输九场。她的牌友都戏称她为"金主"，每天都派钱给他们花。而她的这点儿喜好，在父亲出事后有增无减，手上没余钱了，就去借，借了，就找苏愆还。

妹妹苏七月劝过苏母："妈，家里已经没有闲钱了，你能不能不要再去打麻将了？"

苏母情绪激动，指着他们兄妹三人，面目狰狞："你们现在是嫌弃我了是吧？你爸现在这个样子，我都没嫌弃他，你们却来嫌弃我了是吧？"

自从苏父出事后，苏母的精神就出现了问题，偶尔会疯疯癫癫。医生说可能是受到的打击太大，导致精神崩溃。但苏家实在没余钱腾出来给苏母治疗了。

苏愆送走了文心，还没走几步，闻信而至的苏母便赶过来："小愆啊，你回来了啊！回来得正好，我正要去找你。"

"小愆给我点儿钱，不多，就五千，你洪叔说我再不把之前欠他的五千块钱还了，就要报警。"不等苏愆回答，苏母就直接伸手轻车熟路地去搜苏愆的钱包。

"妈，我没钱。"苏愆没有动，任由她搜。

## 第一章
### 苏同学，请多指教

"你怎么就没钱呢？你不是一天做七八份兼职吗？还有你去二中不是有很大一笔奖学金吗？我们是一家人，你不能把钱藏起来……"

苏母顺利找到了苏愆的钱包，打开一看，只有孤零零的一百块钱。

苏母将一百块收进自己的口袋，用力地握紧苏愆的手臂。她的指甲细长锋利，在苏愆的手臂上划出了一道红痕，看起来有些疼："小愆，你都把钱藏到哪里去啦？告诉妈妈好不好？妈妈真的有急用。"

苏母的脸色呈现病态的苍白，眼袋浮肿，头发有些凌乱，远远看去像个疯婆子。她不断地摇晃着苏愆，苏愆被晃得有些头脑发晕。

苏愆咬了咬牙，深吸了口气："妈，我真的没钱了，昨天医院打电话来催交费了。"

"又是医院……"苏母神神道道地念着，目光越发凶狠，"你就只惦记着你那个死鬼老爸，不用管我啦？"

苏母指责的声音越来越大，周边围聚的看戏的人越来越多，他们对着这对苏家的母子指指点点，幸灾乐祸。城西的安邦街，谁都知道苏家本来是住在城东的小康之家，落魄后才搬到了城西。

苏愆本以为自己已经可以无视这些异样的目光，但很遗憾……他柔着声音，哄着这个在自己身上又打又骂的女人："妈，我们先回家，有什么事回家再谈好吗？"

女人眼前一亮："回家了你就给我钱？"

苏愆还没来得及说话，一道熟悉的身影却突然从人群中跑了出来，护在了苏愆身前，将苏母用力一推。

苏母踉跄地后退了一步，率先反应了过来，警惕地打量着眼前陌生的少女："这是哪家的妮子啊？"

面对苏母的质疑,文心毫无畏惧,仰着脸质问回去:"你又是谁啊?苏愆在生病,你别再晃他了,没到他很难受吗?"

文心从出租车上下来,就看到刚刚苏愆离开的方向围了不少人,好奇心的驱使下,她挤进了人群,没想到居然看到苏愆正被个疯婆子纠缠着,刚有些好转的脸色,又变得煞白煞白的。她脑子一热,不管三七二十一,先冲过去解救苏愆。

苏愆没想到文心杀了个回马枪,怔怔了半晌,才轻轻地拉了下这个护在他的身前,龇牙咧嘴、杀气全开的少女:"文心别闹,那是我妈。"

"……"文心一副吞了苍蝇的表情,难以置信地将目光落在了不远处的女人身上。

蓬头垢面,衣衫褴褛,举止癫狂……这个人,是苏愆的妈妈?

♥ 08 ♥

一只蟑螂肆无忌惮地从桌上走过。文心局促地坐在床边,动作僵硬地扯了扯苏愆的袖子,声音都在颤抖:"苏……苏愆……那……那里有有有小强……"

苏愆疑惑地转过身:"嗯?"

一道身影已经闪现而至,举起手中的拖鞋,"啪"的一声,蟑螂成了蟑螂干。文心闭上眼睛,强行压制住胃部的排山倒海。

苏母重新穿上拖鞋,笑得很客气:"文小姐,咱们这儿地段不好,潮湿阴暗,这些小玩意会特别多,你别介意哈。"

苏愆放下圆珠笔,将写好的借条递给文心:"收好,借你的五千块,下个月一定还。"

"真的不用……"五千对文心来说，不过是少买一条裙子的事，"就当是你以后教我打篮球的学费了，说起来，我还赚了呢。"

"就是嘛，"苏母蹭到苏悠身旁，想夺走他手上的借条，撕碎，"文小姐以后尽管吩咐我们小悠做事，他可勤快了，人又聪明，这五千，就当提前垫付吧。"

"一码归一码，你收好。"苏悠直接将借条塞进了文心的手里。

苏母瞪了苏悠一眼，埋怨道："你这孩子，怎么就这么死心眼呢？"

"这里环境不好，你还是先回去吧。借条上有我的手机号码，到家了给我打个电话。"说着，苏悠就拉着文心往外走。

苏悠的家处于小巷的最深处，常年照不到阳光，是安邦街最便宜的小平房，破旧，爬满了青苔。而这座两层的房子，却住了两户人家，苏悠和他的母亲、弟妹，就是其中一家。只有十七平的房间里，挤了苏家一家四口，两张床一张桌子，连摆放椅子的地方都没有。

文心知道苏悠家境不好，但没想到居然贫困到这种地步，连走出家门，都要步步小心，生怕踩到了地上的苔藓。

不知什么时候，夜幕已经降临。巷子里没有路灯，只能依靠从家家户户透出来的灯光勉强看得清路。苏悠拉着文心一鼓作气地往前走，一路上都没有说过一句话。苏悠的指尖微凉，手心却很温暖。

"苏悠你走慢点儿。"苏悠腿长，他迈一步，文心得走两三步，偏他又走得快，文心赶得气喘吁吁。

一直走到街道上，苏悠才松开了文心的手。"抱歉。"他轻声说道，"巷子里黑，人也少，不安全。"

文心顺了顺气，才发现街道上灯火通明，行人成群结队地走过，

的确比巷子里强多了。他走这么快,是为了她的安全着想。文心还以为,这种幽深恐怖的小巷,只有在电视剧里才会出现。但苏愆就生活在这样的小巷里。

"我有点儿后悔掉头回来了……"文心垂下眼眸,说道。

"因为回来一趟,被莫名其妙借走了五千块?"苏愆轻轻摸了摸她的头,"放心,我会准时还的。"

"嗯……"文心突然不知道该说什么才好。

安邦街偏僻,两个人在主干道上等了好一会儿,才拦到了出租车。

"回去路上小心。"

"嗯。"

手被人轻轻拉了一下:"这里的事,替我保密。"

"嗯。"文心重重地点了下头。

车门被关上,出租车缓缓启动。文心从车窗看出去,苏愆还站在原地,久久没有离开。风吹起他的衬衫,少年高挑的身影,在黑夜中显得格外单薄。

骄傲如苏愆,身上顶着无数光环,是所有家长口中的"别人家的孩子",是学生们仰望羡慕的学神级的存在。但光环背后的他,却有着一个穷困潦倒的家庭,有着一位凶悍疯狂的母亲,有着一份不该是他一个未成年人承担的重负……

文心后悔了!她后悔的是自己无意撞见了苏愆最难堪的一面,一个她根本不想正视的残酷事实。

苏愆也知道她真正后悔的是什么。两人对此却讳莫如深。

## 第一章
### 苏同学，请多指教

之后的日子，一切照旧，文心还是那个大大咧咧的文心，苏愈还是那个冷心冷面的苏愈，仿佛城西安邦街的一切都没有发生过。要说唯一的不同，那就是每天放学后，文心都会带着篮球和苏愈到街边公园的废弃篮球场练习运球一个小时。

文心是个体育白痴，但凡体育课都会以各种理由翘掉，因此，她是个连篮球都拍不好的初学者。光是教她控制拍球的力度，苏愈就教了三天。

文心还妄想能和周锐谈谈篮球拉近距离，却没想到自己糟糕到这种田地。

文心抱着总是拍着拍着就会自己溜走的篮球，垂头丧气："苏愈，你说我是不是这辈子都别想学会这玩意了，这个球是不是性别歧视啊，怎么在你手里这么乖，到我手里就不听话了呢？老想逃跑。"

苏愈被文心的胡言乱语逗笑了："你付出了努力总不会白费的。我以前运球也总运不好，才走两步，球就跑了，追都追不上。"

"那你练了多久？"

苏愈想了想："一周吧。"

"啊……"文心一听，双脚一软，差点儿摔倒，"你都要一周，我怕不是要一个月……一直重复一个动作，我都快无聊死了。"

文心突然想起了什么，好奇地凑近苏愈："苏愈，你成绩这么好，体育也这么棒，到底是怎么做到的啊？难道你的智商真的高到没谱了？"

骤然在眼前放大的脸吓得苏愈后退了一步，说道："其实体育运动里，我只有篮球打得还行。"

话音刚落,苏愆已拿过文心怀里的篮球,抬手,踮起脚尖,起跳,投篮,动作一气呵成。高速旋转的篮球在半空中划出一道银色的抛物线,"咚"的一声,顺利入筐。

大半个篮球场的距离!苏愆轻轻松松就投进了!文心目瞪口呆,良久,才反应过来鼓掌:"你这也叫还行?明明是太行了……"

苏愆当初苦练篮球,完全是因为父亲是个球迷,每次休息,都会带苏愆到篮球场活动活动筋骨。父亲总是说:"苏愆你太理性了,男孩子该有点儿血性。"

苏愆不明白这种追着个球跑来跑去的运动有什么意思,但既然父亲喜欢,他也不介意多学一样东西。虽然到最后,苏愆也没学到所谓的男孩子横冲直撞的血性,倒是思维越发清晰,站在球场上,轻易就能分析到盲点,控着篮球,迅速就能计算出最佳的投篮抛物线弧度。

"苏愆?"文心伸手在他的眼前晃了晃,"在想什么呢?"

苏愆回过神来,面无表情地摇了下头:"没什么……"就是突然想到了父亲。

他很少回忆和父亲的过往,回忆太美好,现实会更难熬。苏愆拿出手机看了下时间,离兼职还有二十分钟。他将篮球抛回给文心:"我们来练……"

"咦,这不是苏愆吗?"

不远处,传来了一阵惊喜的叫声。文心循声望去,整个人都不好了,吓得手上一滑,篮球掉落在地上,骨碌碌,滚到了来人的脚边……

## 第一章
### 苏同学，请多指教

这……这不是周锐吗？他怎么会出现在这里？

实际上，周锐是有备而来的。自从那天体育课的篮球赛后，周锐就对苏愆念念不忘，三番四次想拉他进篮球队。周锐擅长冲锋扣篮，苏愆擅长远距离投篮，两个人若是能够配合，二中校篮球队绝对所向披靡，叱咤风云。可惜苏愆油盐不进，周锐好说歹说，他都恍若未闻。

今天无意间打听到苏愆每天放学后都会到公园的废弃篮球场，他就特地赶过来了，结果发现苏愆正教一个女生打篮球。这个女生还有点儿眼熟。

周锐弯腰捡起了篮球，笑容和煦地走进了篮球场。他没有将篮球还给文心，而是扔给了苏愆："苏愆，我们来solo（单挑）一场吧？"

"……"这是周锐第几次提出solo的请求来着？苏愆都记不清了，他只佩服他到现在竟然还没放弃。

低头看了眼文心，从周锐出现开始，小女孩的目光就像黏在了对方身上，眼睛都不愿意眨一下。

苏愆抿了下唇："可以啊。"他的声音很轻，淡淡的，听不出情绪。

周锐澄澈的眼眸一下子被点亮了，心中感叹着总算是守得云开见月明了，但苏愆的下一句话却将他从天堂打下了地狱。

"但我现在有事，要先走了。你只要教会她打球，随时来找我solo。"苏愆轻轻推了文心一把，文心始料未及，一个趔趄，周锐及时伸手扶住了她。

周锐的指腹是温热的，和苏愆不同。文心连忙站好，抽出被周锐扶着的手臂，脸颊微红："谢……谢谢。"

"你想学打球?"周锐的笑容明晃晃的,咧着嘴,露出一颗可爱的小虎牙。

文心点了点头,手指在背后不停地挠啊挠,无所适从:"嗯……"

"我好像之前见过你,你叫什么名字呢?"

文心的心跳"扑通扑通",小鹿乱撞:"我……"

"文心!"苏愆低沉的声音突然响起。

听到苏愆的声音,文心没来由地安心,暗暗地松了口气,却见苏愆不知道什么时候已经走了很远。他立在树荫下,白衣翩翩,目光炯炯:"我走了。"

"哦哦。"文心慌忙点头。等苏愆离开以后,她才慢慢意识到……这里就只剩下她和周锐了。

苏愆不是还没到兼职时间吗?怎么突然说走就走?苏愆是故意的吧,文心瞬间不知道该笑还是该气。

周锐根本没注意女孩内心的小九九,满脑子都是苏愆刚说的,随时可以找他solo的话,他铁了心要将文心教好。

他抱着篮球,走到文心跟前,笑得格外和善:"事不宜迟,那我们,现在开始了?"

♥ 09 ♥

文心累瘫在床上,欲哭无泪地给苏愆发短信:"周锐就是个魔鬼啊!苏愆,还是你来教我吧。"

管家不满地将文心从床上揪了起来,责备道:"小姐,一身汗味躺在床上成何体统!水都已经帮你放好了,你快去洗澡。"

## 第一章
### 苏同学，请多指教

"是……"文心不情不愿地从床上爬了起来，去浴室洗澡去了。

"对了，小姐，"管家突然想起刚刚董事长打来的电话，"大小姐明天回国，董事长准备了洗尘宴，叮嘱你务必出席。明天放学后，司机会在学校门口接你，你别乱跑了。"

"哦……"文心累得根本没力气思考。

浴室里水雾缭绕，文心跳进浴缸里，温暖的水将她包裹住，冲刷着身上的疲惫感。她长长地松了口气，感觉整个人都活过来了。

她洗了把脸，脑海里突然浮现出管家刚刚说的话，吓得一个手抖，毛巾掉在了浴缸里。

"大小姐明天回国。"

文家大小姐，文露，文心的姑姑，徐昭然的妈。众所周知的商界女强人以及……秀儿狂人。偏偏徐昭然也很给他妈争气，处处都把文心比下去。

每次和文露吃饭，文心都觉得是一场钝刀凌迟盛宴。文心本以为她的这个姑姑前两年去了国外发展，自己能好过一些，但怎么这么快就回来了呢？

文心赶紧给徐昭然发了条微信，问他："表哥，你妈怎么突然就回来了？她还走吗？她什么时候走？啊啊啊啊啊——"

徐昭然看着文心发来的一串抓狂的表情，乐不可支："文心，你有这么怕我妈吗？怎么每次跟她吃饭，我都看见你白眼翻个不停。"

那还不是因为她一个劲地在晒她儿子！还顺带贬低一下她这个侄女。文心腹诽。

幸好徐昭然还是个友善的表哥，嘲笑完文心，又在底下回复了一

句好消息:"她有公事要办,回国待两天就走了,你别怕。"

文心悬在半空的心稍稍安定了下来。正准备放下手机,继续舒舒服服地泡澡,手机突然振动了一下。微信里弹出了徐昭然的笑脸表情:"我听说你们学校前段时间月考了?你的数学还好吗?"

"……"

有其母必有其子。文心收回"徐昭然是友善表哥"的评论。

夏天明媚的阳光洒满教室,窗外,知了在不知疲倦地叫个不停。

恒市二中高一(3)班。文心攥着数学卷子,脑海里只剩下了四个字"祸不单行"。试卷上鲜红的"79"刺痛了文心的眼睛,再偷偷瞄了眼旁边的人随手搁在一旁的卷子——150分,满分!

苏怸那天是顶着高烧考试的吧!人和人的差距,怎么这么大呢?

数学老师敲了敲黑板:"这次月考大家总体考得不太理想,这节课我会对卷子上的题目逐一分析,还是弄不明白的同学下课后可以到办公室来找我,也可以找其他同学问清楚。"

"是。"台下的一群学生都应答得十分敷衍,该干什么还是在干什么。

数学老师扶了下眼镜,不紧不慢:"90分以下的同学,麻烦把卷子拿回家让家长签字,明天统一交上来。如果明天交上来的试卷没有签字,我亲自打电话给各位家长,让他们过来签字。"

一瞬间,底下哀鸿遍野:"啊?老师有没有搞错啊?我们都高中了,还要找家长签字……"

"你考了多少?"

"刚好90分,不用家长签名。"

"老师……你是不是算错我的分数啦?怎么只给我89分?"

……

文心趴在桌子上,表情呆滞,呈咸鱼状,嘴中不停地重复着:"怎么办怎么办怎么办……"

换作平时,文心考得不好,董事长和董事长夫人都不在乎,但一旦文露在一旁冷嘲热讽,一切都不一样了……毕竟董事长和董事长夫人最好面子了。

文心已经可以预见到,今晚的鸿门宴上,听文露吹嘘了一番自家儿子,再看到自家女儿手上这份卷子时,董事长的愤怒值……

同样惆怅的还有胖子,胖子这次考了17分,全班倒数第一。

文心和胖子抱作一团,同是天涯沦落人:"天要亡我啊……"

苏愈抿了抿唇,眼底溢出了温暖的笑意。

文心没好气地戳了苏愈一下:"你就知道笑……你即将要失去你美丽动人的同桌了,你知道吗?"

"我的同桌这么轻易就完蛋了吗?"

文心趴在桌子上,脸深深地埋进了双臂之间,声音闷闷的,都快哭了:"我不是跟你开玩笑,我爸今晚要是看到我的这份试卷,明天就要把我送去爪哇国深造了。"

"你应该惆怅的是为什么考得这么差,而不是解决签名的事情。"

"但当务之急是解决签名的事情……"

苏愈叹了口气,低沉的嗓音又轻又柔:"家里有你父母签过字的东西吗?"

"有是有,你想干吗?"文心终于抬起了头,一张小脸皱成了苦

瓜,她突然想到了什么,"难道你是想……"

"嗯。"

苏恣随手抽了本文心桌上的书,翻开她写下名字的一页,在边上模仿她的笔迹,写出了一个可以以假乱真的名字,连文心习惯性的收尾一笔,都如出一辙。

"苏恣……"文心一副崇拜脸,由衷感叹,"你真的是太神了!"

解决掉签名的事,文心又恢复了元气少女的模样,下午的体育课都变得精神奕奕,破天荒没有请假。

周锐的班级也在上体育课。他看见文心,主动过来打了个招呼:"怪不得昨天一直觉得你眼熟,原来你是那天的运动鞋女孩。"

运动鞋……女孩。她给他的第一印象,居然是这个……文心尴尬地摸着后脑勺儿笑了笑:"呵呵呵。"

周锐左右看了看,没见到那抹期待的身影:"说起来,苏恣呢?怎么没见到他?"

"他被英语老师喊去帮忙改卷子了。"

"哦……"周锐知道苏恣学习很好,"今晚你们还去公园练球吗?"

"今晚我有事,苏恣应该也不过去了。"

周锐点了点头,没再说什么。

文心也找不到话题,两个人尴尬地面面相觑了一阵,最后还是周锐的队友走了过来,把他拉走了,文心才松了口气。每次和周锐单独相处,文心都紧张得不知道手脚该怎么摆,而他们之间的话题,好像总是围绕着苏恣。

# 第一章
## 苏同学，请多指教

体育老师吹起了哨子："高一（3）班，集合了！"

"来了，来了。"所有人陆陆续续往体育老师处靠拢。

阳光下，操场上洋溢的每一张笑脸，都是日后回想起来永不褪色的青春。

相较体育场的热闹，办公室里寂静无声，空调吹风的声音分外清晰。

老师们都去上课了，办公室里只剩下苏愆和一位高二的学姐，两个人都没有说话，低着头各自批阅试卷。如果苏愆没记错，这位学姐好像叫陈艺妤。

"苏愆。"陈艺妤的笔停住了。

苏愆没有抬头，也没有任何反应，仿若未闻。

陈艺妤咬着唇，深吸了口气："那天晚上……谢谢你。"

"没什么，举手之劳而已。"苏愆的声音很平静。

"后来我也辞职了……对不起，是我害你丢了工作。"陈艺妤至今还记得店长猥琐的笑容……

陈艺妤和苏愆曾经同在一家二十四小时便利店兼职，陈艺妤负责管十八点到二十一点，苏愆负责二十一点到凌晨一点。店长不定时到店里巡视，要是正好店里没有客人，店长总爱凑近陈艺妤。

陈艺妤其实早就想辞职了，但这份兼职待遇不错，时间也比较自由，她就一直忍着。直到前两天，店长借着醉意对陈艺妤实施骚扰，正好被前去换班的苏愆碰见。苏愆二话不说给了店长一拳，直接被解雇。

陈艺妤知道苏愆是二中的红人，事发后想过找他道谢，但碍于面

子，拖到了现在。

苏愆顿了顿，这才将目光落在了陈艺妤身上。他的眼眸很漂亮，像淬着光，让人挪不开视线。他说："女孩子要学会自我保护，而不是等着别人去拯救。"

那天陈艺妤其实有很多种方法阻止店长，但她选择了隐忍。陈艺妤听见苏愆的话，瞬间涨红了脸。

♥ 10 ♥

"我们的文心小公主终于到了……来来来，过来给姑姑看看，是不是变得更漂亮了？"

文心被服务员领到了酒店包厢里，才一推开门，就被热情的文露抱了个正着，也不知道是不是在国外待了两年，习惯了外国的礼仪，捧着文心的脸亲了又亲。没几下，文心的脸上就跟护照本一样，戳满了红印。

文心心里早嫌弃死了，但脸上还是要保持微笑："姑姑，好久不见。"

"啧啧啧，我们文心嘴真甜。也不知道你爸妈这两个工作狂，是怎么生出个这么水灵可爱的女儿来的！"文露埋怨地瞅了一眼还在对着笔记本电脑开视频会议的那对夫妇。

"我今天把安安也叫来了，你们两个坐一块，就不会觉得无聊了。"

叶安安听见自己被点名，笑着对文心挥了挥手。坐在叶安安身旁的徐昭然也抬了下眼皮，算是跟文心打招呼了。文心的手下意识地摸上了门把，好想转身出门，离开这里。

# 第一章
## 苏同学，请多指教

"小心，桌在这边呢，你往门把上摸个什么劲？"

文心的母亲从视频会议中挪开眼，被文露惊愕的呼声吸引了一分注意力，冷笑一声，她扣上电脑，冷然道："她每次一逃家庭聚餐，我闭着眼睛都能猜到她考试不及格。"

如果说三个女人一台戏，那么，三个小孩儿……就是一场批斗大会。此情此景，文心再熟悉不过了。两年前，文露出国前夕，那一顿送行宴上，也是现在这个阵容——文露、董事长、董事长夫人和三个小孩儿。

"小心啊，我听说安安前段时间得了好几个奖呢，你肯定也得了不少吧？"

"小心啊，你表哥天天参加这个比赛那个比赛，都不知道正经去上课，你可千万别学啊。"

"小心，姑姑眼力不太好，帮我看下这个英文是什么意思？"

"哎呀，你怎么没考一中？二中虽说也还行……但是……比一中总觉得差了点儿什么。"

……

往事历历在目。

如今，文心看见姑姑，就有点儿头皮发麻。

文露一边抱怨自家哥哥和嫂子都是工作狂，一边喜滋滋地点了一大桌菜，等到菜全部上齐了，董事长和董事长夫人的视频会议终于告一段落。文心低头默默扒着碗里的饭，只希望这顿饭能快点儿结束。

但文露，明显是有备而来的。她和善地微笑着，往文心的碗里夹了只鸡腿："小心，要多吃点儿，看你瘦的，肯定是读书太辛苦了吧。"

"谢谢姑姑。"

"这次月考多少分?"文盛达搁下筷子,板着脸问。

"我……"

"哥,你也是的,家庭聚会提什么成绩。"文露看文心支支吾吾,当即搂着文心,不满地和哥哥抱怨。

"我听你们老师说,你这次数学只考了79分?"文盛达皱着眉头,冷不丁把考试卷子掷了出来。

"哥,你这么大声干吗?文心是女孩子,哪有这么吼女孩子的?"文露不满地嘟囔。

而每当这个时候,文露带来的叶安安就起了很好的"榜样"作用。

文盛达冷哼:"安安也是女孩子,人家怎么就懂得好好学习?"

"人和人还是不同的,咱们这种身份啊,孩子们不读书就废掉了。小心不一样啊,她再怎么着,也是个富贵小公主。不用干什么事,就能美美地赢在起跑线上……"

真是哪壶不开提哪壶!文露一说到这儿,文心就有不祥的预感。果然,话音落下,"砰"的一声,文盛达脸色铁青,猛然站了起来。

"盛达,你干什么?"幸亏董事长夫人——也就是文心妈妈喊了一声,这才让文盛达猛然反应过来,熄灭火气,坐了回来。

"你这个成绩,你说说你对得起谁?"文盛达压低声音,冷然问。

"哥,小心已经够乖巧了,像我们昭然,如果能有她一半的好,我都省点儿心了。"文露一个劲絮絮叨叨,文心食不知味,只能在桌

# 第一章
苏同学，请多指教

底下狠狠地踩徐昭然一脚，权当发泄。

徐昭然暗暗吃痛，怨气满满地瞅了文心一眼，心想：你不满意你就堵住她的嘴啊，踩我干什么。脸上却皮笑肉不笑地应和道："妈，我哪敢和表妹比呢？这个菜你最爱吃了，多吃点儿。"

说着，他往文露碗里夹了些菜，试图堵住她的嘴。再看向文心的那个小眼神分明是在邀功。

文露不知道是没察觉孩子们之间的小互动还是真的饿了，夸了下文心真乖，便没再说什么，安静地吃饭。

文心正准备放松戒备，母亲犀利的目光看似随意地扫了席上的所有人一眼，目光最终落在了文心身上，严肃道："听管家说，你最近在学什么东西？"

母亲不爱说话，但每次说话都会给人在审犯人的感觉，言语间都透着强烈的压迫感。

文心咽了口唾沫，大气都不敢喘，如实招来："篮球。"董事长夫人日理万机，还会从管家那里听说到她的事？

"嗯，锻炼是好事，注意休息。"不过是短短的一句话，文心的心却莫名地暖了起来。看来虽然他们很忙，但其实还是关心她的。

文心喝了口果汁，怎么刚没觉得这么甜呢？嘴角的笑容渐渐绽放，文心却不自知。

回到家已经十一点。文心精神亢奋，躺在床上翻来覆去，翻着翻着，才想起来一件非常重要的事——董事长的字迹！她还没有拿到手！

文心直接从床上弹了起来，看了看时间，已经十二点半了。她蹑

手蹑脚地打开房间门,外面一片漆黑,用人和管家都已经睡下了。

偌大的文家,空荡无人,静得可以听到远处的狗吠声,每走一步都有轻轻的回响,柜子上的玻璃橱窗还会映出人影……别说,还挺可怕的。

文心的脑海中浮现出各种恐怖片的别墅惊魂夜,翻找东西的动作下意识地加快了速度。

"嗡!"手机突然振动了一下。吓得文心差点儿将手机甩出去,停止心跳。

屏幕上难得弹出了苏惹的短信——"我感觉你会忘记签名的事。"

文心撇了撇嘴。苏惹也太瞧不起她了吧,虽然她是真的差点儿忘记了。

不知道是谁开了书房的窗户忘了关,阵阵凉风钻了进来,撩起层层窗纱,撩得文心心里一阵发怵,起了一层鸡皮疙瘩。

她赶紧去把窗户关了,然后毫不犹豫地给苏惹回了个电话。也不知道是为什么,可能是想壮胆,反正她现在特别想听听他的声音。

等了很久,苏惹才接起了电话:"什么事?"他的声音依旧低沉悦耳,但透过电波传进文心的耳中,有一种别样的味道。

四周的夜黑,似乎没刚刚那样恐怖了。文心紧绷的神经渐渐放松。她没有说话,他也没有挂机,但彼此都能听见对方呼吸的声音。

苏惹大概还在工作,文心隐隐约约能听见那边的对话。

"这些多少钱?"

"七十六块五。"

"那再要包烟吧,要那个牌子的。"

# 第一章

苏同学，请多指教

"九十五。"

"文心？"苏愆终于又轻轻地唤了一声。

文心回过神来，压低声音问他："这么晚，你还没下班啊？"

"嗯，"苏愆顿了顿，正色道，"欠你的钱，想早点儿还清。"

"我又不急。"文心嘀咕。

"开玩笑的。"

但他的声音里却没有丁点儿笑意。文心猜他大概从很早以前就开始每天工作到这么晚了。

夜深人静之时，内心的感受被无限放大。文心握着手机，突然有很多话想跟苏愆倾诉。

文心的朋友很多，但朋友越多，就会发现能交心的很少，苏愆其实没把她当朋友，但她就是特别想依赖他。

"苏愆，我今天还挺开心的，虽然数学考砸了。"

"嗯。"

"苏愆，我发现我妈其实有在关心我，她知道我最近在学打篮球。"

"嗯。"

"苏愆，你答应我要教会我超远距离投篮，好不好？"

"嗯。"

"苏愆……"

"嗯。"

"你有在认真听吗？"文心突然怀疑了起来。

苏愆的声音悠悠地传了过来："有。但是文同学，现在已经很晚了。"

这是在嫌弃她打扰到他了？文心撇了撇嘴："你不是还在工作嘛，又没有要睡觉。"

"但你该睡了。"

"扑通""扑通"……文心的心跳突然加速，她捂着胸口，脸颊微微发烫。一张纸条从抽屉里滑落到了地上。文心捡起，纸条的右下角，是董事长龙飞凤舞的签名。找到了！

她小心翼翼地将纸条收好。手机的另一头，苏怼似乎又在接待下一位客人。

文心默默地挂了电话，给他发过去了一条短信："晚安，苏同学。"

## 《第二章》
### 不知人间险恶的温室小姐

拒绝别人其实也没那么难。
但有时候，拒绝会在金钱面前变得很难。

● 01 ●

苏悆还真是个神人,董事长的字迹模仿得有模有样,文心将试卷往办公室一交,万事大吉。

文心决定抱紧苏悆的大腿:"以后我的家长签字,都交给你了!"

苏悆又好气又好笑地轻轻拍了下她的脑门:"你还是想想怎么把成绩搞上去更好吧,考试及格了,就不需要家长签字了。世上没有不透风的墙,有些事情迟早都会露馅的。"

"反正走一步算一步喽。"

嘴上是这么说,但文心也清楚,自己是该好好学习了。毕竟她还有个没有告诉过任何人的梦想——她想当一名救死扶伤的医生。

她之所以没告诉任何人这个梦想,是怕别人问起她想当医生的原因。这个原因实在是太简单太可笑了。在父母忙于工作疏于照顾她的童年里,陪伴她的是一部又一部的医疗剧,她无数次幻想自己能像剧中的主人公一样,扭转局面。

"不是说要去上课吗?"苏悆清冷的声音拉回了文心的思绪,"还不走?"

少年还是冷冰冰的目光,但眉目也的确美好。他已经转身要走了,文心赶紧跟上:"苏悆,你倒是等等我啊。"

苏悆这个浑蛋仗着腿长走得飞快,腿长了不起啊?


不知道是不是苏悆的错觉,他总觉得文心今天听课格外认真,遇到想不通的问题,居然还主动来请教他。以前她都是拿到了答案就得过且过的。大概是数学老师的家长签名法子起了作用?还是……他的

## 第二章
### 不知人间险恶的温室小姐

话起了作用？他这般胡思乱想着，不知不觉便放学了。但文心还在问他问题。

教室里静悄悄的，只剩他们两个还有值日生。值日生扫地的时候就一直祈祷着这两尊大神可以快点儿离开，但等到他把所有卫生都搞好了，他们还岿然不动，安坐如山。

值日生站在一旁局促地看着专心致志的文心和苏愆，欲言又止。

苏愆朝值日生招了招手："钥匙给我吧，我来关门，你先回去吧。"

"好的好的。"值日生长松了一口气，赶紧卸下钥匙就开溜。此时离放学已经过去了四十分钟了。

"苏愆，这……"文心递过卷子，想问苏愆问题。一阵由远及近的"咚咚咚"的篮球声却打断了她。紧接着，门口传来另一个声音："苏愆！"

文心和苏愆循声看去，就见周锐气喘吁吁地出现在门口，脸上淌着汗水，手中抱着个篮球，身上的8号球衣鲜红似火。

"你们怎么还在这里？"周锐喘着气问道。汗水已经沾湿了他的球衣，单薄的布料贴着皮肤，底下的肌肉若隐若现。

苏愆没作声，倒是文心脸上一红："你怎么过来了？"

周锐举了举手中的篮球："你们不是说要练篮球吗？我先去了公园，没看见你们，又跑回来了，听你班上的人说你们还没走……"

文心问苏愆："现在几点了？"

"六点半。"苏愆平静地应答道。

"都这么晚了？"文心瞪大眼睛，"我以为才放学没多久。"

文心赶紧站起来收拾："那我们现在就走吧，动作快点儿还能赶

在你兼职之前……"

苏愆看着文心脸颊上的红霞,又看了周锐一眼,慢条斯理:"我不过去了。"

"啊?"

"什么?"

文心和周锐都是一愣。

苏愆轻轻推了文心一把,将她推向周锐:"接下来我还有些事,今天你先教她吧。还是那句话,只要她学会了打篮球,你要怎么和我打,你来决定。"

周锐扶着文心,挑了挑眉:"行啊,一言为定。"

苏愆看向文心:"那我走了。"

"哦,好。"文心还有些愣愣的,点了点头。

看着苏愆渐行渐远的背影,文心慢慢开始觉得,苏愆其实是故意给她机会和周锐独处的……

♥ 02 ♥

"对,双手托着球,手指和掌根触球,手掌心不要碰到……保持这个动作,我没说停,你的动作不要变,坚持住……"平日里阳光爽朗的周锐教起人来一板一眼。上次文心就领教了,没想到,这次比上次更严厉。

文心双腿左右开立,膝盖微屈,双手向前上方伸出,篮球举到头顶,目视篮筐,呈投篮的预备动作。她已经不知道自己维持这个动作多久了,只知道现在双手发软,膝盖发酸,骨头好像都在打架。

怎么还不喊停啊……文心偷偷瞟了周锐一眼。但周锐根本就没在

## 第二章
### 不知人间险恶的温室小姐

看她,而是盯着篮筐似乎在想着什么。文心咬牙切齿,浑身微微颤抖着:"周锐,可……可以了吗……我快坚持不住了。"

"那再坚持二十秒。"

"为什么还要……二十秒啊。"文心手脚都麻木了。

周锐摸了摸下巴:"为了让身体记住这个动作,等到实际运用的时候,就会条件反射地做出这一套动作来了。"

一秒,两秒,三秒……每一秒都是煎熬,一场意志力的考验。

……十九秒,二十秒……

"好了。"

随着周锐一声令下,文心终于松了一口气。但身体仿佛不是自己的了,根本不受控制,肌肉还是保持着紧绷的状态。文心不敢轻举妄动,怕在周锐面前摔倒出糗。

她尴尬地咧开嘴笑道:"你……你能不能扶我一下?"

周锐向文心投去了诧异的目光,伸手搀扶她。几乎是一碰触到周锐的手,文心就彻底卸下了浑身力气,双脚一软,拉住周锐,小心翼翼地坐到了地上。

有这么累吗?看见文心整个人直接累得躺在了地上,周锐有些疑惑,待他看完时间,直接倒吸了口气。十五分钟……她居然保持了这个动作十五分钟?

让周锐教篮球的女生不少,但在他的记忆里,女生都是娇滴滴的,基本上坚持个一分钟就会开始喊累。没想到她居然咬牙坚持了这么久……周锐再看向文心时,眼神有了些许不一样。

"今天要不就练到这里吧?看你也很累了。"周锐看着躺在地上动都不想动的文心,提议道。

文心伸了个懒腰,从地上重新爬了起来,亮了下手臂,表示自己已经满血复活:"不用不用,我还可以再训练一阵子,我们接下来应该要学投篮了吧?"

"明天再学吧。"周锐从放到篮球场外的包里掏出一条干净的毛巾,扔了过去,"擦擦汗,毛巾是新买的,放心用。"

文心接住毛巾,却没有要放弃的意思:"我真的还能坚持……而且,你不是想快点儿教会我,和苏愆打一场吗?我知道我是体育白痴,但笨鸟先飞,多加练习,肯定也能很快学会的!"

"可是……"

文心一把拉过他的胳膊,将他重新拉回到篮球场内:"现在七点半,我们再练习半个小时。还是说……你想回去了?"

"你想回去也没关系,"文心放开周锐,笑了起来,双眸弯成了好看的月牙形,"我自己也可以继续练一会儿的。"

说着,她抱起球,站在三分线处,按照周锐先前教的动作,双腿开立、微屈,双手托着篮球,举到头顶,目视篮筐……往前上方的篮筐里用力一掷,划出一道抛物线……一气呵成。只听见"砰"的一声,篮球顺利入筐,落在了地上。

文心难以置信地瞪大了眼睛,看向周锐:"周锐,我刚刚……是进球了吗?"

周锐下意识地鼓起了掌,笑了起来:"很漂亮的一个三分球。"

这是她人生中的第一次进球!文心心中涌起了一阵阵澎湃巨浪,她从小到大都没做成过什么事情,学篮球也是一时心血来潮,但没想到……没准她以后还真能够打一场漂亮的篮球比赛!

她越想越激动,脸上的笑容越发灿烂。

## 第二章
### 不知人间险恶的温室小姐

周锐回头就看见少女神采飞扬的笑颜，毫无掩饰的、明艳悦目的……好像和那些围在他身边的其他女孩子不太一样呢。

"周锐，你为什么这么执着地想和苏愆比赛一场呢？"文心好奇地问道。好像每次看到周锐，都是在找苏愆比赛。

"为什么啊……"周锐摸了摸鼻梁想了想，笑了起来，"因为他很强啊。和弱者比赛，赢了也没什么意思，和强者对决，那种势均力敌的过程，非常有趣。"

"不会害怕自己输吗？"

周锐突然弯下腰，凑近文心，与她对视："你觉得我会输吗？"男孩子的气息猛地迎面扑来，文心始料未及，吓了一跳。

周锐的眼眸澄澈明亮，像晶莹剔透的琉璃球，幽幽地散发着光芒。文心的脸微微一红，咽了口唾沫："不会，你一定会赢的。"

周锐扑哧一笑，轻轻地敲了敲文心的额头："苏愆不是你的好朋友吗？"

文心干笑。就是有像她这样的人，这个世界上才有了重色轻友这一说呀。

虽然之后又照着先前的方法投了几次，都没有再次将篮球投进篮筐，但文心依然心情愉悦。

周锐跟她说："只要多加练习，投篮的精准度会慢慢提高。"

回家的路上，文心给苏愆打了个电话，想迫不及待地告诉他自己进球的事情。但电话响了很久，久到文心都没了最初的激情，苏愆才姗姗接起。电话那头，隐隐约约传来一个女孩子的声音："你先接电话吧，我先过去。"

文心怀疑自己是不是打错了号码,试探地问了一声:"苏愆?"

"嗯,"苏愆低沉的声音缓缓传来,"是我。"

文心怀揣着一颗兴奋的心,愉悦道:"我今天投进球了哦,还是个三分球!周锐都夸我了呢,下次我也投给你看看。"

"嗯,知道了……"苏愆不知道在忙些什么,回答得有些敷衍。文心的热情瞬间被浇灭,握着手机陷入了沉默。

是苏愆先打破了宁静:"不说了。"

"嘟嘟嘟——"

还没等文心反应过来,苏愆已经挂断了电话。

文心撇了撇嘴:"什么啊,居然挂我电话……"

♥ 03 ♥

作为苏愆的债主,文心觉得很有必要好好教育苏愆对待债主的方式。他居然敢挂了她的电话……

第二天,文心是顶着个黑眼圈去上学的。胖子在后面吹口哨:"文心姐,你在扮演熊猫吗?"

文心有气无力地瞪了胖子一眼,趴在桌子上昏昏欲睡。本来还以为苏愆闲下来以后会给她回个电话,结果……她等啊等啊,越等越精神,等到睡不着,可恶的苏愆还是没有给她回电话。

苏愆一进教室,就感觉到一道充满怨念的目光黏在了他的身上。但他完全不受影响,从容不迫地走到座位上,伸手要拉开椅子坐下,椅背上却多了一只手,用力地按着,不让他将椅子拉出来。他挑眉看了始作俑者一眼:"放开。"

苏愆淡淡的一句,不怒自威,文心下意识地服软了,弱弱地缩回

## 第二章
### 不知人间险恶的温室小姐

了手。手缩到一半,不对,她可是他的债主……想到这儿,手又重新压了回去。文心一鼓作气,抬头挺胸质问苏愆:"你的态度很恶劣!昨晚还挂我电话!"

"……"苏愆还以为文心大早上的发什么疯,原来是这事……

他放下书包,捏了捏眉心:"昨天找到了新的兼职,不能随便接电话。"

"那你也没有给我回。"

苏愆沉默地注视着文心:"你找我有事?"苏愆的眼眸幽深犀利,仿佛能看进人的心里去。

文心的气势弱了几分:"是没什么事……但是你答应我要教会我超远距离投篮的。"

这是在秋后算账?苏愆无奈地叹了口气:"我记得。但周锐教你,你不是更开心吗?"而且他昨晚也的确是有些忙。

"对了……"苏愆从抽屉里摸出了一支笔,递给文心,"把你的银行账号给我,欠你的钱待会儿还给你。"

"你不用急着还给我……"

这是要剥夺她的债主身份吗?

苏愆直接将笔塞到了她的手里:"我昨天找到了一份家教的工作,对方的家长预付给我薪酬,我手头暂时不是很紧,先把欠你的还了。"

文心还想拒绝,胖子凑了过来:"文心姐,我还是头一回听到不让欠债人还钱的债主……"

文心推开胖子笨重的头:"就你话最多。"

苏愆还在目光炯炯地盯着文心看。文心烦躁地抓了把头发:"好

了好了，我知道了……"低头在纸上写下了一串数字，递给苏愆，"转到这个账号就行了。"

苏愆将纸条收好，轻轻地"嗯"了一声。没过多久，文心就收到了一笔五千元的到账消息。

文心站在走廊上，看着手机上的提示短信，心里有些郁闷。

"同学，你好。"一道清脆的女声突然打断了文心的思绪。

文心抬起头，一张秀气的小脸映入了她的眼中。文心觉得眼熟，稍稍回想了下，好像是……昨天和苏愆聊天的那个学姐。

"你可以帮我叫苏愆出来吗？"这位学姐笑起来，脸颊会显露出浅浅的梨窝。

虎牙和梨窝，卖萌的两大撒手锏。文心被陈艺妤笑得心里酥酥麻麻的，鬼迷心窍地进去帮她叫苏愆。

苏愆在做题，文心敲了敲他的桌子，他才缓缓抬起了头来，淡然地注视着她："什么事？"

文心指了指站在门口的陈艺妤："有人找你。"

苏愆愣了一下，放下了手中的笔，站了起来走向门外。经过文心时，淡淡地道了句："知道了。"

美女学姐找他，动作这么迅速。她找他，他总是慢条斯理……文心边摇着头，边长长地叹了口气："友情什么的……还真是一文不值啊，同桌这么多年，一点儿同学情谊都没有。"

苏愆一直到上课铃声响起，才回到了教室。

文心托着腮嘀咕："不知道聊什么，居然能聊这么久……"然后她凑近苏愆，压低声音问他："刚刚找你的那个女生是谁哦？"

## 第二章
### 不知人间险恶的温室小姐

苏愆眼皮都没抬一下:"高二年级的团支书。"

高二年级的团支书是谁?

文心怀揣着这个问题,想要问苏愆,可是看他低头刷题,那些小问题又悄悄缩回角落。

不过就算不问苏愆,也不愁没人给她回答这个问题。既然是高二团支书,那么优秀,知道她的人肯定不少。

于是,她用了一盒小饼干,就打听到了她想获得的信息。

"文心姐,你是说高二团支书吗?那是陈学姐啊。"小胖子拆开饼干包装,吃得眉开眼笑,幸福地开始爆料。

"别叫那么亲昵,还陈学姐呢,说得好像你们很熟一样。名字呢?知道吗?"

"她是咱们二中的校花,成绩非常好,名字叫陈艺妤。文心姐,你连陈学姐都不认识,你确定你是咱们二中的人吗?"小胖子嘴角边的饼干渣子都没有擦干净,语重心长地望着文心。

文心却一点儿都不在乎小胖子对自己的看法,她只是在想大家是不是都很喜欢陈艺妤这样的人。

小胖子没明白文心藏在文静外表下的小心思,想也不想飞去一白眼,诚恳地回答:"我觉得学姐简直就是全校人的女神啊。"

对于评断标准永远浮在外表这一栏的小胖子,文心觉得再问也问不出什么来了。她决定换一个人,继续问。

可她却万没想到,换一个人,得到的却是相同的结果:"陈学姐啊,很优秀,我也希望成为那样的人。"

这种一面倒的赞美评价,只有在周锐这儿才得到遏制。

"陈艺好吗?"周锐带球跑到篮筐底下,轻轻一跃,"咚"的一声,扣篮进球。他擦了把汗,对文心说:"长得还挺好看的,虽然不是我喜欢的类型。"

文心追问:"那她是属于什么类型?"

"呃……"周锐想了想,"聪明文静型吧,毕竟是团支书,但听说性格有点儿内向,不是很喜欢跟别人说话。"

但她三番四次跑来高一年级找苏愆。文心在心里暗暗补了一句。

"你怎么突然问起她?"周锐疑惑地问道。

文心摆了摆手,打着哈哈:"没什么,就那天看见了,觉得挺好看的,有点儿好奇。"

"我以为只有男生会因为这个原因而好奇一个女生。"周锐哈哈大笑了起来,落在文心身上的目光溢出了温暖的笑意。他的嘴角上扬,呈现出一道赏心悦目的弧度,"你也很好看啊,特别是穿了这一身。"

文心低头看了眼自己身上的白色2号球衣,脸颊浮起了两朵红霞。这是周锐刚刚送给她的球衣。周锐说既然文心当了他的小徒弟,他这个做师父的应该有点儿表示,于是送了这件衣服给她,还催她赶紧换了试试看。意外地很合身。

"难得今天穿得这么正式,要不我们来点儿正式点儿的训练吧。"

周锐双腿前后开立,放低重心,开始运球。他继续说道:"只要你能在不犯规的情况下,从我手上抢到球,等会儿我就请你吃饭。"

"你这也太小看我了吧……"文心蓄势待发,"你等会儿可别后悔噢。"

## 第二章
### 不知人间险恶的温室小姐

♥ 04 ♥

在周锐的教导下，文心的球技有了质的飞跃。有次体育课，她还小小地秀了一把，投中了好几个球，运球的动作也是有板有眼。

不过，她没想到的是……

"文心学妹，希望你能帮帮我们，暂时加入校女子篮球队，和我们一起参加决赛！"饭堂里，一个身材高挑的自称是校女子篮球队队长的女生突然出现在了文心的面前，目光真挚地看着她，诚恳地说道。

"哈？"文心难以置信，指了指自己，"你说让我加入校篮球队？不行不行，我没那个水平。"文心摆了摆手道。

"我们半个月后有场市级的决赛，但是正选队员受伤了，可能没办法赶上比赛……我们女子篮球队人本来就少，候补只有一个，但那个人刚去了国外留学。我那天看到你在体育课上的表现了，希望你能加入我们。"

二中的女子篮球队不如男子队受欢迎，实力也没男子队高，但这回是第一次打进决赛，队员们都相当重视。

文心吃软不吃硬："那好吧，我试试看。"

"那说好了哦，今天放学以后，到学校篮球场集合哈。我还有事，先去忙了。"

说完，女生就笑着走了。

下午的历史课，文心还在想着篮球队的事。越想越后悔，她抬头看了眼苏愆，想听听他的意见，但苏愆正趴在桌子上补眠，整张脸都埋进了双臂里——很没安全感的睡姿。

老师们对成绩好的学生都特别宽容，就算苏愆在课堂上明目张胆

地睡觉,也不会管。

讲台上的历史老师在讲下周去博物馆的事情:"到时候你们要听从指挥,跟紧带队老师,班长和纪律委员协助老师管理好班级纪律,我不希望去博物馆一趟出什么意外。"

二中的校外参观活动比较多,每年基本都有一两回。但考虑到学生安全管理,这些校外活动并不是动员全校一起参与,而是分批进行。

不用上课,还可以去游玩,学生们对校外参观活动普遍热情高涨。高一(3)班的同学们盼星星盼月亮,总算是盼到了属于他们的校外活动。底下的同学都在窃窃私语,满怀期待。

苏愆被这一阵小小的骚动吵醒,打着哈欠抬起了头。他的脸上一脸困倦,眼底是深重的黑眼圈,文心心想他昨晚一定又熬夜打工了。

"苏愆。"文心下意识地唤了他一声。

苏愆疑惑地将目光落在了她的脸上。她的眉头微蹙着,隆起一个小小的疙瘩,目光中带着担忧:"苏愆,虽然赚钱很重要,但身体更重要,如果着急用钱,我可以借给你。"

苏愆挑了下眉,没有说话,只是直直地凝视着文心,仿佛能看进她的眼里。文心有点儿不自在地别过了脸,良久,听到苏愆淡淡的声音:"你什么都不懂。"

文心撇了撇嘴。不就是他家经济困难,缺钱,但他又自尊心作祟不肯借钱呗,她有什么不懂的。

放学后,文心给周锐发了短信说明情况后,如约去了校篮球场。

自从周锐给文心开小灶教她篮球后,他已经有一段时间没有在放

## 第二章
### 不知人间险恶的温室小姐

学后和队友练球了。少了周锐的篮球场人气明显下降,文心赶到时,只有几个篮球队的队员在练习。

文心很快就认出了今天来找她的女子队队长。队长正和三个女生在练习投篮,文心挥了挥手,想跟她打招呼,却发现自己根本不知道她叫什么名字,想了想,喊了声:"队长。"

队长终于注意到了文心,笑着迎了上去:"抱歉抱歉,中午的时候有点儿忙,都没自我介绍。我叫毕鑫,这几位分别是乔菲、韩丝芙,还有叶雅。"

相比起毕鑫的热情,其他几位队员对文心只点了点头算是打了招呼。

毕鑫尴尬地笑了笑:"那我们开始吧。"

练习的第一个项目是运球,每个人围着篮球场运球跑五圈,第一个完成的先休息,第二个完成的再多跑一圈,第三个完成的再多跑两圈,以此类推,最后一名将要多跑四圈。

文心看了下身边的篮球场,心想:感觉还好,不大。结果队长往外围的篮球场边线一指:"是最外面的那条哦。"

二中的篮球场,由六个小型篮球场组成。文心眼睛都看直了,咽了口唾沫:"要不要一上来就玩这么大?"

毕鑫微笑:"时间紧迫嘛,当然要加强训练了。文心学妹是现在就要放弃了吗?"

文心的字典里没有"放弃"两个字,从小到大,她就有一股执拗劲。她一咬牙:"我跑!"

苏您在操场上等陈艺妤时,远远地就看见文心和几个女生在围着

篮球场运球跑步。文心已经不是当初那个追着球跑的女孩了,她已经学会了很好地控球,虽然动作还有些笨拙,但看得出来周锐教得很用心,文心也学得很努力。

但现在这个时间,她不是应该跟着周锐继续学篮球的吗?怎么在这里和其他女生……比赛撞击运球?

没错,就是撞击!本来文心是领先的,结果后面的四个女生轮着突然加速,全部从文心的身侧冲过去,顺便还"很不小心"地撞一撞文心,之后又放慢了速度,等文心超过她们以后,再次冲锋撞击……周而复始。

苏怼下意识地皱起了眉头,右脚迈出,正准备走过去,一声温婉的叫声却打断了他。

"苏怼,抱歉,让你久等了。班上有点儿事,刚刚一时走不开。"陈艺妤小跑过来,脸颊上还泛着淡淡的红晕。

苏怼将目光挪开,语气淡淡的:"没事。"

陈艺妤笑了笑,温婉可人:"那我们走吧?"

苏怼抬头又看了看篮球场的方向,撞击运球还在继续,但比赛的人只剩下三个人,其中一个就是文心。

苏怼将目光收回,跟上陈艺妤:"嗯,走吧。"

05

"痛痛痛,张阿姨,你轻点儿,轻点儿……啊!"文心的房间传出了一阵鬼哭狼嚎。文心正撩起衣服,坐在床边让管家张阿姨帮她上药。她回家的时候还没发现什么异样,刚刚洗澡,看着镜子中的自己,手臂上腰上一块青一块紫,才明白为什么从篮球

## 第二章
### 不知人间险恶的温室小姐

场离开以后就浑身酸痛。起初还以为是运动量猛地增大引起的肌肉酸痛。

张阿姨眉头拧成了一个疙瘩，心疼得不行："小心，你是不是在学校受欺负了？告诉张阿姨，我立马过去找他算账！"

"没有没有，"文心摆了摆手，"今天打篮球的时候被撞的，运动的时候小磕小碰很正常，没什么事。"

文心之前听周锐说过，他有次比赛被撞得手臂都脱臼了。跟他一比，自己这根本算不了什么。

手机振动了一下。是周锐的微信："小徒弟，今天的训练还顺利吗？"

文心翻了个身，回复道："还可以，就是被撞得有点儿惨。"

"第一天就这么激烈？其实我也挺想不通她们为什么找上你，虽然我对我的徒儿还是很有信心的，不过你没多少对战经验，如果真的应付不过来，就拒绝她们。"

虽然文心一开始有点儿后悔答应了毕鑫，但今天跟着她们训练了下，发现挺有意思的，和平时周锐教导她时不一样。

"知道了，周学长。"

和周锐有一搭没一搭地聊了一会儿，不知不觉到了睡觉时间。跟周锐道了晚安，文心正准备关机睡觉，手机却突然响了。

房间里已经熄灯了，突如其来的铃声在黑暗中带着诡异的气息。是个陌生的号码。文心一开始并没有接起，但对方锲而不舍，屏幕只黑了一秒，又继续亮起。

文心最终只能接起了电话："喂，你好，请问你是哪位？"

"是文心，文同学吗？"手机另一头，是中年女子喜出望外的

声音。

"是我。"文心觉得声音有点儿耳熟,但记不起来。

对方热情地自报家门:"我们见过面的,我是苏愆的妈妈。"

苏愆的妈妈找她做什么?文心感到莫名其妙:"阿姨好,请问你找我是有什么事呢?"

苏妈妈看了眼坐在对面忧心忡忡愁眉苦脸的老朋友,握紧手机,为难地咽了口唾沫:"是这样的,文同学。阿姨我现在着急用钱,但我们家的情况你也知道,所以我想找你……"

"借钱?"

"对对对,我会很快还给你的,上次的五千元,我听小愆说已经还给你了。"苏妈妈小心翼翼地笑着说。

"那这次你需要借多少钱呢?"文心还愁着怎么找借口"打压"苏愆,他的妈妈就找上门来了。吃人嘴短拿人手软,看苏愆以后还敢不敢对自己不理睬。

"呃……"苏妈妈笑了两声,弱弱道,"五……五……五万。"

"五"了这么久,文心还以为她要借五百万五千万……

文心微笑:"好的,我等会儿打到你的账户上。"上次转过一次,文心的手机上还有记录,转账很方便。苏愆想摆脱负债人的身份,大概任重道远了……

挂了电话后,文心给苏愆发了条短信:"你妈妈刚刚打电话来找我借钱。她怎么会有我的号码?"

结果苏愆不知道在忙什么,一直没回复。文心等了半个小时,苏妈妈又打电话来问了一次,说很急用,于是文心只能先将五万块转了过去,然后关机,睡觉。

## 第二章
### 不知人间险恶的温室小姐

第二天开机时,手机一直响个不停,全是叮叮咚咚的提示音——七十七个未接来电,三十多条信息……全是苏愆,显示的时间通通是三点过后的。

苏愆是不用睡觉的妖怪吗?文心边刷着牙边想。

等文心回到教室,苏愆已经一脸苦大仇深地等在那里了。文心弱弱地打了个招呼:"嗨。"

苏愆一抬头,见是文心,猛地站了起来,一把握住文心的手腕就往外拉。文心被他一路拽着,只能跑起来才跟得上。

"苏愆,你要做什么啊?等等,走慢一点儿,我跟不上啊……"

文心走得磕磕绊绊的,一不小心撞到了迎面走来的一个男生,本来布满瘀青的肩膀上加霜,痛得文心直抽气。苏愆这才松开了她,面无表情道:"抱歉。"

文心的内心在咆哮:"我可没感觉到一点儿歉意!"她撸起短袖看了看肩上被撞的地方,深色的瘀青在白皙的肌肤上分外显眼。苏愆目光一凛,想起昨天看到的篮球场上的一幕,语气下意识地柔了几分:"涂药了吗?"

苏愆语气中的关怀让文心生生一愣。文心的心突然"怦怦"地跳了起来,本来想责备他的气势也弱了:"嗯,涂了……你一大早上的拉我出来做什么?"

"我半夜才看到你的信息……"苏愆揉了揉疲惫的眉心,叹了口气,"你还没把钱打过去吧?千万别给她。你直接拉黑她的手机号码,以后她找你借钱,你都不要理会。我也不知道她怎么会知道你的手机号码,可能是趁我没留意的时候从我的通讯录上找到的。"

文心撇了撇嘴,眼光闪烁:"但我已经借啦。"

"我就知道……"苏愆突然情绪失控,用力地捶了一下墙壁,"你借给她多少钱?"

文心吓了一跳,愣愣地伸出了五根手指。

"五千?"苏愆蹙眉。

文心咽了口唾沫:"多加一个零。"

"……"

苏愆突然不说话了。

五万,对文心来说大概算不了什么,但对苏愆而言,已经是个天文数字。他每天兼职多份工作,省吃俭用,一个月下来已所剩无几,之前的五千元还是他做家教,对方家长预付给他的报酬。现在再让他还五万,他……烦躁地吸了口气,然后一步一步地靠近文心,文心有点儿搞不清状况,只是瞪大眼睛看着苏愆,他进一步她退一步,最终被逼退到了墙角。

"苏愆……你……冷静点儿……"。

苏愆强压下怒气:"你为什么这么纵容她?"苏愆靠得很近,近到她能够闻到他身上淡淡的香皂味。他抿着唇,脸部的线条紧绷着。

文心的心跳一下子失了频率,她垂下眼帘:"因……因为她是你妈妈呀。"

"那你为什么要纵容我?"

为什么呢?大概是自己一直一厢情愿地将他当作是好朋友,大概是尝到了当苏愆债主的甜头,大概是……

"因为……苏愆,我想和你交个朋友啊。"

从当年鼓起勇气和他打招呼开始,她就决定要当他的朋友,虽然一直努力都没有成功,但文心的字典里没有"放弃"两个字。

## 第二章
### 不知人间险恶的温室小姐

"……"苏愆深深地叹了口气,很是无奈,他伸手轻轻弹了下她的额头,"你傻吗?"

♥ 06 ♥

在同学们的日思夜盼之下,参观博物馆的日子终于到了。

文心这些天都有些郁闷。那天苏愆扔下一句"我会尽快把钱还给你的",就留下捂着额头还在发呆的她离开了。之后苏愆对她的态度也是淡淡的。本以为她的话会让他有些动容,没想到是对牛弹琴。

排队等大巴的时候,胖子戳了戳神游太虚的文心:"文心姐,没想到我们这次还是跟高年级一起出发。"

文心一抬头,就看见高二年级的学生正陆陆续续地走了过来。大概因为没几个认识的,她一眼就看到了人群中的陈艺妤。

文心跺了跺脚。怎么她也在啊?不知道为什么,她一点儿都不喜欢陈艺妤。

"好多人看到这位陈学姐和学神经常走在一起,都猜测纷纷呢。"胖子八卦兮兮地凑近文心,瞄了一旁正在背单词的苏愆一眼,压低声音问文心,"文心姐,作为学神的同桌,你就没听说什么?"

文心摇了摇头:"没有。但学神的人设……总让我觉得他无情无欲,不会跟谁谈恋爱。"

"是吧!"胖子总算是找到了组织,小小的眼睛努力瞪大,"我也是这么觉得的!"

被议论的人恰好听力非常好,将两个人的话全听了去。苏愆将手中的单词小册子塞回背包里,嘴角微微上扬却不自知:"什么无情无

欲……我可是很想一夜暴富的啊。"

学校租了两辆大巴,高一和高二各坐一辆。但高二人比较多,坐不下,分了一部分到高一的大巴上。文心本来是跟胖子坐一块的,但刚坐定,就见一抹熟悉的身影走了上来。她看向苏愆的方向,此时苏愆正一个人坐在靠窗的位置,趴在窗边补眠,身旁的位置空无一人,刚上来的人找了一圈,也盯上了苏愆身旁的位置。是陈艺妤!

脑海中猛然掠过胖子发的微博:"下楼买饮料,居然都能碰到学神和学姐,我这运气也是没谁了。"

"哪个学姐?哪个学神?"

"这位陈学姐啊……陈艺妤。"

文心猛地一下子从座位上弹了起来,仗着距离的优势,走向苏愆身旁的位置,一屁股坐定。她微笑着看向站在过道上的陈艺妤,笑容中带着一丝挑衅:"学姐,不好意思,这个是我的位置。"

陈艺妤攥紧了拳头,脸上却是温婉可人的:"不碍事,我只是刚好看到这里有空位,以为没人。"

文心得意地往靠背上一靠,大大咧咧地翘起二郎腿,一副"我的地盘我做主"的姿态:"空位还有很多,学姐随便坐。"

陈艺妤离开后,文心才放下二郎腿,捂着嘴偷笑,身旁传来轻轻的咳嗽声。一回头,文心才发现苏愆不知道什么时候已经醒了,正托腮注视着她。

一双眼眸深邃漆黑,宛若黑曜石,滴溜溜地转,就是不知道到底在想着什么。

文心的脸颊浮起了两朵红晕,硬着头皮道:"我就是不想别人打扰你睡觉,你不是还要干活给我还钱吗?你要是累倒了,我找谁

## 第二章

### 不知人间险恶的温室小姐

要钱?"

苏愆淡淡地看了她一眼,低下头,继续补眠。

"嘀嗒",文心的手机响了。点开,是胖子流泪的表情包:"文心姐,你抛弃了我!"

此时,陈艺妤正坐在胖子旁边,低着头摆弄着手机。文心笑着回了胖子一句:"我这是给你机会和美女学姐一起坐啊。"

恒市的博物馆主要展览了民国时期的物件和资料。带队老师简单跟大家介绍了一下概况后,就是四人一组的小组自由活动时间。

文心拉着胖子火速站在了苏愆旁边,强行和他组成了一组,但还差一个人。文心看了眼不远处的陈艺妤,见她似乎想走过来找苏愆,赶紧随手拉了旁边的一个男生:"同学,组队了吗?"

男生没想到有女生突然跟他说话,怔松了半刻:"没……没有。"

文心微微一笑,抬头对苏愆说:"好了,正好四个。"

文心的小动作苏愆早就看在了眼里,却不拆穿,只扔下一句"随你",转身走向一号展厅。但随即他又在心里暗暗地补了一句:"幼稚。"眉目已经不自觉地渐渐柔和了几分。自从父亲出事后,都是他在支撑整个家庭,这种处处被护着的感觉,居然还有点儿特别。

一号展厅是民国馆。

文心摸着下巴,看着橱窗中的结婚证书——"两姓联姻,一堂缔约,良缘永结,匹配同称。看此日桃花灼灼,宜室宜家,卜他年瓜瓞绵绵,尔昌尔炽。谨以白头之约,书向鸿笺,好将红叶之盟,载明鸳谱。此证。"

"好浪漫……"文心忍不住感慨。

苏愆对电报上的摩尔斯密码颇感兴趣；胖子则盯着食谱，一个劲地偷偷往嘴里塞零食，"好饿……"；被强行拉过来组队的男生无所适从，只能在笔记本上做些记录。

从一号展厅出来，胖子捂着肚子，表情扭曲："文心姐，帮我拿下包，我想上下卫生间。"

"哦哦。"文心接过胖子的背包，转身问另外两个男生，"你们也要去吗？我可以帮你们看管……"

文心的话还没说完，一个背包塞进了她的怀里。耳边传来苏愆不冷不热的声音："帮我拿一下。"

跟队的男生跟上苏愆："那我也去……不过背包我自己背着就好。"

苏愆的背包已经有些旧了，帆布的表面被洗得发白，也不知道里面放了什么，轻飘飘的。

文心找了一处地方坐下等他们，怀里苏愆的背包突然发出了响声，应该是手机响了。文心左右看了看，苏愆还没出来……

要不要帮他接电话呢？文心犹豫了一下，还是拉开了背包的链子，摸出了苏愆的手机。抽出手时，一张纸片也从背包里飘了出来。

文心捡起地上的纸片，手机的铃声已经停了，未接来电上显示"七月"。文心记得苏愆有个妹妹叫苏七月。正准备将掉出来的纸片塞回到背包里，眼角却一个不小心瞄到了开头的第一句话——"致陈学姐。"文心的脑海里顿时闪过一个名字，陈艺妤。

文心咽了口唾沫，在好奇心的驱使下打开了纸片，但还没来得及

## 第二章
### 不知人间险恶的温室小姐

细看,就听见胖子欢快的笑声:"文心姐,我回来了。"

她手一抖,吓得赶紧将信纸往口袋里一塞。

后来文心一直没想明白,为什么自己不塞进苏怹的背包里,而选择了塞自己的口袋里。

文心抬头,看见苏怹跟着胖子慢悠悠地朝这边走来。他的脸上没有任何表情,但文心还是做贼心虚,心脏"扑通扑通"地跳个不停,一直不敢直视苏怹。信纸还在她的口袋里,她该怎么办才好?她真的不是故意的。

她故意跑到苏怹面前,递上背包:"刚刚你手机响了,我打开看了你的手机一下……好像是你的妹妹。"

"哦,好的。我去回个电话。"苏怹接过背包,拿出手机走到了一旁。

之后的整个参观活动,文心都不在状态,心里总惦记着口袋里的纸片。

♥ 07 ♥

"苏学长,你帮我写好贺卡内容了吗?"书房里,一个十四岁的少年小心翼翼地将门锁上,一脸紧张地凑近苏怹。

苏怹正在看书,一抬头,就对上了少年在他眼前骤然放大的脸。少年的眼眸明亮,似有繁星。乍听见他的话,少年的小脸都垮了下来:"陈学姐好优秀,我一直很钦佩她,想跟她做好朋友……学长你写好了吗?"

"哦……"苏怹边在背包里摸那封信,边语重心长地说道,"不过我认为,你自己想内容会更有意义。"

少年皱起了眉头，十分为难："这我也知道……可我的写作水平学长你又不是不知道，读都读不通顺怎么办？好丢人的。"

苏愆在背包里摸啊摸，没摸出个结果来。他明明记得昨晚临睡前放进背包里了。脑海里突然浮现出一张明丽秀气的脸，今天打开过他背包的，似乎只有文心。苏愆挑了挑眉，告诉正期待地望着自己的少年："抱歉，丢了。"

"啊，你说什么？"一个少年突然失去了梦想。

少年趴在桌子上，生无可恋："明天陈学姐生日，我还想趁好时机把礼物和信一起交给她呢。"

小豪是初中部三年级的学生，因为基础很差，学习怎么都提不上去。但小豪很钦佩高中部有才的学长学姐，一度在校园里听说过他们当年的"神话"。而且他听说陈艺妤的英语口语特别好，就托苏愆的关系让陈艺妤给他辅导学习。但陈艺妤大概还没发现，小豪非常仰慕她，想和她做好朋友的心情吧。

陈艺妤安排好了小豪接下来要完成的内容，在苏愆身旁坐下。她偷偷观察苏愆，只一个侧脸，就让她惊叹不已。这世上怎么会有这么好看的男孩子呢？

她犹豫了一阵，问道："今天和你坐一起的女孩，你们关系很好吗？"

"还行。"苏愆姿势都没变一下，淡淡道。

就在陈艺妤要松一口气，再说什么的时候，苏愆突然又开了口："有点儿一言难尽的关系。"

陈艺妤干笑了两声，没再说什么。

## 第二章
### 不知人间险恶的温室小姐

而关系一言难尽的某人，正趴在书桌上，用笔戳着桌面上的信纸，愁眉苦脸："打开还是不打开呢……"想看，但又觉得侵犯了苏愆的隐私。而她居然就这样鬼使神差地把苏愆的信件带回家了！

"罪过，罪过……"文心突然一拍脑袋，"既然都带回来了，我说没看过也没人信啊，肯定是上天想要满足我八卦的心，那我就不客气……"文心屏住呼吸，正准备打开。

"啾啾啾……啾啾啊啾……"安静的书房里，文心的手机突然铃声大作，吓得文心差点儿心都要蹦出来了。

"谁啊？"文心看都没看来电显示，有些生气地接起了电话。她好不容易鼓起勇气干点儿坏事，还被打断了！你说气不气！结果一听见电话另一头的声音，文心就蔫了。

苏愆没想到对方一上来就是一声吼，愣了一下，但很快气定神闲："是我，苏愆。"

"啊哦，"文心心虚地左右看了看，将信纸塞回到口袋里，佯装镇定，"大晚上找我是有什么事吗？"

"你今天有没有在我的背包里看到一张纸？"苏愆的声音从手机里传来，总有种不真实的感觉。

文心睁眼说瞎话："没有！我什么都没看见。"心里的天使却在叫嚣："在这里在这里，我不仅看到了，还拿走了！"

她咽了口唾沫："呃……那是什么东西哦？很重要吗？"

"也不是什么重要的东西。既然你没见过，那先挂了。"

挂了电话的苏愆已经确定帮小豪写的信是被文心拿走了，但他懒得戳穿她，只能回头对遗憾不已的小豪说道："晚点儿直接微信

给你吧。"

"真的吗？"小豪黯淡的眼眸一下子被点亮，他笑得心满意足，"谢谢学长！看来我可以赶上明天一起交给学姐了，嘿嘿。"

而恒市另一角被负罪感击败的文心同样在盘算着："为了弥补我的过错，要不我明天跑去高二帮苏愆递了这封信吧……"

第二天，文心起了个大早。她觉得单单一张信纸太不正式，特地提前出门，让司机载她去买了精致的信封才到学校。高一和高二不在同一栋教学楼。信在她手里待得越久，文心就越坐立不安，索性一进校门直奔高二教学楼。

一个个班级走过去，终于找到了陈艺妤所在的班级。教室里人不多，陈艺妤是坐在里面的其中一个。文心大步流星地钻进了高二教室，将信封直接放到陈艺妤桌面上。陈艺妤始料未及，半天没反应过来。

这个女孩不是苏愆的同桌吗？怎么跑过来了？

文心一鼓作气："这是苏愆给你的。"

扔下这么一句话，也不看陈艺妤的反应，文心就撒开腿撤了。离开教室的文心靠在楼梯间的墙上喘气："没想到我也会有当信使的一天啊。"

文心回到教室时，上课铃声正好响起。她本来还有些忐忑，但看到坐在座位上整理课本的苏愆，心情豁然开朗，屁颠屁颠地走了过去。

"苏愆，嘻嘻……"文心一屁股坐在了苏愆的身旁，"我知道你喜欢装酷，会不好意思，所以帮你搞定啦！"

## 第二章
### 不知人间险恶的温室小姐

文心笑得眉眼都弯了,嘴角都快咧到了眼睛上去。苏愆心底一沉,直觉告诉他应该不是什么好事……但文心什么都不说,只告诉他:"反正我不会坑你的啦!"

直到下午放学,看到等在校门口的陈艺妤,苏愆心底升起了一股被坑了的感觉。

今天陈艺妤生日,小豪早早就约了她一起庆祝,苏愆以要去打工为由拒绝了。这个要赴约的人为什么会站在校门口?

苏愆不想细想,直接无视陈艺妤要走出去。陈艺妤只当苏愆害羞了,他都这么主动给她送信了,她总得做些什么回应他给他个台阶下吧。于是红着脸轻轻唤了声:"苏愆……"

苏愆的右边眉毛挑了一下,脚步却停了下来,看向陈艺妤。只见陈艺妤少女怀春,双颊绯红,欲言又止,一副小女生扭捏含羞之姿……手上还攥着一封他似曾相识的东西……那不是他昨天失踪的那份帮小豪写的信件吗?

想到早上文心得意的笑脸,苏愆突然好想把她拉到身边狂揍一顿。文心总有办法让苏愆无波无澜的心掀起千层浪。

苏愆扶额叹息,他知道文心藏了这份信纸,却万万没想到她还帮他送过去了。

陈艺妤鼓起勇气:"我……"

苏愆连忙打断她:"明天我们再讨论这件事,可以吗?"

苏愆被文心气得脸都红了,但在陈艺妤看来,却是苏愆害羞了,原来他也会有害羞的时候,太可爱了。

陈艺妤尊重苏愆的安排,微笑着点了点头:"好,那明天见。"说完,怀揣着一颗少女心,喜滋滋地跑了。

苏愆目送她远去的身影。等今天晚上,她看到小豪给她的内容一模一样的信纸,大概明天不会想见他了吧。

### 08

这几天文心都在暗中观察苏愆和陈艺妤。虽然她不喜欢陈艺妤,但作为朋友的朋友,她要学会爱屋及乌。

但……似乎一点儿动静都没有,陈艺妤甚至疑似在避开苏愆。再没有人看到他们一起放学,学校里关于苏愆和陈艺妤的传闻渐渐销声匿迹。

难道他们闹矛盾了?意识到这一点的文心,险些惊叫出声。

"啊!"脚下一绊,文心整个人摔倒在了水泥地上,顿时回神。膝盖和手臂传来的双重疼痛,使得她真叫出了声来。

"对不起,对不起,我……我没注意。"乔菲手忙脚乱地蹲下身,紧张地问道。

水泥地粗糙,文心的膝盖被擦破了皮,有血不断渗出。她痛得蜷缩成了一只虾,本来想说自己没什么事,但眼泪却不受控制地溢出了眼眶。

从小到大,文心都被管家张阿姨悉心照顾着,从来没有磕过哪里伤到哪里。

"怎么了?发生什么事了?"韩丝芙和毕鑫见状,也跑了过来。

"我刚不小心撞到了她……她就摔倒了。我真的不是故意的。"乔菲慌张地解释道。

相比起其他三人的嘘寒问暖,叶雅显得漫不经心。

在旁边篮球场打练习赛的周锐注意到了女子队的情况,愣了下

## 第二章
### 不知人间险恶的温室小姐

神,队友的一声呼唤却打断了他的思绪:"周锐!"

一个篮球迎面而来。周锐一个跳跃,稳稳地接住了球,瞬间忘了女子队那边的事情。

"让开。"从休息区回来的叶雅冲着她的队友淡淡道。

毕鑫、韩丝芙和乔菲撇了撇嘴,让出了一个位置。叶雅拧开矿泉水瓶,先用水冲洗了下文心膝盖上的伤口。

文心痛得直吸气:"嗯,你……你轻点儿啊……"

"我送她去医务室吧。"一道阴影突然出现在了文心上方,挡住了所有的阳光。来人不是苏愆又能是谁?

文心想问他你不是一放学就要赶去兼职的吗?话还没说出口,人已经被苏愆整个横着抱了起来。刚刚摔的那一下,在文心心里留下了阴影,她害怕二度摔伤,下意识地抱住了苏愆。

路过的学生看到,都窃窃私语。偏偏苏愆一句话都不说,文心的手撤也不是,不撤也不是。撤了不就证明她在胡思乱想吗,但不撤……她和苏愆之间纯洁的友情都快被质疑了。

文心只能打着哈哈转移注意力:"你怎么还没走?"

"今天我值日。"苏愆还是冷冰冰的。

说来也是厉害,苏愆这瘦削的身板,抱着四十多公斤的她,依旧健步如飞,都不带喘口气。

她仰起脸问苏愆:"苏愆,你和陈艺好绝交啦?"

不提陈艺好的事还好,一提这事,苏愆顿觉一股火气从心底奔涌而出。文心还是一副好奇宝宝的模样,就等着他点头然后开启安慰模式了。

伸手不打笑脸人。苏愆的怒火生生卡在了喉咙里。半晌，他终于挤出了两个字："闭嘴。"

苏愆恼羞成怒了！文心看向他的目光又添了几分怜悯。

而刚锁上医务室门的老师看见苏愆黑着脸来势汹汹地抱着个人走了过来，还以为出了什么大事，连忙把门重新打开。

"同学，你还好吗？"医务室老师担忧地询问被放在了病床上的文心。

"我很好啊老师……"文心指了指发红的膝盖，"就是膝盖还是有点儿痛。"

"……"医务室老师抬头看向苏愆："你紧张什么？"

苏愆生气地说："关我什么事？"

"刚接到紧急电话说女生宿舍有人晕倒了，得去抬人呢，你们自己弄一下吧，我先走了。"

医务室老师将消毒药水和创可贴往苏愆身上一扔，火急火燎地开溜了。不大不小的医务室里，只剩下苏愆和文心两个人面面相觑，只能靠自己了。

文心伸手要拿消毒药水："我自己来就可以了。"

苏愆没搭理她，径自蹲下身，用棉签蘸了消毒药水给文心清理伤口："别乱动。"

棉签像羽毛一般在伤口上轻飘飘地扫过，有点儿刺痛，但可以忍受。他的手真是好看，修长白皙，骨节分明，像艺术长廊的艺术品。目光一路往上，他的脸……

苏愆猛地一抬头，目光如炬，文心吓了一跳，赶紧移开目光，脸微微发烫。

## 第二章
### 不知人间险恶的温室小姐

"我奉劝你一句吧。"苏愆收起棉签,"退出篮球队。"

"嗯?"文心疑惑地又看向他,"为什么?"

结果……

"哒——"苏愆突然重重一下往文心的伤口上贴上了创可贴,文心毫无防备,痛得差点儿跳起来,"苏愆你就不能轻点儿吗?是想痛死我吗?痛死我你就没朋友了!"

苏愆依旧没搭理她,自顾自地说道:"你也知道痛?"

"我怎么可能不知道痛!"文心恼怒道,腮帮鼓鼓的,"我又不是机器人!"

"知道痛还留在那里,是这里出问题了吗?"苏愆轻轻戳了一下文心的脑袋,毫无波澜的眼眸中泛起了淡淡的笑意。

"这次只是意外,是我走神了……"

"你身上的瘀青也是意外?"

"……"文心突然噤了声,良久,闷闷道,"可能也是吧。"

不知人间险恶的温室小姐。苏愆无奈地叹了口气。

文心摩挲着膝盖上的创可贴,嘴唇微抿:"我也想不明白,她们为什么会这样……我又没对她们做过什么,她们为什么要针对我?"

苏愆注意到了文心手臂上的小伤口,皱着眉头,重新抽出一根棉签:"把手伸过来。"

文心这次警惕了:"你想做什么?"

"我说文大小姐,你的手臂上还有伤口,不痛就不用消毒了吗?"苏愆又好气又好笑。文心这才乖乖地伸出了手臂,让苏愆帮她上药。

"你没有对别人行恶,不代表别人不会对你行恶,你对别人好,

也不一定会得到回报,有很多事情没有表面上这么简单。而且拒绝别人其实也……"说到这里,苏愆突然顿了顿,久到文心忍不住要发言,他才再次开口,"也没有这么难。"

但有时候,拒绝会在金钱面前变得很难。苏愆在心底默默补了一句。

## 《第三章》
### 债主的命令

"苏愆，寒假你打算做什么？"文心笑盈盈地揪住苏愆的围巾道。

"打工，还钱。"苏愆毫无保留。

"要不跟我一起去旅游？你的旅游费，由我承包！"见苏愆似乎要拒绝，文心又赶紧补了一句："这是债主的命令！"

♥ 01 ♥

文心打了个电话给司机,让他过来接人。

苏愆将文心扶到校门口,看了看时间:"我兼职的时间快到了,要先走了。"

文心点了点头:"你先走吧,我一个人没问题的,司机很快就到了。"

苏愆走后,文心找了个不怎么显眼的角落坐下,低头玩手机。

这时,四个熟悉的身影从校门口走了出来。周锐的身上还穿着球衣,手中抱着个篮球,帅气逼人。围在他身边的毕鑫、韩丝芙和乔菲笑容满面,和周锐有说有笑。

"周锐,你来当我们队的教练好不好?体育老师都不爱管我们,只顾着你们男子队了。"毕鑫挨近周锐,打趣道。

周锐哈哈大笑:"我哪能啊。"

突然想起篮球场上的事,他又问:"文心呢?你们女子队今天发生什么事了?我看到苏愆过去把文心抱走了。"

"是我不好,"乔菲脸一红,有些小委屈,"不小心撞到她,她受伤流血了。"

"篮球场上磕磕碰碰挺正常,"周锐扬了扬手机,"不过她是新人,估计会哭鼻子,我先给她打个电话,你们先走吧。"

说着,周锐跑到一边打电话去了。韩丝芙气愤地跺了跺脚,甜美的笑颜一下子变得狰狞:"为了一个文心,把我们都丢下了!"

"之前我经过公园,看到周锐手把手教她打球的时候比你现在还气,都贴一起了!"毕鑫咬牙切齿。

三个人从文心不远处走过,却都没发现低着头的文心。

## 第三章
佣主的命令

　　文心终于明白自己被邀请进篮球队的原因。她看着手中振动的手机，屏幕上闪烁着周锐的名字，嘀咕道："原来是因为周锐啊……"

　　原来是因为嫉妒啊！莫名地，心里有些难过。虽然她也知道自己就是一个菜鸟，她们看上的怎么可能是她的实力。文心吸了吸鼻子，接听了电话。

　　她跟周锐说的第一句话就是："周锐，我想退出篮球队了……"

　　周锐愣了愣："为什么？因为这次受伤了？"

　　连苏愆这个几乎一放学就开溜，甚少在篮球场停留的人都知道她会被欺负，总在篮球场训练的周锐却毫无察觉。

　　文心跟毕鑫提了退队的事，毕鑫表示非常遗憾，但也并没有挽留，她大概也知道文心已经察觉到了什么。双方都没有撕破脸皮，保持了明面上的客气。后来文心听说她们又找了一个体育生参加决赛，但最终遗憾战败。

　　恒市的夏秋并不明显，在文心反应过来之时，冬天已经悄然而至了，高一的第一个学期走向了尾声。这次的期末考试，文心有备而来，提前抄好了学神的笔记，背了整整一周，考试时下笔如有神。

　　"苏愆，寒假你打算做什么？"文心笑盈盈地揪住苏愆的围巾。

　　苏愆性子这么冷，居然还怕冷，一到冬天就裹得里三层外三层的，只露出一双深邃好看的眼眸。

　　"打工，还钱。"苏愆毫无保留。

　　"啊……"虽然早就料到，但文心还是忍不住吐槽，"你好无趣啊。要不跟我一起去旅游吧？"

　　苏愆想都不用想，直接拒绝："没钱。"

"我有啊，"文心咧开嘴笑着，拍了拍胸口，"苏愆，你的旅游费，由我承包了！"

见苏愆似乎还要拒绝，文心赶紧补了一句："这是债主的命令。"

"债主？"胖子突然出现，探出个脑袋，强行插入话题，"什么债主？"

文心拍了下胖子的头："关你什么事？就你爱八卦。这么爱八卦，我可不能和你一块去旅游了。"

"啊！不要啊，文心姐，"胖子抱住文心大腿，泪眼汪汪，"带上我嘛，我保证什么都不问！"

苏愆看着这对活宝，捏了捏眉心，认命："你想去哪儿？"

"我想去泡温泉！冬天当然要去泡温泉啦！"文心得意道，"我已经选好温泉度假村了，就在邻市，坐车两个小时就到啦。"

温泉度假村……苏愆的父亲出事前，曾允诺家里的孩子，等放假带他们去温泉度假村玩。苏愆记得妹妹苏七月是最期待的一个，早早就把泳衣准备好了。可惜，最后父亲都没带他们去……

苏愆抿了下唇："知道了，但我还要多带一个人。"

"谁啊？"文心问道。不会是陈艺好吧？

"我妹妹。"

"妹妹呀……"文心不明白自己为什么好像突然松了口气似的，"当然可以，不胜欢迎。那我们就这么说定啦。具体时间我到时候再给你打电话。我先去搞卫生了。"

"等等，"苏愆拉住了文心，目光坚定地注视着她，"旅游费我自己出就行了。"

## 第三章
### 债主的命令

文心做了个OK（好）的手势，眨了眨眼睛，笑得无比灿烂："都听你的。你说什么就是什么。"

♥ 02 ♥

一场小雪过后，寒假正式拉开了帷幕。文心在家待了两天，闲得发霉。

想找叶安安吧，叶安安跟着徐昭然一起去文氏集团旗下的公司实习了。本来文露也想让文心一起去锻炼一下的，但文心宁愿躺在床上刷剧都不想过去被长辈们盯着。

文心这次期末考考得不错，父亲文盛达说了，让她继续好好学习。可实际上，翻开课本她就想睡觉。

离温泉之旅还有一周。她在床上翻滚了一会儿，无聊得够呛，给苏愆发了条微信："苏愆，你在哪儿呢？"

满心期盼地等了五分钟，音讯全无。文心放下手机，盯着天花板，也不知道过了多久，昏昏欲睡的，手机突然振动了一下。文心彻底清醒，赶紧拿起手机一看。一条微信弹出，居然是……

周锐？自从退出学校篮球队，文心就再没有和周锐联系过。

周锐问："下午有空吗？"

"怎么啦？"文心回复道。

"我和苏愆约好了，今天下午solo，你要来看看吗？"

咦，苏愆居然真的答应了？文心难以置信地瞪大了眼睛。

还没等文心回复，那边又问道："你会给我加油，还是给苏愆加油？"

这问题……文心的嘴角微微上扬，心中早就有了答应：

"苏愆。"

"徒儿,你太伤师父的心了。"

"哈哈,因为徒儿知道师父不需要徒儿的加油也会赢得比赛的。"文心打完这句话,自己都忍不住哈哈大笑。

之所以选择苏愆,大概是因为,愿意为周锐助威的人数不胜数,但苏愆的朋友,大概只有她一个了吧。

"承你吉言。"周锐也被文心逗笑了,"下午五点半,老地方见。"

和周锐聊完以后,文心满血复活,从床上爬了起来,坐在书桌前做了会儿作业。一直到中午饭点,一直没反应的苏愆才有了动静。言简意赅的两个字:"吃饭。"

文心突发奇想:"苏愆,你打工的地方还招人吗?我陪你一起打工吧!"

很快,苏愆又惜字如金地回了两个字:"不招。"

文心扑哧一声笑了出来:"我以债主的身份问你,你现在在哪里?"

苏愆反问:"追债?"

文心哈哈大笑。苏愆是在开玩笑吗?文心回:"从实招来!"

苏愆打下了一串地址,抬头看了眼贴在书店外的招工启事,头痛地问书咖老板:"佟姨,能先把招工启事撤下来吗?"

书咖老板是个四十多岁的阿姨,姓佟,性格亲切和蔼,大家都叫她一声佟姨。

佟姨疑惑地问道:"怎么了?"

"等会儿我的一个同学要过来,"苏愆不知道该怎么解释才好,

## 第三章 债主的命令

"我不想她在这里工作。"

佟姨微微吃惊:"你们关系不好吗?"

苏愆没有回答佟姨的话,而是再次恳请:"佟姨,拜托你了。"

佟姨虽然想不明白是什么情况,但还是答应暂时先撤下招工启事。直到一个漂亮的女孩子出现在门口,欢快地朝苏愆挥手,佟姨总算是明白了情况,望向苏愆的眼神都带上了揶揄的笑意。

苏愆无视掉文心,一声不吭地抱着一箱新书放到书架上。文心屁颠屁颠地跑过去,捡起一本书:"苏愆,我帮你呀。"

苏愆的目光落在了文心手中的书上,眉头微蹙:"给我。"他向她伸出了手。

"哦。"文心笑着将书放到苏愆手中。她似乎心情很不错,笑容耀眼得他都不忍直视,脸颊甚至还微微发烫。

苏愆别过脸,指了指一旁的阅读休闲区:"你去那边坐,别捣乱。"

"哦。"文心听话地走了过去。

佟姨坐在收银台,看着两人的小互动,笑了起来:"青春啊青春……"

文心托着腮,轻声哼着小曲儿,注视着工作中的苏愆。虽然不是第一次看他工作的模样了,但他专注认真的表情真的会让人没什么抵抗力。款式简单的书咖员工服穿在苏愆身上瞬间变得高档了许多,此时他正按照序号将书一册册排好,动作毫不含糊,又快又准。

文心的目光太过炙热,苏愆想忽视都忽视不了,薄薄的嘴唇微微抿着。文心正看得入神,一个声音却打断了她。

"需要喝点儿什么吗?"佟姨对着文心温柔地笑。不说还不觉

得，这么一提，的确有点儿渴了。

文心拿起桌上的菜单："一杯卡布奇诺，一杯……"

文心看了眼苏愆，为难地问老板："老板，苏愆喜欢喝什么？"

"啊？"这可问倒佟姨了，她只见过苏愆喝白开水。

"呃……"文心纠结了一下，"再要一杯蓝山挂耳咖啡，先不要往里面加糖和奶。"

"好的。"佟姨抿唇一笑，"另外，推荐我们店的特制可丽饼哦。"

"那我要一份草莓的，一份芒果的。"

"请稍等。"

佟姨一一记下，离开时经过苏愆，也不知道两个人说了些什么，苏愆放下了手头的工作，跟着佟姨走到了收银台。收银台旁边是个开放式的橱柜，只见两个人穿上了围裙，在橱柜前制作刚刚文心点的东西。佟姨负责咖啡，苏愆负责可丽饼。

文心忽然想起佟姨推荐可丽饼时眼底的狡黠。文心跑到橱柜，目光中满满的崇拜："苏愆，你还会做可丽饼啊？"

苏愆的脸微微一红，指着休息区："你回去。"

"苏愆做了几次可丽饼，就做得比我还好吃，他还会做千层蛋糕、芭蕾冰淇淋和奶油泡芙哦。"佟姨很可耻地"卖队友"。

"佟姨……"苏愆无奈地叹了口气。

"哇。"文心眼前一亮，打趣道，"苏愆，你怎么什么都会？还让不让人活啊……"

"麻烦把你嘴巴的拉链拉上。"苏愆忍无可忍，恼羞成怒。

文心赶紧捂住嘴巴："嗯嗯。"

## 第三章
### 债主的命令

慢慢地，咖啡和可丽饼的香味漫溢开来，充盈了整个书咖。室内的暖气开得很足，冬日午后的暖阳透过玻璃窗倾洒进来，惬意、宁静、安逸。

佟姨拍拍苏惣的肩："现在没什么客人，休息下，去陪下女朋友吧。"

"我跟她不是……"苏惣想解释，佟姨一副"我懂的我懂的"的表情，推了苏惣一把："快去吧。"

♥ 03 ♥

苏惣走到文心面前，将托盘上的东西一份一份摆在桌上："你的卡布奇诺、蓝山挂耳、草莓可丽饼、芒果可丽饼。"

文心将其中两样推到了苏惣跟前，笑意盈盈："这两个是你的。"

"你总是这样。"苏惣嘴上这么说着，但还是坐了下来。蓝山咖啡香气浓郁，但苏惣只呷了一口，便皱起了眉头——苦。

文心正兴致勃勃地对付着苏惣亲手制作的可丽饼，并没有注意到苏惣的小表情。

香脆的薄煎饼卷着奶油和草莓，再浇上一层热巧克力酱，每一口都齿颊留香，味蕾一点点被释放。文心由衷地赞叹："好好吃……"

一抬头，才发现苏惣已经把一杯蓝山解决掉了。

"你很渴吗？要不要再来一杯？"文心关切地问他。

口中全是苦涩的味道以及咖啡的醇香，一口闷感觉没这么苦……苏惣保持冷静地拒绝："不用了。"而后他的目光又落在了文心嘴角的那抹奶油上，指了指："这里，有奶油。"

"哦哦。"文心试图抹掉,"是这里吗……"但抹了半天,还是没抹掉。苏惢看不下去,直接伸手去帮她擦掉:"女孩子家家的,吃相斯文点儿。"

苏惢的指尖微凉,碰触到的地方却似乎微微发着热,热度甚至逐渐扩散开来。

文心低下头,默默地咬了一口可丽饼,甜到了心田里:"嗯。"

三点过后,书咖的人慢慢多了起来。店里只有佟姨和苏惢,又要制作咖啡甜品,又要招呼客人点单,又要结账收银……根本忙不过来。文心将长发扎起,跑去帮忙招呼客人。

苏惢一开始还喊她安安分分地坐好,但被她一句"你们不是忙不过来嘛"堵了回去,只好由她去了。

"苏惢,一杯摩卡,一杯拿铁,一份奶油蛋糕。"

"苏惢苏惢,刚刚下单的焦糖玛奇朵好了吗?"

"提拉米苏加急!"

……

一场兵荒马乱后,苏惢迎来了下班时间。文心乐滋滋地跑到佟姨身旁,撒娇:"佟姨,你们这里真的不招人了吗?生意这么好,都忙不过来了。"

佟姨看了眼苏惢,笑而不语。

"佟姨,你看我今天表现得还可以吧,要不要录用我试试看呀?"文心奋力毛遂自荐,"我吃苦耐劳,我……"

佟姨伸出手:"欢迎加入我们这个小家庭。"

"嗯?你是说……"文心惊喜地捂住了嘴,"录用我吗?"

## 第三章
## 债主的命令

佟姨笑着点头:"是的。"

该来的还是无法避免。苏怨在一旁揉着太阳穴,惆怅。

前往篮球场的路上,文心都沉醉在被录用的小兴奋中:"我们先去打一周工,然后去旅游,回来继续工作……直到春节假期,你每天都会见到我。"

"……"这简直是场灾难。

冬天的夜晚来得特别早,文心和苏怨到时,道路两旁灯火通明,路灯早早就亮了。

周锐早就等在篮球场了,远远看到文心和苏怨,一个在手舞足蹈地说,一个在面无表情地听,明明很稀松平常的事,却仿佛隔绝在了另一个世界。

文心见到周锐,丢下身边的苏怨,跑了过去。

"周锐,你来得好早啊。"

周锐摸出手机,递到文心面前:"你们看看现在几点。"六点半,离约定的时间已经过去了一个小时。

文心摸了摸后脑勺儿:"苏怨打工的地方人太多了,就加了会儿班。"文心见周锐只穿着件单薄的运动外套,更不好意思了。

苏怨没说什么,直接脱下大衣,露出运动装:"开始吧。"

文心当裁判,周锐已经跟文心讲解清楚了一对一的solo规则。文心提议周锐和苏怨用三局两胜的猜拳来定第一轮的进攻方。两个人无异议,最终苏怨胜出,拿下了第一轮的进攻权。

solo每一局以最先投入10个球的为当局胜出者,共比赛三场,不计时。

两人各就各位，苏怼试了下手感，屈膝运球，做出一个进攻的动作，周锐沉着应战。虽然两人脸上都没多少表情，但文心却闻到了空气中隐隐约约的硝烟味。

苏怼动作敏捷，周锐身手矫健，两人棋逢对手，不相上下。但到了后半段，周锐的心态有点儿爆炸，行为明显变得急躁了，开始频频犯规。

第一局，苏怼领先一个球险胜。文心给两人递上矿泉水和纸巾。这大冬天的，周锐和苏怼还是打得满头大汗。周锐向苏怼竖起了大拇指："厉害。"苏怼还是一脸冷漠，但眼底却溢出了笑意："承让。"

第二局，换周锐率先进攻。这一局周锐控制住了心态，却出现了个意外，苏怼在防守时和周锐碰撞，摔到了地上。"苏怼！"文心大叫一声，跑到了苏怼身旁。苏怼的腿上擦破了皮，渗出了血。文心想去扶他，他拂开了她的手，自己站了起来："不碍事。"

"还能继续吗？"周锐抱着篮球，站在一边。

苏怼目光坚定，不容置疑："继续。"

文心突然不懂男生们的坚持。明明只是一场友谊赛，却无论如何都不愿意中场放弃。

苏怼重新站在了三分线上，微微眯了眯眼睛，眼神变得犀利，手中的篮球弹跳得越来越快。周锐首次在苏怼身上感觉到了敌意。

苏怼的几个假动作，都被周锐识破，就在周锐准备伸手断球之时，苏怼突然往后一退，回到了三分线上直接投篮。"咚"的一声，顺利进球！

文心以为两人还要纠缠一段时间，没想到，这……就进球啦？她

## 第三章
## 债主的命令

惊讶得忘了鼓掌。

由于苏愆第一局一直没有采用远距离投球，周锐都快忘了，苏愆十分擅长的是半场投篮。之后苏愆的进攻都是采取远距离投球，周锐不是省油的灯，犯过一次的错误，当然不会犯第二次。

第二局，是周锐胜。

休息时，周锐看着苏愆的脚："苏愆，你……"

话还没说完，苏愆的手机突然响了。苏愆接过手机，也不知道对方说了什么，他的脸色猛然一沉，清冷的声音也变得严肃了起来："我知道了，现在就过去。"

文心见状，担忧地问他："怎么了？"

苏愆没回答文心，而是直接跟周锐说："家里有点儿事，要先走了，有机会再继续吧。"

虽然很是遗憾，但周锐点了点头："好吧，有机会继续。"

"文心，"苏愆突然拉住了文心的手腕，急急忙忙地往外走，"跟我走。"

苏愆腿长，一步顶文心两三步，文心追得气喘吁吁："你能不能慢一点儿？"

等离开了周锐的视线，苏愆才停了下来，转过身，扶着文心的肩膀，语气中带着隐忍："帮我叫辆出租，我要去市医院。"

文心不敢耽误，赶紧叫了出租，然后问苏愆："你还好吗？怎么突然要去医院？"

"我爸那边出了点儿状况。"苏愆解释道。

很快，出租车来了。文心等着苏愆先上车，但苏愆的手还搭在她的肩膀上，没有动。

"苏愆?"文心抬起头,才看到苏愆脸上流露出的痛苦之色。

"扶我过去,脚好像扭伤了。"苏愆一脸坦然。

"摔倒的时候吗?"

"嗯。"

怪不得他一直站在三分线附近不愿意走动了。脚扭伤了,刚刚居然还忍痛拉着她健步如飞,真是一个神人!

❤ 04 ❤

医院充斥着消毒药水的味道。文心扶着苏愆走了一路,一直来到了住院部7楼5号病房的门口。一个十三四岁的女生看见了门口的苏愆,赶紧走了出来,轻声喊了一声:"哥,你总算来了。"

"爸现在什么情况?"

"爸他刚刚……"苏七月注意到了苏愆身旁的人,突然噤了声。

文心也意识到自己的身份不应该继续留在这里了,尴尬地笑了笑:"我先回家了。"

苏愆拉住了她:"等下。"

文心和苏七月同时向苏愆投去了疑惑的目光。

"七月,你先进去。"苏愆吩咐道。

苏七月没说什么,点了点头转身回病房了。

苏愆摘下围巾,不等文心反应过来,直接给文心围上:"外面起风了,路上小心。"

他的嗓音无波无澜,却在文心心底泛起了层层涟漪。围巾上,有苏愆的体温,温热的,滚烫的,一直烧到了文心的脸颊。她半天回不过神来。

## 第三章
### 债主的命令

苏愆轻轻推了她一把："早点儿回去吧。"

文心机械性地转身，直到走到拐角处，才反应过来，回头看了看苏愆的方向，但空荡荡的过道里，哪里还有苏愆的身影。文心摸了摸围在脖子上的围巾，嘴角忍不住微微上扬，眼底都是温柔的光泽。

夜里，突然开始下雪。与先前的小雪不同，这次的雪伴随着狂风，来势汹汹，窗户被吹得噼啪作响。文心关上窗，想起了苏愆。他的围巾，已经被她叠得整整齐齐，放在了桌子上。

不知道他现在怎么样了呢？他的腿伤处理过了吗？他的父亲好点儿了吗？是已经回到了家还是仍留在医院？文心拿起手机，又放下了手机。现在找他，会不会打扰到他呢？

文心叹了口气，再一次拿起了手机，拨下了一个号码。

叶安安始料未及，看了眼身旁的徐昭然："文心的电话。"

"嗯。"徐昭然转身，"你接吧，我先回去了。"

目送徐昭然的身影渐渐消失在夜雪中，叶安安才接起了文心的来电。

"安安，你在忙吗？这么久才接电话。"

叶安安推开家门："刚回到家，刚刚昭然哥送我回家，没来得及接电话。"

"哇哦，他送你回家哦？"文心打趣道。

"你别乱想，他只是担心我这么晚一个人走夜路不安全，我们没什么的。"叶安安脸颊发烫，强行转移话题，"别管我了，你跟你的同桌怎么样了？"

"学神今天扭伤脚了,本来我和他约好一起去泡温泉的,都不知道去不去得成了。"文心沮丧地叹了口气。

"看来你们关系很好啊。"

"还好吧,学神依旧不爱搭理我……"

和叶安安又聊了一会儿,文心开始有了些倦意,渐渐地便忘了烦恼苏愆的事情。文心打着哈欠,盖好被子:"安安,我先睡了。"

"好的,晚安。"

另一边。苏愆站在病床边,小心翼翼地给沉睡的父亲擦身子。

"爸,你到底什么时候才能醒过来?

"我很累。

"我终于体会到你的难处了,一家之主,太难了。"

病房里空荡荡的,只有苏愆低沉的声音。他的话语,没有得到任何回应。

今天苏父突然停止了心跳,所幸在医生的抢救下脱离了危险,但身体仍然很虚弱。母亲和妹妹弟弟都已经回家休息了,苏愆今晚留在这里陪床,明天直接到书咖上班。

给父亲擦完身,苏愆才开始处理自己的伤口。腿上的擦伤虽然有些隐隐作痛,但清洗了伤口基本没什么大碍,最严重的是脚踝,已经肿起来了。

苏愆消毒时,痛得直吸气。脑海里不知道为何,浮现出文心紧张的脸。苏愆叹了口气,无奈地自言自语:"我该怎么办啊……"

口袋中的手机突然振动了起来。苏愆拿出来一看,是个陌生的号

## 第三章
### 债主的命令

码。可那人的声音，苏怼却并不陌生。

"苏怼，任务进展得还顺利吗？"苏怼的手慢慢攥成了拳头，双眉紧紧地锁在了一起。

沉默。也不知道过了多久，对面的人突然发出了诡异的笑声："苏怼，你要记住，你爸的医药费我可以随时断了。"

"我还要两年。"苏怼淡淡道。

"没问题，好事多磨嘛。期待你的表现。"

❤ 05 ❤

一夜的大雪过后，整个恒市仿佛披上了一层一层的银纱，在阳光的照耀下，散发着晶莹剔透的光泽。早上的书咖没什么人，大冬天的，大家都躲在屋子里睡懒觉了。

文心托着腮趴在桌上叹气。今天苏怼没有来。佟姨说清晨，苏怼给她打电话请假了。

"文心，想不想学做甜品啊？"佟姨见文心无精打采，走过去拍了拍她的肩，"苏怼的甜点都是我教的哦。"

"真的吗？"文心黯淡的眼眸瞬间被点亮，"我要学我要学！谢谢佟姨。"

一番折腾捣鼓，在佟姨的指导下，一个芝士蛋糕逐渐成形，虽然文心时常手忙脚乱，奶浆四溅，奥利奥碾压得不够细腻，还把橱柜弄得一团糟……但手把手教导下来，文心慢慢摸索到了要领。

关上冰箱门的那一刻，文心暗暗松了口气，差点儿累瘫。

平时只知道好吃，没想到制作出来这么麻烦。

四个小时后，整个蛋糕才算大功告成，虽然蛋糕黏在了模具

上,导致脱模后卖相有点儿扭曲,但怎么说也是文心第一次下厨的成果。

她迫不及待地拍下,发给了苏愆,无比自豪:"我做的!"

微信发送出去没多久,手机就响了,居然是苏愆!苏愆几乎没怎么主动给她打过电话。

文心有些激动地接起电话,抢先开口:"苏愆!"声音中都是惊喜。

"嗯,是我。"相比起文心的喜出望外,苏愆显得十分冷静。

"你今天怎么突然请假了?"文心顿了顿,迟疑道,"你爸爸他……"

"他没什么事,是我自己的问题。"

文心的心微微一沉:"嗯?"

"脚有点儿痛。"

都不来上班了,肯定不是有点儿痛这么简单了。

苏愆的家,文心去过一次,还记得过去的路。下班后,文心就坐上出租车直奔苏愆家。幽深破旧的小巷,仍旧散发着潮湿腐烂的味道。文心站在门口,给苏愆打电话。等了很久,文心都怀疑苏愆是不是不在家了,苏愆才接起电话。

"有什么事吗?"电话那头,苏愆的声音中带着些许鼻音,竟有种说不清的感性。好像是刚睡醒?

文心抿唇笑了笑:"快来开门。"

"……"苏愆怔忡了一阵,试探道,"你……在楼下?"

文心哈哈大笑:"惊不惊喜?感不感动?我还给你带了我亲手做

的芝士蛋糕。"

过了差不多五分钟,苏愆才一瘸一拐地过来开门。苏愆的身上穿着剪裁简单的睡衣,头发也有些凌乱,显然是刚刚醒过来。左脚脚踝上缠了厚厚的一圈绷带,他手扶着门把,额上沁着汗珠。

"你怎么跑过来了?"苏愆微微喘着气。

"过来探望你的,"文心探着脑袋往里面看了看,"就你一个人在家吗?"

"嗯,你先进来坐吧。"

文心确定桌上没有蟑螂后,轻轻地将蛋糕放下,找苏愆要了把刀要去切蛋糕。苏愆叮嘱她:"别切太多,吃不完,这里没有冰箱。"

但文心还是给苏愆切下了大大的一块:"下午茶,多吃点儿,这可是我亲手做的哦,跟外面的可不一样。"

文心递上去一次性叉子,期盼地看着苏愆:"你快尝尝。"

苏愆点了点头,默默地吃了一口。

"怎么样怎么样?"文心一副"求夸奖哦"的模样。

苏愆细细嚼了两下:"不够顺滑,吃起来有小颗粒。"

文心眼中的光彩一下子黯淡了下来。苏愆接着说:"不过味道调配得不错,不会太甜,挺好吃的。"文心还是有点儿小遗憾。虽说是第一次尝试,但也的确下了功夫……

苏愆放下叉子,目光炯炯地注视着文心。

"谢谢你。"苏愆语调平缓,但每一个字都掷地有声。谢谢你……这是苏愆第一次跟她道谢。

文心捂着有些发烫的脸颊,结巴道:"有……有什么好谢的?我们是朋友嘛,朋友就应该在对方有困难的时候相互帮忙的呀。"

苏恣笑了一声，没有说话，反倒笑了起来。与平时冷淡的性子不同，他的笑容是温暖的，令人想要靠近。

"苏恣，你应该多笑笑的。"文心喃喃地说道。

即便是许多年后，经历过了伤心和挫折，但回想起苏恣的笑容，文心还是会打心底觉得惊艳又温暖……虽然后来的苏恣几乎没再展露过笑颜。

♥ 06 ♥

苏恣的脚伤修养了半个月才痊愈，温泉之旅最终还是没有去成。佟姨考虑到苏恣扭伤了脚，之后只安排他负责一些不需要走动的工作。文心拍拍胸脯，跟佟姨保证："重活都交给我好了！我可以把苏恣那一份揽下来的！"

佟姨被文心逗笑了，轻声调侃苏恣："苏恣，好好珍惜人家小姑娘。"

"……"苏恣已经懒得解释了。

快乐的时光总是过得特别快。寒假，就这样悄无声息地结束了。

今年的春节，董事长和董事长夫人依旧没有在家度过，只在除夕夜回家匆匆吃了一顿饭便各忙各的去了，但因为有苏恣和佟姨的陪伴，这个寒假变得没那么孤独。

文心在假期最后一天顺利将寒假作业做完。她伸了个懒腰，给苏恣发了条短信："同桌，新的一学期，请多多指教。"

"多多指教。"苏恣的回复一如既往地简单明了。

但文心抱着手机，却笑开了花。

## 第三章
### 债主的命令

开学第一天,和其他人的假期综合征不同,文心今天神采奕奕,见谁都是喜笑颜开。

胖子八卦地问她:"文心姐,你这是遇到什么好事啦?说来听听。"

文心捂着嘴,喜不自禁:"昨天我爸知道我寒假去做兼职,夸我现在懂事了……然后答应我今年我过生日的时候和我妈一起陪我庆祝。"

"这有什么?至于这么高兴吗?"胖子每年的生日都被迫和父母一起度过,实在无聊透顶,他多想跑出去和朋友一起浪。

"反正你不懂。"

文心从小到大的生日,都是和管家阿姨一起过的。这是父亲首次提出陪她过生日。她能不激动吗?

"那你什么时候过生日?"

文心喜滋滋地说:"九月十三。"

胖子翻了个白眼:"这不是还有一个学期嘛。"

只要心有期盼,时间一定过得飞快。

最后一节是班会课,班主任在讲台上宣布了一件事:"新的学期,我们来把座位调一下。"

调座位……所以,要和苏愆分开了吗?以前不乐意和他当同桌,但现在……文心的心突然漏跳了一拍。她扭头看了旁边的人一眼,苏愆低头看着书,眉头都没皱一下。

文心趴在桌上对他说:"苏愆,要调座位。"

苏愆不为所动:"有听到。"

"这意味着,你即将要失去你善解人意、聪明懂事、乐于奉献、勤劳勇敢的好同桌了!"

苏愆闻言,终于抬起头,瞅了文心一眼。文心嘚瑟,看来苏愆终于意识到她的重要性了。

结果苏愆抿了抿唇,伸手轻轻捏了下她的脸:"嗯……果然挺厚的。"

"什么?"文心一时没反应过来。

胖子在后面笑出了声。

"苏愆!"反应过来的文心怒了,气急败坏地打了苏愆的胳膊一下,"你才脸皮厚!"

被苏愆这么一闹,文心觉得没有那么伤感了。班主任让所有人先到走廊去,然后根据座位表一个一个进来。

胖子问文心:"你是不是舍不得学神啊?"

文心摸了摸脸,这么明显吗?

胖子一副"我懂的"的微笑:"坐在学神旁边,有笔记抄,又有作业辅导,考试还可以偷偷瞟一眼……只要能和学神搞好关系,一切与学习有关的问题都不是问题。"

文心恍然大悟,点了点头,紧接着凶神恶煞地,用书拍胖子的脑袋:"是哦,看来是因为这个……可是你知不知道?学神原则性特别强,根本不许考试作弊!你别提这个,你一提这个,我就想到我那张79分的数学试卷!"胖子被她拍得忙缩头。

"文心。"班主任站在门口喊名字,"进去了。"

"来了。"文心应了一声,赶紧往教室里走。

苏愆已经端坐在里面了,文心跟着前面的同学按顺序排下去……

## 第三章
### 债主的命令

走着走着,在苏愆身后停下了脚步。

"……"这是何等的孽缘?

苏愆转身看向身后,脸上无波无澜。文心和他对视了足足一分钟,直到胖子也走了进来,打趣道:"哇,你们从同桌变成了前后桌啊。"

文心缓缓回过神来,赶紧拉开椅子坐下,尴尬地摸着后脑勺儿笑道:"我还以为我们会隔得远一点儿呢。"

苏愆垂下眼帘,扇子一般浓密的睫毛微微动了动:"是啊,但毕竟……也不敢离债主太远啊。"

不知道是不是文心的错觉,她觉得苏愆好像变得有些人情味了。

❤ 07 ❤

军训是高中必经的一次历练。

恒市二中的军训安排在高一下学期,开学一周后,所有高一年级的学生就被送到了二中的训练基地进行为期十天的全封闭式军训。

训练基地坐落于城北清涧山的半山腰,是二中专门为体育特长生和军训建立的基地,位置偏远宁静,附近都是丛林荒野,连个卖矿泉水的小店都没有。据一些学姐学长回忆,入夜后,在训练基地偶尔会听到狼嗥的声音。

经过两个小时的奔波,大巴终于来到了训练基地。这是文心第一次独自一人离家这么多天,以前外出旅游,管家阿姨总会紧随左右,这一次……站在训练基地大门前,文心深深吸了口气,忍不住赞叹出声来:"啊……"

山中清幽,空气清新,每一口都是自由的味道。所有参加军训的

人都是一副苦大仇深的模样,唯独文心浑身散发着愉悦的气息。

苏怨抿了下唇,眼底有淡淡的温柔。他轻轻敲了下文心的额头:"走了。"

文心这才发现所有人都已经走进了训练基地,便赶紧背上行李跟上队伍。

介绍训练基地,分配宿舍,军训前教育,用餐……所有准备工作处理完后,军训正式开始。

"文心,要去集合了哦。"有人敲了下卫生间的门。

文心应了一声:"很快就到!"

"那我们先走了。"

"好。"

待脚步声渐行渐远,文心揉了揉隐隐作痛的腹部,惆怅地叹了口气:"这亲戚来得……还真是时候啊。"

"稍息!立正!"

"向右看齐!"

"看齐的时候要踩小碎步,用力点儿,刚没吃饭?我一个人的声音都比你们大。"

一阵阵嘹亮的口号在训练场上响起。到处都是身穿迷彩服的学生们,他们个个抬头挺胸,精神抖擞,状态饱满。文心也站在队伍中,腹部的疼痛一下一下的,每一下都如同刀割。

三月的天,凉风习习,是相当舒服的天气。但文心痛得直冒冷汗,外套底下的短袖T恤早已被打湿,潮乎乎的。所幸她咬紧牙关,还能坚持住。

## 第三章
### 债主的命令

军训偏逢生理期,她也是够倒霉的。好不容易熬到休息时间,文心喝了两口温水,腹部那种坠坠的疼痛才缓和了一些。她松了口气,正准备站起来,一双手却落到了她的额头上。

文心疑惑地抬起头,对上了苏愆目光冷淡的眼眸。但苏愆的手心很温暖。文心下意识地往后退了一步,就听见他低沉的声音。

"不舒服?"

文心摇了摇头:"没有。"

"但你脸色不太好。"苏愆下了定论。

"真的……没什么事。"

苏愆没说话,站在那里沉默地注视着文心。一身迷彩服熨帖整洁,将苏愆的身材完全勾勒了出来,宽肩窄腰大长腿,让人根本挪不开目光。同一身迷彩服,穿在别的男生身上显得土里土气,穿在苏愆身上,却英姿飒爽,帅气逼人。

文心笑着赞叹:"苏愆你真好看。"

苏愆愣了一下,脸颊微微泛起了红晕。他别过脸:"看来你不是不舒服,是傻了。"

"别害羞嘛……"文心嬉皮笑脸地戳了戳他的脸,"是真的很好看啊,你看,隔壁班的女孩子,都往这边看呢。"

苏愆无语:"你倒是看得很明白嘛。"

"我们是好朋友嘛,"文心笑弯了眼,和苏愆说了会儿话,注意力转移后,腹部的疼痛似乎缓和了一些,"而且,我还是你的债主呢!"

"还有两个月。"

"什么?"

"两个月,我能凑够钱还你。"

苏悠的话刚说完,教官就吹起了哨子喊集合。文心追着苏悠:"你别急着还啊。"

苏悠都快被逗笑了。追着人让别急着还钱的债主,他还是第一次听说。

第一天的训练有惊无险,顺利度过。但老天似乎要跟文心作对,晚上她正洗着澡,热水突然停了。身上全是泡沫,文心没法,只能用凉水草草冲洗了一遍,赶紧裹上毛巾就往被子里钻。

也不知道是不是洗凉水澡的原因,文心腹痛了一夜,翻来覆去没睡着,吃了片常备在身上的止痛药,才睡了一会儿。可睡着了就开始做噩梦,一会儿梦见苏悠还完了债务,和她彻底划清界限,不再搭理她。一会儿又梦见发大水,水淹到了军训的半山腰,自己被浸在凉水中,冷得浑身发抖,手脚冰凉。

第二天醒来,她这才发现毯子被踢开了。发大水这个都可以略过,但苏悠呢?真的会还完钱,就不跟她做朋友了吗?她胡思乱想着,整个人都不好了,直到吃饭的时候看见苏悠,苏悠瞄了她一眼,给她递了一片凉水浸过的冰毛巾,指指她的眼睛。她这才松了一口气。

梦是反的。还好。苏悠没有不理她。

只是,苏悠为什么给她冰毛巾啊?还为什么指着她的眼睛啊?她的眼睛出什么事了吗?

一波未平一波又起,她又开始患得患失起来。

直到大大咧咧的胖子见到文心,笑着问道:"文心姐,你昨晚干

## 第三章 债主的命令

啥去了？你看你这黑眼圈，都要成国宝了。"文心这才知道苏愆给自己冰毛巾的目的，是为了让她敷眼睛。还好不是绝交。

她松了口气，人一放松，立马变得有些慵懒，她有气无力地瞅了胖子一眼，也懒得和胖子解释了。

早会过后，是例行的半个小时站军姿。阳光算不上毒辣，但有些刺眼，晃得文心阵阵发晕。止痛药的药效逐渐减弱，腹部的疼痛紧随而至，文心被晒得直冒冷汗，身子下意识地在发抖。

一道身影出现在了她的面前，挡住了头顶的阳光。文心正要长舒一口气，严厉的吼声突然在她的头顶炸起："站军姿都不会站了吗？抖什么抖！站好！"文心张了张嘴，想告诉教官自己不舒服，可话都卡在了喉咙间，口干舌燥，什么话都说不出来。

突然，身后传来了苏愆冷静的声音："教官，这位同学身体不适。"

"不舒服为什么不举手说明！"教官毫不留情地呵斥道。

文心欲哭无泪……她根本说不出话好吗。

苏愆没吭声，教官走到他面前，突然笑了起来："你倒是很留意人家姑娘啊，姑娘都没说自己不舒服呢，你就说她不舒服了。"

苏愆没有说话，但文心感到一阵没来由的愤怒，努力想说出句话来，结果用力过猛，双眼一黑，整个人倒了下去。

 ♥ 08 ♥

文心清醒过来的时候感觉腹部一阵阵暖意。她睁开眼，看到的是一片陌生的天花板。旁边有人在捣腾着什么，传来窸窸窣窣的声音。她摸了摸肚子，那里贴了一张暖贴。身上的不适感已经

减轻了不少。

"文心同学,你醒了啊,感觉好点儿了吗?"旁边的人突然走了过来,是班主任。

文心点了点头:"已经没什么了。"

班主任递给她一杯水:"喝点儿红糖水。"

文心接过,突然想到自己本来应该在军训的:"我……刚刚晕倒了?"

"是的,军训偶尔会出现晕倒的情况,不是什么大事,你好好休息就好。"

这时班主任突然冷不丁地说了句话,"文心同学,老师可以问你个问题吗?你和苏愆……"班主任顿了顿,"是在谈恋爱吗?"

文心瞬间睡意全无,猛地睁大眼:"不不不!没有的事。"

班主任半信半疑地看着文心:"你们关系挺好的。"

"我们只是朋友关系。"

"刚刚你晕倒,苏愆直接冲上去抱着你来了医务室。"

"是……是吗?那我回头得去好好谢谢他。"

"文心,苏愆是我们二中的希望,你懂吗?"班主任苦口婆心,"喜欢一个人没有错,但喜欢他,更不应该耽误他。"

"老师,我们真的……只是普通的同学和朋友关系。"文心想不明白班主任为什么非要认为她在和苏愆谈恋爱。那个人可是苏愆!那么高高在上的存在。

文心从医务室出来时,已经是饭点。她直接走到饭堂,想要找苏愆道谢,结果看了半天,没看到苏愆。想找个人问问苏愆在哪里,班上的女生看文心的目光都不太友善,于是她找到了胖子。

胖子说:"学神不在饭堂,他今天不是抱你去医务室了嘛,教官说他没有听从指挥,罚他去跑圈了,要一直跑到饭点以后。"

"啊……那他晚饭怎么办?有人给他打饭吗?"

"一个人只能打一份饭……我们都没办法给他打饭啊,学神今晚只能饿一晚上了。"

"……"

文心突然后悔自己没有早点儿请假。如果请假了,她就不会在训练中晕倒,苏愆也不会因为送她到医务室而受罚了。

文心打了饭,也不吃,提着饭盒跑到操场去找苏愆。苏愆还在跑步。空荡荡的操场上,只有他奔跑的身影。苏愆看到了文心,平淡地问她:"你怎么过来了?"

"对不起……"文心皱着眉,轻声道。

"你道什么歉?觉得我被罚跑是你的原因?"苏愆眉角一挑,"跟你没有关系。"

"反正不管怎么样,是你送我到医务室的。"

"那你说的应该是谢谢,而不是对不起。"

这个是重点吗?文心虽然有些无语,但还是说了一声:"……谢谢你。"

苏愆点了下头:"嗯,不客气。"

两人在一旁的花坛边坐下。苏愆擦了把汗,问道:"身体没事了?"

"已经好很多了。"文心将饭盒递给了苏愆,"帮你打的饭。"

苏愆没说什么,接过饭盒打开。很简单的两素一荤,饭菜都已

经凉了。

"这是你的饭吧。"苏愆将一次性筷子塞进了文心的手里,"饭堂的规则我还是知道的。你吃吧,不用管我。"

文心同样将汤勺塞进了苏愆的手里:"那我们一人一半。你不吃,我也不吃。"文心的眼眸中闪烁着坚定的光。

苏愆叹了口气,妥协。饭堂的饭分量很少,一个人都吃不饱,更何况现在两个人吃。文心想让苏愆多吃一点儿,所以一直在说话,一口饭能嚼好久。

"班主任今天问我,是不是在和你谈恋爱,真是笑死我了。我们两个,怎么可能哦,我们是好朋友、好哥们啊,你人那么好,谁不想跟你做朋友呢?"

一直沉默的苏愆突然开了口:"这算是好人卡吗?"

文心被苏愆逗乐了:"才没有要给你发卡呢。你是真的很好很好啊,又好看,学习又好,还会打篮球,赚钱也这么厉害,非常勤快,能文能武,才貌双全。"

苏愆嘴角的弧度更深,似乎还带着自嘲:"这不就是好人卡吗?"

"我也没有这么说……"文心嘀咕道。

"所以,我们是好朋友?"

文心坚定地点了点头,"是,我们是最好的朋友啊。"

苏愆"嗯"了一声,低头吃饭,没再说什么。

晚上,班主任把苏愆叫到了办公室。苏愆以为班主任要把白天跟文心说的话也跟他说一遍,已经做好了洗耳恭听的准备了,但班主任

## 第三章 债主的命令

却只是递给他一盒炒面，笑着对他说："没吃晚饭饿得够呛吧？正是长身体的时候呢，还是要好好吃饭。"

苏愆看着手中满满一盒的炒面，脑海里浮现的却是文心的半盒饭。她应该也没吃饱吧。

炒面还是热的，班主任贴心地给苏愆倒水，然后在他身旁坐下："这次喊你过来，主要是要跟你说一件事。学校和市教育局把你推荐到了全国物理竞赛的复赛，学校希望你能认真对待，争取入选决赛拿到一等奖。"

他平静地"嗯"了一声，问道："什么时候？"

"下个月。"

"有点儿赶。"

"是的，一共两场，一场省级的复赛，一场全国决赛。恒市推荐复赛的人一共有五名，你和一中的徐昭然是大家都比较看好的人选。徐昭然，你应该不陌生吧？"

"不熟，以前比赛时见过。"苏愆垂下眼帘，双手渐渐攥成了拳头。他宁愿从未见过这个人。

班主任并没发现苏愆的异样，继续说道："有信心吗？"

"还行。"

班主任拍了拍他的肩："加油。你是我们二中的希望。"

苏愆放下筷子，起身："那我先走了。"

"早点儿休息。"

推开办公室的门，一阵阵凉风扑面而来。山中的温度本就比其他地方更低一些，夜里的风更是带着刺骨的凉意。宿舍已经到了熄灯时

间，整个训练基地黑漆漆的，只有操场上亮了一盏灯。风吹得漫山遍野的树木呼呼作响，乍然一听，还真以为是狼嗥。

苏愆深吸了口气，感觉整个人清醒了许多。

"徐昭然……"苏愆咬了咬牙。从小到大，苏愆参加过的所有比赛，都会有徐昭然。当初拒绝了一中的保送，徐昭然也是原因之一。

苏愆不想和徐昭然待在同一个学校。他可以输给过任何人，唯独不想输给他。

## 《第四章》
天才少年，追梦少女

上天赐予了他好看的外表、聪明的头脑，
却也夺走了他的家庭，破坏了他的生活。
他唯有付出比别人多百倍的努力，
才维持住了现在的人生。
你看到了别人光鲜的一面，却不知道，
他的身后是披荆斩棘后的累累伤痕。

♥ 01 ♥

文心调养了两天，重新加入到队伍中时明显拖了后腿。

教官说军训讲求的是团队精神，哪怕是一个人的动作不标准，都要同甘共苦，全体重来。"走得不够整齐，动作不到位，身体绷得不够紧……"因为文心，整个队伍已经操练了一个早上的正步，没有休息过一分钟。所有人都筋疲力尽，怨声满天。

当教官大慈大悲地喊出"原地休息五分钟"的时候，大家都直接瘫倒在了地上，捶着小腿哇哇大叫："累死了啊，腿都要断了，胳膊也要废了。"

"真是一颗老鼠屎，搞坏一锅粥。"

"为什么一个人的问题，要我们所有人承受……"

"我可不可以申请换班……还有六天啊，每天都这么搞，还要不要人活了？"

"……"

文心默默地喝了口水，没说话。

"谁没有个身体不适的时候啊？你们有必要为这点儿事斤斤计较吗？"胖子听不下去，拍案而起。

"但连累到别人就是不对啊！我们受苦受累了，还不许抱怨几句发泄吗？"

"你……"胖子憋红了脸，正要反驳，文心拉住了他。

"是我的问题，是我不对，我连累了整个班。对不起。"文心带着歉意朝所有人鞠了个躬，"但我保证，明天不会再连累大家。"

文心的声音不大，却掷地有声。苏愈坐在人群中，平静地注视着文心，嘴角渐渐泛起了笑意却不自知。

## 第四章

天才少年，追梦少女

用过晚餐后，文心并没有回宿舍，而是跑到操场练习正步和军体拳。教官已经教完了大半套军体拳，文心才练习了一个下午，动作都没记全。为了不再连累其他人，文心找班主任要了一本军体拳的书，尝试自学。

"弓步冲拳……

"右拳从腰间猛力向前旋转冲出，拳心向下。

"同时左拳收于腰际，成左弓步。"

文心跟着书上的内容一步一步地做着动作。训练基地不许带电子设备，如果能带手机，放个视频跟着做应该会事半功倍。文心全情投入，完全没有注意到苏愍的到来。

苏愍靠近文心，轻轻扶了下她的手臂："这里，再抬高一点儿。"

原以为只有自己一个人的文心被生生吓了一跳，下意识地往后退了一步，脚下却绊到了一颗碎石，踉跄了一下，跌进了一个温暖的怀抱里。香皂的味道，有点儿好闻。

文心不需要抬头，都能猜到来者到底是谁。她从他的怀里起来，疑惑地问道："你怎么过来了？"

"觉得你应该在这里，就过来看看。"苏愍平静地回答道。

"你是过来陪我的吗？"文心乐了，一双眼眸注视着苏愍，亮晶晶的。

"大概是吧。"他也想不通自己为什么过来。

文心有些激动地抱了抱苏愍："能有你这个朋友，真的太好了。"

苏愆没有推开她,双手垂下,放任她抱着自己。

经过一个晚上的练习,第二天训练时她已经能跟上进度,没有再拖后腿。

时间对每个人都是公平的,曾经付出的努力,日后不一定都会有回报,但曾经偷过的懒,以后绝对会重重补回去。这次,文心算是有了切身体会。白天军训,晚上练习,忙碌时,过得不知时日。很快,为期十天的军训落下了帷幕,久违的大巴车再次出现,将一群人载回了二中。

文心是从表哥徐昭然处听说苏愆要代表二中参加全国物理竞赛的事的。

说完徐昭然从裤袋里掏出了两张门票:"物理竞赛的事情先放一边,这个送给你了,找个朋友和你一起去看吧。"

文心仔细一看,全国跆拳道锦标赛。"无事献殷勤,非奸即盗。"文心警惕地打量着徐昭然,"你到底要做什么?"

徐昭然直接把门票塞给她:"天天向安安告我状,说我对你这个表妹不好,现在对你稍微好那么一点儿,又说非奸即盗,厉害了你。"

见文心还是半信半疑的模样,徐昭然无奈地摊了摊手,坦白:"别人送给我的票,我对跆拳道没什么兴趣。想起你以前学过这玩意,给你送过来了。"

"己所不欲,勿施于人。"

"那你要不要?不要还给我。"徐昭然伸手要去取回来。

文心赶紧收起,挑眉:"送出去了的东西哪里有收回去的道

## 第四章

天才少年，追梦少女

理。"两张免费门票入手，文心琢磨着到底喊谁一起去看。

安安对这些没有兴趣；胖子很有可能看得太激动吵吵闹闹，丢人；周锐……有一段时间没联系了。思来想去，脑海里浮现了一张冷漠的脸。

徐昭然离开后，文心看了下时间，估摸着苏愆现在应该在兼职，给他发了条短信："苏愆，下周六，有空一起去看一场跆拳道比赛吗？"

过了一会儿，苏愆回复，问道："几点？"

文心看了下门票上的时间："上午八点到十二点。"

等等……这个时间，大概是苏愆的上班时间吧……

文心以为苏愆会拒绝，结果苏愆很快回了两个字："可以。"文心看着屏幕上的字，愣了愣，嘴角下意识地微微上扬。

02

文心学过一段时间跆拳道。是父亲专门请了私教教导。父亲说女孩子应该学点儿防身术，防患于未然。不需要她多厉害，只要能学到一点儿本领，能够保护自己就好。

文心学了五年，五年间，小伤瘀青不断，但的确是学到了些真本领。现在每天她还会抽出一些时间去练习。今年的跆拳道全国锦标赛在恒市举行，来自各个省份的参赛选手和观众都赶了过来，恒市体育馆一下子变得人声鼎沸。

文心和苏愆约好了在体育馆的地铁口会合。虽然不是第一次和苏愆单独外出，但这一次，文心却莫名紧张。昨晚翻箱倒柜，挑了几件比较满意的衣服站在镜子前比较了半天，今天出门前还刻意打扮了一

番。张阿姨看她的眼神都变得耐人寻味了许多。

地铁口人来人往,但文心几乎是一出地铁口,就看到了苏愆。苏愆来得比她早,正站在树荫下等她。一袭长风衣微敞着,露出黑白横条纹的T恤,明明极简单的裁剪,穿在他的身上却有了另一番韵味。

文心踮着脚尖悄悄地走过去,拽了下他的衣袖,笑靥如花:"苏愆。"

苏愆低下头看文心一眼,反应很平淡:"你来了。"

"抱歉,出门的时候耽误了一下。"

"没事,我也是刚到不久。"

两人进了体育馆,找到位置坐好。这个位置不错,视野很好,可以将整个赛场尽收眼底。文心从手包里将提前准备好的东西一一摆了出来:果汁,饼干,糖果,薯片……

"你是偷了哆啦A梦的百宝袋吗?"苏愆觉得不可思议。她的手包看上去就巴掌大,居然塞了这么多东西。

文心嘻嘻一笑,递过去一瓶葡萄汁:"看比赛,怎么能少得了零食助兴呢?"

"对了,"文心想起来一件事,"我听说你要参加物理竞赛的事了。你要加油哦!我会想办法过去给你加油助威的!"

"你还是别来了吧。"苏愆的目光落在了陆续进场的比赛选手上,没有看文心。

"为什么呀?"文心郁闷地问道。

一双手轻轻拍了拍文心的脑门。文心疑惑地抬头,苏愆在看着她,眼底有种说不清的暗涌。他嘴角微微勾起,笑容很浅,低沉的声音中是化不开的温柔:"也还是不要了。你坐在那里,就会打扰

## 第四章 天才少年，追梦少女

到我。"

"什么嘛……我才不会呢。"文心的脸猛地一红，赶紧低下头，往嘴里狂塞了几片薯片。

心跳得扑通作响。文心深吸了一口气，告诉自己要冷静。看来跟好看的人交朋友，心脏的承受能力要相当好才行啊。

整场比赛，文心都有些不在状态。赛场上胜利的喜悦、失败的沮丧，都与她无关。她只知道自己一直在偷偷地观察苏愆，想再看一次那昙花一现般的微笑。但遗憾的是，苏愆并没有如她的意。

之后的日子，苏愆比往常更加忙碌。他除了要兼职，还要为物理竞赛做准备，文心看着他日益深沉的黑眼圈，都不敢跟他多说话了。她答应过不会打扰他的。她说到做到。

一个月后，苏愆不负众望，以第一名的成绩遥遥领先，进入了省队，获得了晋级国赛的资格。

苏愆如果被保送，大概真的不回来了吧。那他们还会再见面吗？

文心这般胡思乱想着，一道颀长的影子落在了她的身上，挡住了所有的光。她抬起头，看到了苏愆淡漠的脸。

文心咧开嘴，对他笑了笑，眼底却没有笑意："苏愆，你会回来吗？"

"会的。"苏愆几乎是想都不想，脱口而出。

文心突然"扑哧"一笑，伸手拍了拍苏愆的肩膀："不过，我还是希望你能拿到金牌，然后被保送名校。"

苏愆静静地注视着文心，眸光潋滟，熠熠生辉："嗯，我知道。"

"所以……"文心深深地吸了口气,比画了一个加油的动作,心情豁然开朗,"我也会努力的。"

"我会努力,跟上你的脚步。我又不笨,勤奋一点儿,没准能和你考上同一个大学呢?"

女孩坚定的眼神,让人挪不开眼。她总是明媚而自信,仿佛世界上没有能难倒她的事情。迎难而上,永不放弃。

苏愆无数次被她的这种勇气折服。他抿着唇,忍不住轻轻地摸了摸女孩的头:"好。"

♥ 03 ♥

前桌的位置空了,文心突然很不习惯。苏愆离开后,好在还有胖子在,日子过得还算愉快。

苏愆进入省队的光荣事迹,很快传遍了整个二中,学校的宣传栏上,高高地挂着苏愆的名字,校门的大屏幕上一遍又一遍地播放着学校记者采访苏愆的视频。

采访中,记者问苏愆,要怎么做才能像他一般优秀。苏愆对着镜头,还是一张面瘫脸,语气没有一丝波动:"上天是公平的,它赐予了你一样东西,就会收回另一样,你选择了安逸地过活,就只能仰望着别人努力的背影。"

上天赐予了他好看的外表、聪明的头脑,却也夺走了他的家庭,破坏了他的生活。他唯有付出比别人多百倍的努力,才维持住了现在的人生。你看到了别人光鲜的一面,却不知道,他的身后是披荆斩棘后留下的累累伤痕。

看到这段视频的人,大概都觉得苏愆是在说场面话,但文心

## 第四章
### 天才少年，追梦少女

知道，这是苏愆对人生的感悟。她见证过他的光鲜，也目睹过他的伤痕。

不知道苏愆现在在做什么呢？他周末休息吗？还是要继续集训呢？文心躺在床上辗转反侧，满脑子都是苏愆的事，就是睡不着。以前天天都见得到的人，现在突然半个月没了消息，文心看着手机上苏愆的名字，迟迟按不下拨通键。

"小姐，这么晚，你还没睡吗？"张阿姨看见房门底下透出来的灯光，敲了敲门催促道。

寂静深夜里突然响起的一记敲门声，把文心吓了一跳，手指不小心往下摁了一下，一个电话拨了出去。"啊！"文心惊叫出声，居然就这样拨过去了。

"小姐，你怎么了？"张阿姨的声音变得紧张。

文心直接关了灯："没……没事，我现在就睡了。"文心躺在床上，紧张地握着手机，随着一阵等待音，电话很快被接起。

"文心？"苏愆好听的声音从手机里传了过来，平复了文心紧张的心。

文心咬了咬唇，问他："在省队，还好吗？"

"你等一下，我出去再跟你说。"

"嗯。"

已经十二点了，宿舍里的人已经睡着了，苏愆习惯了凌晨才睡，过来了半个月，都没把生物钟调整过来。苏愆披了件外套，走到阳台，轻轻关上门。苏愆靠在栏杆上，俯瞰着楼下孤零零的路灯，缓缓说道："都还好，就是一个月都没办法兼职了，欠你的钱要迟点儿才

能还了。"

"我听徐昭然说,你们现在在省实验高中集训,那边特别偏僻,想出去市中心要坐半个小时的公交车。"

"嗯。省队一共三个人,我和另一个男生住在宿舍,徐昭然出去住旅馆了,所以他每天都要坐半个小时的公交过来。"

文心"扑哧"一笑:"什么鬼?他为什么不住宿舍,要每天来回花费一个小时在路上?"

苏愆默默地环顾了下宿舍环境,虽然比他家要强很多,但是……"可能住不习惯吧"。

"他怎么就这么娇贵?事儿真多。"文心忍不住吐槽。

"对啦!"文心想起了正事,"苏愆,明天周六你们还要集训吗?"

"很快就国赛了,辅导员说时间紧迫,不许休息。"

"那……"文心嘻嘻一笑,"我明天过去找你吧!你不是不许我去观赛吗?那我赛前过去看看你,总可以吧?"

第二天,文心起了个大早。管家像往常一样到厨房准备早餐。一进厨房,就见文心穿着围裙在搅拌面团,脸像小花猫似的,沾满了面粉。

"张阿姨,我做了蛋挞,快来趁热尝尝。"文心从烤箱里捧出了一盘新鲜出炉的蛋挞,浓浓的鸡蛋和牛奶的香味在厨房飘散开来。

酥皮松化,香滑柔软,每一口都满溢着浓郁的香味。张阿姨笑了笑:"好吃。是小姐寒假的时候学的吗?"

"是的,我现在还要做一个巧克力慕斯蛋糕。"这是要给苏愆送

## 第四章 天才少年，追梦少女

去的惊喜。

从恒市到省实验高中需要两个小时的车程，文心抵达时已经是中午。适逢周末，其他学生都放假了，整个学校差不多只剩下来集训的三个人。饭堂没开，辅导员要带他们出去吃饭，唯独苏愆没有去，留在了学校等文心。

"我要不要把司机叫回来，接我们到市里面去吃饭？"文心得知苏愆为了等自己而没去吃饭，有些内疚。

"没事，我拜托这里的保安大叔买了菜，我们自己煮点儿东西吃吧。"

"饭堂的厨房可以随便用的吗？"

"在宿舍做就可以。"

文心傻了眼："啊？"

宿舍……男生宿舍？

文心是第一次到男生宿舍。曾经无数次听说男生宿舍邋遢，臭袜子乱扔，但苏愆的宿舍好像还挺整洁的……除了书桌上一片混乱的试卷以及椅子上堆积如山的衣服。

苏愆给文心搬了个小凳子，注意到文心一直往书桌那边瞅，解释道："那是舍友的区域。"

"哦哦。"文心连忙点头。差点儿忘了他还有个舍友。

苏愆到阳台洗菜，文心一个人坐着，环顾着这个男生宿舍。苏愆的床上，整整齐齐地摆放了一沓被翻得皱巴巴的竞赛书。文心随便拿起一本翻了翻，书里夹满了各种小纸片，上面是苏愆密密麻麻的字迹。

宿舍的电磁炉是苏愆的舍友带来的,食材有限,只能煮点儿面条。很快,两碗喷香的面条顺利出锅。文心吸了吸鼻子,捧场地赞叹:"好香。"

苏愆拆开了蛋糕盒:"你的蛋糕也不赖。"

"你舍友回来看到我,会不会很尴尬啊……"文心吃着面,突然有了一丝顾虑。

苏愆并不在意:"他们没这么快回来。"

还真是被苏愆说对了。文心和苏愆吃饱喝足,收拾妥当,出去吃饭的人还没有回来。苏愆领着文心在学校溜达了一圈,他们才姗姗来迟。

徐昭然诧异地打量着文心和苏愆:"你们……"

"表哥,"文心落落大方地从袋子里掏出了一个小盒子,"给你的慰问品,我亲手做的蛋挞哦。"

"你过来怎么也没跟我说一声?"徐昭然才不相信这小妮子大老远跑过来是为了给他送什么慰问品呢。

文心笑了笑,睁眼说瞎话:"想给你个惊喜嘛。"

"我一回来,看到你跟他站在一起,"徐昭然顿了顿,看了苏愆一眼,"惊吓大过惊喜。"

"我和苏愆站在一起多正常啊,我们从初中就一个学校,关系好!是好朋友嘛。"

"懒得理你,我去集训了。"徐昭然转过身,伸手扶了扶眼镜,掩盖住了眼底一闪而过的笑意。

苏愆摸了摸文心的头,轻声道:"我也要去集训了,你自己回去的时候小心点儿。"

## 第四章
天才少年，追梦少女

"好，"文心仰着脸笑了起来，笑容明晃晃的，"我等你的好消息哦。"

苏愆仿佛被感染了一般，眼底溢出了浅浅的笑意，冷峻的眉目柔和了下来："嗯，我答应你。"

♥ 04 ♥

五月十日，带队老师带领着省队的三位同学飞往首都。全国各地所有的物理尖子都聚集在了这个地方，摩拳擦掌，亟待大显身手一番。这一天，文心收到了苏愆的一条微信。只有一张照片，上面是苏愆的准考证。

五月十一日，为期八天的竞赛正式开始。文心每天都会在网上搜索有关的信息，但媒体透露出的消息并不多。五月十八日，文心终于忍不住了，给苏愆发了条微信，问他感觉如何。收到苏愆的回复已经是晚上了，只有两个字："还行。"

文心激动得差点儿从床上滚了下来，抱着手机傻乐个不停。手指的动作毫不含糊："现在回酒店了？"

"嗯，在吃大餐，带队老师请的散伙宴。"

"什么时候回来呢？"

"明天早上的飞机。"

文心和苏愆一问一答地聊了一会儿，直到带队的老师出言劝道："苏愆，多吃点儿，别光顾着玩手机。"

带队老师给苏愆的碗里夹了只虾，眉目间都带着欣喜。虽然结果目前还没有出来，但带队老师打听到，省队的这三名学生，这次竞赛的表现都挺不错的，尤其是苏愆。

恒市三十年来"物理荒漠"的谣言,不知道能不能被苏愆打破呢?他拭目以待。

一周后,结果公布,整个二中都沸腾了!网站公布的获奖名单上,苏愆位居榜首!200分,全国一等奖。

众人都知道苏愆很聪明,是难以企及的学神,却没想到竟神到了这种程度!200分是什么概念?全国物理竞赛分了两部分,160分的理论,40分的实验,总分200分,苏愆竟然全部拿下了,一分不少!

都说恒市是"物理荒漠",三十年没出过一个全国一等奖的选手,导致省队直接缩减到只有三个名额。结果三十年不开花,一开花,竟出现了一个满分神人!答题手法独辟蹊径,逻辑周密详尽,阅卷老师想要扣下一分,都无从下手,最终绞尽脑汁,却还是只能打下一个满分。

校长在广播中宣布这一喜讯的时候,声音都是颤抖的:"恭喜高一(3)班的苏愆同学,以满分的优异成绩,夺得了全国物理竞赛国赛金牌,入选国家集训队,获得保送北京大学物理系的名额。"

采访的媒体早就来到了二中,在教室外探头探脑,想要一睹苏愆真容。但苏愆正趴在桌子上补眠呢,对自己获奖的事情还浑然不知。从北京回来后,苏愆又恢复了之前半工半读的状态,每天拖着疲惫的身子早出晚归。得知自己拿了金牌后,苏愆并没有表现得多兴奋,只是顶着一双惺忪的睡眼,平静地"哦"了一声。

哪个获奖者有他淡定?记者起初以为苏愆是太兴奋导致缓不过来,但慢慢地发现,他根本就是不在乎。

记者还拜访了坐在苏愆附近的同学,包括文心。问起对苏愆的印

## 第四章 天才少年，追梦少女

象，其他人都说是个极具天赋的天才，唯独文心想了想，对着镜头笑着说："毋庸置疑，苏怨真的很聪明，很有天赋，但我认为他付出的努力不能因为一句天赋就抹杀掉。"

他在她身边刷过的试卷数量，她已经数不清了。他一直以自己的步伐去努力去奋斗，他能够成功，不是一句天赋所能概括。

大大小小的采访不断，文心都没办法跟苏怨说一声恭喜。

徐昭然也获得了一等奖，保送到了清华大学的化学系。叶安安跟文心诉苦："以后都不能和昭然哥在一个学校了。"

文心调侃她："那你也努力一把，考到他的大学啊。"

"太难了。"

"不尝试，怎么知道不可能成功呢？"反正，文心是下定了决心要往北大进发。

叶安安叹了口气："你说苏怨怎么这么变态呢？居然考了满分，虽然同是一等奖，但昭然哥的排名却是第八名。虽然昭然哥没有在大家面前表现出来，但我看到他一个人的时候别提有多难过。"

"苏怨可是很努力的！你不许说他坏话。"文心鼓起腮帮。

"是是是，苏怨不变态，是你变态，"叶安安扶额，"就你有勇气跟他来往，天天嚷嚷着要和他交朋友。"

"与其在这里跟我贫嘴，你还不如多陪陪昭然哥，安慰安慰他好胜的心。"文心提醒道。

叶安安这个小丫头，果然一提到徐昭然，就挂了电话，跑没影了。

斟酌了片刻，文心也给苏怨发了条信息："苏怨，恭喜！"

"你走到窗边看看外面。"苏怨的回复莫名其妙。但文心还是

依言去做。推开窗户,一阵风吹了进来。文心往窗外看了看,没什么异样。

"什么都没有,然后呢?"

"抬头,等一分钟。"

"嗯。"文心回复。

文心家比较偏僻,不在繁华闹市里,附近都是别墅区,宁静清幽,视野开阔。

"今晚的星空很美呢。"文心仰望着天空,繁星点点,美不胜收。

"从现在开始,倒数三个数……"

苏忩的短信再次响起。文心觉得好玩,不明所以地开始念,三,二,一……当数到一的时候,突然,"啪"的一声轻响。点点火光冲上天空,划破了黑夜的宁静,绽放出一朵朵绚丽多彩的烟花,与星空相互辉映。

文心下意识捂住了嘴,眼底映出五光十色的天空,翻涌的浪涛倏然将她湮没。待声色光影纷纷退去。她呼吸猛然一窒,眼里的光亮越来越盛:"好……好看。"

手机振动了起来,是苏忩的来电。文心接起电话,苏忩低沉的声音缓缓传来:"看到了吗?"

"嗯,看到了,好美……"文心嘴角上扬,眉目弯弯,"你怎么知道今天放烟花,还掐得那么准时?"

"刚听说的。"

"明天要去领奖?"刚刚文心听叶安安说了。

苏忩叹了口气:"嗯,又要飞去北京。"

## 第四章
### 天才少年,追梦少女

"好在我们学校财大气粗,所有费用都全包了,要不然今年的物理竞赛就少了个拿满分的人了。"文心调侃道。

苏愆轻笑了一声,没有说话。窗外的烟火还在绽放,夜却格外宁静,静到能够听到彼此的呼吸声。

文心咬了咬嘴唇,轻声道:"我们以后……还会联系吗?"有时候觉得苏愆明明很近,但又像远在天边。

"你不是要努力考上我的大学吗?"苏愆顿了顿,"加油吧,少女。"

是啊。如此远大的目标,她说过要跟随他的脚步的。文心笑出了声来:"是的,少年。"

两天后,二中正门前的大屏幕上,苏愆入省队前的采访被换了下来,取而代之的是苏愆在全国颁奖典礼上领奖的视频。

聚光灯下,少年从容不迫,一步一步地走上颁奖台。挺拔的身姿,冷峻的眉目,宠辱不惊,仿佛手中拿着的不是汇聚了多少人的梦想和汗水的金牌,而是什么无关紧要的东西。台下的掌声排山倒海,振奋人心。

文心每次进校门都会停驻一两分钟,看看这段视频,然后对自己说:"虽然你没办法成为像他一样的人,但勤能补拙,只要努力,一定能赶上他的脚步的。"

确定保送后,苏愆还要在高中再待两年才能到大学入学,不过所有领导和老师对他已经是完全放任的态度,苏愆基本不到学校了,只在期末考时露个面。他偶尔会参加下国家集训队的训练,但更多的时

候,是奔赴在兼职的路上。不用上课后,他又多接了几份兼职。

高一下学期的期末考,文心跻身到了年级前五,而苏怼的名字,依旧高挂在第一的位置。虽然第一名和第二名的分数相差得有点儿远,但文心看着排名榜上两人只隔了三个人的距离,忍不住笑了起来。

苏怼打来电话,对她表达了精神上的支持:"有什么不懂,可以来问我。"

"有你这句话,我觉得我一定能考上北大,走上人生巅峰。"文心信心满满。

青春的战场上,她不是一个人。她的身后,是一支比军队还强大的小伙伴们,披荆斩棘,无所畏惧。

有天,文心在前往图书馆的途中遇到了周锐。一身红白运动服,背着个挎包,短发微湿,脸上的笑容阳光自信。

"文心。"周锐主动向她打招呼,"去哪儿呢?"

文心举了举手中的书:"图书馆。"

"没有看你再练球了,还打篮球吗?"

"很少打了。"当初那段热血时光,如今还历历在目。明明才过去没多久,却又像过去了一个世纪。苏怼还答应过要教她超远距离投篮,但她到现在还没学会。不过不要紧,来日方长嘛,他们还有大把时光。

文心指了指周锐的运动服:"是要去比赛吗?"

周锐摇了摇头:"刚比赛回来,全国高中篮球联赛,坐了五个小时的火车呢,累得够呛。真是羡慕苏怼啊,不过,我也不会

## 第四章
### 天才少年，追梦少女

认输的。"

"我还一直惦记着，和他有一场没打完的比赛呢。"周锐笑着说。

 05 

高二开学的第一天，文心收到了一笔五万元的转账。转账人是谁，文心不用看都能猜到。

文心给苏愆发去了贺电："恭喜你再次顺利恢复自由身，摆脱欠债人身份！"

苏愆看着手机屏幕上的信息笑了笑，最终没有回复她。病房里寂静无声，病床上的人戴着氧气罩，一脸安详。

过了一年多了，父亲依然没有半点儿苏醒的迹象。苏愆替他擦拭着手脚，脸上的表情无波无澜，手中的动作却又轻又柔。昨天母亲又想找文心借钱，幸好他及时发现，制止了她。

母亲林倦雪哭着指责苏愆见不得她好。

苏愆叹了口气，靠在父亲的床边，无奈地闭上眼睛："怎么尽是些乱七八糟的事啊……"

他的脑海里浮现出文心甜美的笑颜。她总是笑得毫无顾忌，张扬明媚。如果可以，他想要守护她的笑容。

"至少，不想把她弄哭吧。"苏愆自嘲地笑了笑。

房门被人轻轻推开，发出细微的声响，苏愆睁开眼，看到了一个不想见到的人。眼眸微微眯起，苏愆的眼神中满满的都是防备。

徐昭然摊了摊手，笑得人畜无害，"你别这样看我，我可是一直在帮你啊。帮你的父亲填上医药费，给他找最好的医生，供你的弟

弟妹妹上学……"徐昭然一项项数下去，嘴角的笑意越来越深，"苏怨，没有我，你支离破碎的家估计已经不存在了吧。"

苏怨抿着唇，双拳渐渐攥紧。

"我知道文心现在很依赖你，你在省队集训，她还大老远跑去找你，但这还远远不够。"徐昭然拍了拍苏怨的肩膀，"少年，任重道远啊。"

苏怨面无表情地拂开徐昭然的手："不劳你费心。"

"再过几天就是文心的生日，本来舅舅和舅母答应了她要陪她过的，但是……"徐昭然扶了扶眼镜，目光中带着浓浓的玩味，"他们大概要缺席了。"

苏怨还记得当初文心提到父母陪她过生日时，她脸上的喜悦。

"希望越大失望越大，我的表妹，不知道能不能承受得了最尊敬的父亲没法信守承诺呢？"徐昭然愉悦地叹了口气，语气中充满了期待，"真想，早点儿看到啊。"

"你跟我说这些是什么意思？"苏怨蹙起了眉头。

徐昭然"扑哧"一笑："别装了，苏怨。你怎么可能不知道我想说什么？自古英雄救美最能讨得美人欢心。在她最难过的时候，你出现在她的身边，陪伴她、安慰她，她还能不动心？"

"期待你的好戏。"徐昭然意味深长道。


这几天，文心都在频繁地翻着日历。

"要不要提前跟他们再说一声呢？他们应该不会忘记的吧？

"但是明明是爸爸自己跟我约定的，又不是我要求他……

"嗯，要不到那天，我自己做一顿丰盛的晚餐？他们都没尝过我的厨艺呢！我还可以烤一个提拉米苏！"

文心托腮看着日历上标红的九月十三日，灵机一动，得意地笑了起来："这个可以有，还有一周的时间，应该能学会几道菜的。"

文心将自己的想法告诉了管家，管家起初并不同意："小姐，这些事情由我来做就可以了，不劳你费心。"

"张阿姨，但我想学嘛，"文心抱着张阿姨的手臂撒娇，"我想亲手做一桌菜给爸妈吃。"

管家投去了怀疑的目光。

"难道你是不相信我的厨艺？但你明明吃过我做的蛋挞了啊，很好吃对不对？"文心死缠烂打，"还是说张阿姨不想教我，独门厨艺不能外传？"

"扑哧，"管家阿姨笑了起来，"瞧你这话说的。好好好，我教你。"

"我就知道张阿姨最疼我了！"文心欢呼，明媚的笑颜上绽放着光彩，"现在万事俱备，只欠东风。"

"欠什么？"

"试菜的小白鼠。"

管家张阿姨在文家伺候多年，虽然近几年董事长和董事长夫人很少回家，但常年积累下来的口味应该变化不大。董事长爱吃鱼，刺要少，肉要嫩，味要鲜，缺一不可。而董事长夫人为了保持身材，鲜少吃肉，以素食为主，但味道不能寡淡，川菜最好。

文心一一记下，亲自到超市选购食材。但张阿姨家里临时有事要回去一趟，文心只能自己一个人到超市买菜。买蔬菜倒还好，看着哪捆新鲜挑哪捆，但鱼……文心站在海鲜区，无所适从。鲫鱼、草鱼、

多宝鱼、桂花鱼、鲈鱼……根本无从下手。要不要打电话问问张阿姨呢？正惆怅着，一抬头，一抹熟悉的身影像救世主一般映入了文心的眼帘。

"苏怹！"文心的眼眸都被点亮了。苏怹正穿着超市的工作服站在眼前，文心不得不感慨，苏怹兼职的范围还真是广，整个恒市怕是都有他曾经工作过的身影！

苏怹看着突然跑到自己跟前的文心，愣了愣，诧异地问她："你怎么出来了？不是要学做菜？"

文心找了两个试菜的小白鼠，一个是胖子，一个是苏怹。

"呃……对，是要学做菜，"文心不好意思地摸了摸后脑勺儿，"所以我过来选购食材了。不过现在出现了个问题……我不会挑。"

"你准备做些什么菜？"苏怹问道。

文心连忙将菜单奉上——清蒸鱼、蒜香蒸茄子、麻酱凤尾、土豆烧排骨、冬虫夏草炖鸡汤、干煸豆角、干锅千页豆腐、提拉米苏。

"……"苏怹扶额，"你确定这是三个人的分量？"

"我想做一顿丰盛大餐嘛。"文心低下头，脸微微泛红。父母难得陪她过一次生日，她迫不及待地想让他们看看自己的努力嘛。

"浪费可耻。"苏怹从胸前的口袋里摸出一支笔，将几道菜划掉，剩下四个菜、一个甜品和一个汤。

"这些都是我想了半天琢磨出来的……"文心撇了撇嘴，有些惋惜。

苏怹看了下时间，对文心说："等我半个小时，我带你去买菜。"

"不在这里吗？"

## 第四章

天才少年，追梦少女

"嗯，去菜市场。"

苏悫说菜市场的食材比超市新鲜、实惠。两人来到附近的菜市场时，已经四点半了。菜市场上人不多，有的小摊贩还在张罗着农产品，整个菜市场处于睡眠状态，像是还未开业一样。

苏悫说："这里一般分两个高峰期，早上七八点，和傍晚五六点，这两个时段买到的菜最新鲜，不过早上比傍晚更新鲜。"

文心是第一次逛菜市场，东张西望还挺新奇。苏悫领着文心来到卖土豆的摊位，拿起了两个土豆给她做对比："土豆分黄肉和白肉两种，黄的吃起来比较粉，白的比较甜。要选光滑圆润的，如果长出嫩芽，千万不要选，那里面有毒素。

"烧排骨建议挑猪小排，肉比较多，软骨香脆。

"清蒸鱼可以考虑桂花鱼，刺少肉多，味道很鲜美……"

"苏悫，你懂的也太多了吧，根本就是一本移动的百科全书！"文心听得目瞪口呆，学会了不少东西。

苏悫轻轻敲了下她的额头："那你记住了吗？"

文心用力地点头："嗯！下次我一个人过来买也完全没问题！"

在苏悫的帮助下，文心很快买好了需要的食材，提了大包小包。文心问苏悫："你现在要和我一起回去吗？你要过来帮我试菜哦。"

"我还有点儿事要处理，晚点儿再过去。"

"好，那我到时候发个定位给你。"

♥ 06 ♥

文心回到家没多久，张阿姨也回来了。张阿姨看了看文心买回来

的食材,有些惊诧,夸赞道:"我还担心小姐会不会买回来不新鲜的食材,没想到很会挑哦。"

文心嘻嘻一笑,很是得意:"我有贵人相助,当然事半功倍啦。"

张阿姨帮文心穿上围裙:"时间不早了,我们现在开始吧。"

文心第一次做饭,难免有些手忙脚乱,幸好之前积累了一点儿烹饪经验,不至于把厨房弄得一团糟。但杀鱼真的是一个挑战。

拍晕的鱼在剖腹后突然在砧板上动了动,满手黏腻的鲜血就算隔着手套也能感受得到。张阿姨还让她把鱼的身体掏空,鱼内脏软绵的手感,令人不知所措。文心咽了口唾沫,手有点儿颤抖。

张阿姨蹙眉,伸手去拿文心手中的刀:"小姐,要不还是我来吧?"

"不要,"文心倔强地摇头,定了定神,重新把手伸进了鱼的腹部,"我可以的。"

唯独这一次,她不愿意假手于人。忍忍就过去了,何况,她还是个立志要学医的人。

"味道不错,没想到文心姐进得了厨房,出得了厅堂嘛。"
"鱼不够嫩,蒸得有点儿老。"
"哇,豆腐好嫩,爽口。"
"咸了,下次少放点儿盐。"

胖子放下筷子,郁闷地看着苏悠:"学神,你这样很打击人的自信心。文心姐是第一次做饭,已经很棒啦。"

"盲目的夸奖只会造成无端的自信,最终原地踏步,停滞不

## 第四章 天才少年，追梦少女

前。"苏愆面无表情地吃了口饭，反驳道。

胖子屈服，鼓着腮帮，瞪着苏愆不说话了。

文心赶紧打圆场："你们特地过来帮我试吃，真的太感谢了。我知道这次可能做得还不够好，但下次我会改正的。"

胖子拍了拍文心的肩膀："放心，你爸妈一定会喜欢的。"

苏愆的目光落到了文心的手指上，抬眸，问道："怎么了？"

"嗯？"文心愣了愣，举起绑着绷带的手指，"这个吗？"

"嗯。"

文心尴尬地笑了笑："杀鱼的时候被吓到了，不小心切到了手，皮肉伤，没什么大碍。"

苏愆突然想起徐昭然的话"再过几天就是文心的生日，本来舅舅和舅母答应了她要陪她过的，但是……他们大概要缺席了"。眸光猛地一凝。

苏愆不知道徐昭然的话是不是真的，但看着满脸期待的文心，莫名有些心疼。他张了张嘴，却不知道该说些什么才好。

💗 07 💗

"抱歉，文小姐，董事长有事需要处理，走不开，今晚怕是没办法回去了。"

"……哦，好的。"文心挂上电话，抬头看了眼挂钟，二十二点。从十九点到二十二点，等了三个小时，一桌的饭菜都已经凉了，所有的热情都被冷却。

张阿姨为难地安慰文心："小姐，要不你先吃点儿东西吧，别饿坏了。"

　　文心一脸平静，眼底却暗流涌动。说好会在她十七岁生日回来陪她的，说好要和她一起吃饭的，说好会一起过的……结果所有的约定到最后都没兑现，只有她满心期待，只有她自我陶醉，她一直在努力，结果一切都是她在自导自演！

　　文心一摆手，将一桌的丰盛饭菜尽数扫到了地上。一阵瓷器破碎的声音，尖锐绝望，仿佛破碎的不是瓷器，而是一颗心，一个家，一个世界。

　　管家吓了一跳，连忙上前阻止："小姐，小姐别割到手。"

　　"根本没人在乎我！"文心大叫了起来，"所有人都只顾着自己！"

　　"小姐，你要去哪里啊？现在已经很晚了……别难过了，老爷夫人只是临时有事，处理完一定会回来的。"见文心往门口走去，管家拉住了她。

　　"他们永远有事要处理，所有的事情都比我这个亲生女儿重要！"

　　"老爷和夫人努力工作，也是为了小姐你啊。"

　　"别给我扣这么大的帽子，我担当不起！"文心咬着牙，双眼已经通红，"他们为的是他们自己，为的是他们的华盛集团，不是为了我！我从来没有要求过他们给我什么！"

　　文心将脖子上从小挂着的天鹅玉坠狠狠往地上一摔："活得这么憋屈！这个文家大小姐的身份，我宁愿不要！"幸好管家眼明手快接得及时，玉坠才幸免于难。

　　"不许跟过来！"文心愤怒地扔下这么句话，跑了。

　　"小姐……"待管家再回过头，哪里还有文心的影子。

## 第四章
### 天才少年，追梦少女

文心上了一辆出租车。她扬起头，咬紧牙关，努力不让眼泪流下来。

出租车司机已经问了好几次："小姐，你要去哪里呢？"

"你随便开，开到哪儿是哪儿。"文心冷着脸说道。

闻言，出租车司机从后视镜瞅了文心一眼，眼神中带着小激动。跑的士的最喜欢遇上的就是文心这样的客人，开到哪儿是哪儿，恒市这么大，跑下去就是个三位数的大单。司机也是个有情怀的人，从沿江大道开过去，正准备好好把恒市绕一圈，文心却点着路牙边的小亭子，淡道："你在那儿放我下来。"

"江边一个人都没有，我把你放人多点儿的街道吧，你一个小姑娘大晚上的在江边太危险了……"

文心看了眼手机，静悄悄的，没有一个未接来电，彻底心死。他们果然一点儿都不在乎她吧。

"不用，就那儿。"她的声音冷冷的，没有一丁点儿情绪波动。

客人有要求，出租车师傅劝过以后，尽了提醒的义务，也没再多说。

下车后，站在波涛汹涌的江边，文心再次拨通了父亲的电话。她就像一个渴望得到父母关注的孩子，一遍一遍地在他们面前上演跳梁小丑的戏码。但一通漫长的等待音后，又是助理接的电话。助理也相当为难："文心小姐，董事长现在有事在忙。"

"那你帮我转告他。"文心攥紧了手机，眼眸微微眯起，声音出奇地冷静。

助理松了口气："好好好，您说，等董事长忙完，我会转告他的。"

"你跟他说……"文心闭上眼睛,声音中带着淡淡的鼻音,每个字都像是从嘴里迸出来一般,"我已经做惯了乖宝,他们现在不管我,以后也别想来管我!我不是任人摆布的玩偶!喜欢了逗一下,不喜欢了扔一边……这样的人生,我不需要!"

"等等,文心小姐,这……"助理握着手机,急得团团转。文心没有理会助理说什么,挂掉了电话,直接关机。

一阵夜风吹来,带着初秋的萧瑟。文心拉了拉领口,收起手机,沿着江边大道开始漫无目的地往前走。十一点,世纪桥的灯光都黯淡下来了。

江水澎湃,她支着胳膊,从江边护栏往下看,眼下是一眼望不到底的黑色江水。相较于左岸静谧的小公园,对岸的美食一条街灯火璀璨,是恒市最大的不夜城,那里有让吃货们疯狂的海鲜甜点,也有灯火通明的商店。夜晚十点后,那边喧嚣热闹宛如天堂。

漆黑的江水便像是一条天堑,划开了同一个城市截然不同的两段风景。彼岸喧嚣,此岸孤寂。

江风吹拂着脸颊,文心抬眸,看天上一轮明月洒落清辉,眼眸突然酸涩得不可思议。我也是人,我也有心,我也会痛。为什么总孤零零地把我丢在那儿?身子靠着护栏,头埋在膝盖,泪水无声无息间湿了一脸。

另一方面,管家在文家急得团团转。

打电话给文心,一直是关机状态,打电话给董事长,接电话的只有助理。说老爷不疼爱小姐吧,也不是,但的确是关心太少,心里将事业和成就放在了第一位。如今小姐留了那样的话,又开始闹失踪,

## 第四章
### 天才少年，追梦少女

真不知会发生什么样的事。

他实在不知道文心能去哪里，给叶家的姑娘和徐家的少爷都打了电话。

徐昭然说："可能出去找朋友一起过生日了吧。"

管家想起前些天来家里试菜的两个男孩子。那小姐会不会是去找他们了呢？

苏怼接到电话的时候，正在加油站值班。他脱下橡胶手套，走到一边接电话。电话里，传来文家管家略显焦急的声音："你好，请问是苏先生吗？文心小姐和您在一起吗？"

"不在。"

"好的，谢谢。"

电话很快挂了。苏怼莫名其妙地看着手机。大概是徐昭然的话起了作用，他一整天都有些心绪不宁。他犹豫过要不要给文心打电话，但握着手机，却迟迟按不下拨打键。他一方面有些担心她，另一方面……又不想接近她。

如果有些伤害注定要造成，他希望伤口尽量不要那么深。

♥ 08 ♥

沿江大道，摩托引擎的声音轰轰不绝于耳，摩托车手们的狂笑声混合着呐喊充斥在漆黑的车道上。两只明晃晃的车灯恣意地扫在雪白的路面上，开来又开去，笔直如束的车灯一遍遍照在文心的身上。

"哟，小妹妹，怎么一个人在这儿啊？迷路了吗？"

文心不知道自己哭了多久，只觉得哭到鼻子有些堵，开始耳鸣。

一个看上去二十出头的男子吊儿郎当地蹲下来,摸着她的头。男子穿着一件深紫色衬衫,领扣微松,露出一小块白皙的皮肤,在昏暗的灯光下,透着流氓的气息。

吹了许久夜风,再加上心理防线的全面崩溃,文心开始发低烧。额头烫得离谱,身子软绵绵的,脚也像踩在棉花上,但这些身体的痛,远远比不上心痛。此刻她是那样绝望,以至于她看谁都很愤怒,脑子也是一片浆糊。本来就很不舒服了,还有人在摸她的头顶。那种僵硬的触感,让她浑身都一个激灵。

"别碰我……滚开!"

她眯着眼睛,想要挥开对方的手,声音却咕哝着听不清晰,身子也软绵绵地一歪。

男子的手一把抓住她的衣角,凑近望着文心,低沉的嗓音带着蛊惑的气息:"小妹妹,说什么呢?哥哥听不见。哥哥和朋友在那边喝酒,一起过去玩吧。"

"滚!"她掰开男子的手,试图用目光瞪开对方,对方却得寸进尺一把揽住她:"哎呀,可别摔倒了,哥哥扶着你。"

对方的厚颜无耻,让文心愤怒到了极点,用力挣扎起来。

"喂,你干吗呢?"有个夜跑路过的少年发现这边情形不对,想要上前阻止。

"少管闲事。"男子挑眉,眼底的温润渐渐退去,恶狠狠地盯着夜跑的少年。

少年认得这个男子,洛天少,附近一带的纨绔公子,年纪轻轻,却仗着身后的一群地痞流氓,在这附近横行霸道。

## 第四章
### 天才少年，追梦少女

"我，我……"夜跑少年明显是个软茬儿，腿都开始发抖了。

几人对峙的时候，落在一旁的文心难受得不行，她的头炸开似的痛着，她只想找个地方睡觉。不想回那个冷冰冰的家，不想找叶安安和徐昭然，他们肯定又会送她回去。遂脑海里浮现出了一张冷漠的俊脸，苏愆……

他会笑话她吗？他会安慰她吗？

摸出手机，开机，她下意识想要给苏愆打电话，却被洛天少一把捏住下巴："小丫头？你干吗呢？"

洛天少手劲大，文心的下巴被捏得生疼。文心从小到大哪里受过这种对待？下意识就是一个狠踢，直冲洛天少的膝盖，发热的脑子难得清醒起来，一字一顿咬得字正腔圆，格外清晰："放开我！"

谁会想到文心小小身板，居然如此有爆发力。洛天少始料未及，直接被踢翻在地。

少年傻了。嘿，还是个练家子。洛天少的同伴也注意到这边的动静，通通围了过来，气势汹汹："天少，什么情况？"

洛天少捂着膝盖从地上爬起来，被踢的地方青了一块。他目光凶狠地盯着还不知道自己闯祸了的文心，咬牙切齿："死丫头，你有种！今天不弄残你，我不姓洛！"

文心却没理她，她抬着头，看着不远处的某一点，整个人都像是愣住了。

"苏愆……"

她的声音很轻，带着糯糯的鼻音，像猫咪的爪子轻轻地挠在心上，痒痒的。她还不明白自己招惹了什么麻烦，只是抬眼间看见一束光撕开了夜色，在那一束雪白的光亮中，她看见苏愆的影子。

"苏恣，是你吗？你来救我了吗？"她撇嘴，又难过又委屈地看着对方。

"是我。"声色光影纷纷褪色，她看见苏恣摘掉手套，松开白衬衫上的两枚扣子，平静地应了一声，从聒噪的人群中披荆斩棘而来，一把抓住她的手，将她拉了起来。

"苏恣……苏恣……"文心不停地呼唤着他的名字，声音里的哭腔越来越重，"苏恣，我下巴好痛哦！我头也好晕……"她还没明白自己身在何处，指着洛天少刚才捏住的地方，带着哭腔告状。

"你额头怎么这么烫？发烧了？"

"我……也不知道。"

"被欺负了？"

"嗯，他把我的下巴都捏青了。"文心郁闷地告状。

苏恣内心一"咯噔"，眼神迅速沉下。

就在半个小时前，徐昭然说的话，文心管家半夜打来的电话，以及从手机定位出文心所在的地址，都让他的心脏禁不住漏跳半拍。

他不顾加油站的嘟囔，也来不及管是否会扣工资，他用了最快的速度赶到不夜天。直到看见文心的那一刻，他心中松了口气，也憋了股气，他看见摔倒在地的文心，听见洛天少愤怒的咆哮。他眼神漆黑暗沉，将文心藏在身后，冷冷看着洛天少等一帮人。

"小子，不该你管的事，我劝你少管！"洛天少的叫嚣声还没落下，就迎来苏恣狠狠一记左勾拳。

"别人的事，与我无关。她的事我管定了。"

## 第四章

天才少年，追梦少女

"学神好棒，好棒好棒……"糯软的嗓音，开心的鼓掌声，文心懵懂迷糊，只觉得眼前的一切都让人眼花缭乱。

五分钟后，尘埃落定。

摩托车翻了，车灯乱闪，一旁地上躺着四个怒气冲冲满脸瘀青的男人，一直在嚷嚷着警察怎么还没来。

文心简直看傻眼了，苏愆只用三分钟便KO（击败）了那几个找事的小混混。"苏愆，你是不是学过拳击？这……也太厉害了吧。"

一旁见义勇为的夜跑少年咽了口唾沫，靠近苏愆："你是这位女生的朋友吗？"

苏愆没吭声。他打量过文心，没发现什么伤口，只是额头烧得厉害，松了一口气，又提起一颗心。文心难以置信地看了苏愆一眼，虽然听说他以前学过跆拳道，但没想到……实战起来这么凶猛。

洛天少捂着被打肿的一只眼，指着靠着苏愆已经昏昏欲睡的文心："臭小子，你给我等着！"

一旁，看不惯这群地痞平日横行霸道的少年得意道："看你们没事还欺负小姑娘，被打成这样，还好意思出来混？"

洛天少瞪了他一眼："关你什么事。你给我等着，我已经报警了！"

很快警察到了，问发生了什么事。但洛天少脸上挂上了客气的笑容，笑嘻嘻地迎了上去："警察大哥，你看看我脸上的伤。这里有人故意伤人。"

"谁？"警察一脸的不耐烦。这几个地痞老是惹事，现在居然还

来报警了。

洛天少往苏愆的方向一指:"他!"

文心紧紧抱着苏愆,又哭又闹:"不是苏愆,你们不要抓苏愆……"分明已经在生病发烧,烧得意识都不清楚了,但她看着他的眼眸却水灵灵的,像一汪清潭,我见犹怜。

警察的目光在苏愆和浑浑噩噩的文心身上逡巡,皱眉:"小姑娘,你知道妨碍警察办公是什么罪吗?"

苏愆将文心再次藏在身后,面无表情地看向警察:"她发烧病糊涂了,我认罚。"

一双手铐落在了苏愆手上,警察面无表情地说道:"那你跟我到警察局走一趟。"

整个过程,苏愆都出奇地淡定。文心却怒了,拼命地掰着苏愆手上的手铐,质问警察:"你们为什么要绑着他?你们要带他去哪里?"

"……"警察汗颜。

苏愆请求道:"我朋友不舒服,希望你们能找个地方安顿好她,找医生来看看她。"

苏愆的态度不卑不亢,镇定自若。警察还从未看见过哪个犯事要进警察局的人是这种态度,下意识地就觉得肯定是四个地痞先惹的事,而且一个生病的女孩不好好休息,一个人在外面也的确太危险了。

"可以,我们会安顿好她的。"警察答应道。然后又回头狠狠地瞪了四个地痞一眼:"你们也跟我回去,录口供。"

地痞们郁闷至极:明明受害者是我们啊,还这么凶,讨厌。

## 第四章

天才少年，追梦少女

❤ 09 ❤

一缕阳光透过窗户洒落进来。文心的睫毛抖了抖，从睡梦中醒来。一阵酸痛感漫延全身，好像被人毒打了一顿似的。文心揉着太阳穴，从床上爬起来。有人递给她一杯水，她以为是张阿姨，接了过来："谢谢。"

"这是蜂蜜水，润润嗓子吧，是和你一起的小哥拜托我们冲给你的。"警察大叔和蔼地向文心解释道。文心这才后知后觉地发现，她根本不是在自己房间，而是在一个陌生的地方。她的身旁，站着一个穿着警服的大叔。

"这里是……"文心蹙起了眉头，她努力回想昨晚发生的事情。

警察见文心一脸纠结，好心提示："这里是警察局的休息室。"

文心瞪大了眼睛。难道是未成年半夜街头晃悠被逮住啦？

"我……为什么会在警察局？"文心小心翼翼地问道。

"你的朋友打伤人被送进警察局了，当时你吹夜风吹得发烧，我们只能先把你也带了过来。"

"我的朋友？"文心完全蒙圈了。

"是的，叫苏愈。"

苏愈……苏愈怎么可能打伤人？但随之一幕幕场景突然在脑海中如走马灯般放映。

"哥哥和朋友在那边喝酒，一起过去玩吧。"

"别人的事，与我无关。她的事我管定了。"

"她发烧病糊涂了，我认罚。"

文心一把拉住警察大叔的手："警察叔叔，苏愈呢？他在哪里？"

警察大叔被晃得头晕:"他被转移到看守所了,念在他是未成年人,而且情节不严重,所以只关个一天进行思想教育。"

"警察叔叔,我被人欺负了,你们有监控录像吗?监控录像可以证明他打人只是正当防卫!"一人做事一人当,她怎么能让苏愆替她顶罪呢?而且,进过看守所,肯定会留有案底的!明明做错事的是她!不该半夜出去晃悠的人是她!

"你冷静点儿。"警察大叔被文心吼得耳朵发疼,"沿江公园的确有监控录像,但前面部分的录像比较模糊,我们只能看清他伤人的录像。苏愆本人也承认了,这件事就这样过去吧。好了,我还有别的事要忙,你没什么事就先回家去吧。"

"警察叔叔……"文心还想据理力争,但警察大叔已经离开了休息室。

文心问警察要了看守所的地址,拦了辆出租车过去找苏愆。手机不知道什么时候又关机了,重新打开手机,三十多个未接电话,大部分都是管家和叶安安的,文心一路往下滑,手指微微一顿。

"董事长,12:30,响铃20秒。"文盛达居然给她打电话了?

突然,手机振动了一下,董事长的备注名再次在屏幕上跃动,一阵熟悉的来电旋律惊醒了文心。董事长真的给她来电了!

手中的手机瞬间变成了烫手山芋。接还是不接,这是个问题。虽然文心昨天撂下了狠话耍了把帅,但骨子里对父亲的敬畏是根深蒂固的,现在冷静下来以后……有些后怕。

偏偏开车的司机是个多事的,见文心迟迟不接电话,还好心地提醒了一声:"姑娘,你的电话。"叹了口气,文心放弃挣扎,认命地

## 第四章

### 天才少年，追梦少女

接起了电话，一脸视死如归："爸……"

"……"电话另一头，寂静得有些诡异。

文心一颗心都揪了起来，呼吸都不敢用力。不会是不小心蹭到了手机，拨出的电话吧？文心满心忐忑地轻声试探道："爸？"

"限你五分钟内，"文盛达的声音猛地从手机里传了出来，"回到老宅。"父亲说的话总是自带威严，不容抗拒。

"可我还有事要去办啊！"

"嘟嘟嘟……"不等文心说完，对方已经挂了电话。每次都是这样……文心叹了口气，催促司机："麻烦开快一点儿，我还有急事。"

虽然心底对父亲的恐惧无法磨灭，但至少这一次，她还有想见的人，想做的事。既然已经选择了叛逆，那就彻底反抗吧！

少年看守所地处偏僻，到处都是荒地。

文心在门口碰见了从看守所走出来的苏七月。文心之前在医院见过她，还有点儿印象，很显然，她也认出了文心。

"沿江公园打架的录像太模糊，根本看不清真相，我哥的北大保送名额，就因为这次的案底，没了。国家集训队的资格，也没了。"苏七月的眼神不太友好，说得轻描淡写，文心却似重鼓击心，脑子"嗡"地一下蒙了。文心从来没想过，自己的一次任性，会害苏愈失去来之不易的保送机会。

"对不起……"在探访室里看到苏愈时，文心鼻子发酸，忍不住想哭。除了向苏愈道歉，她不知道还能说些什么。

她已经跟警察解释过很多遍，苏愈只是保护自己，但没有人愿

意相信。

反正对他们而言,这件并不是什么重要的案子,多一事不如少一事,可是这却关系到了苏愆的未来啊!

面对文心的内疚,苏愆却是一脸淡然:"你不需要道歉,这是我自己的选择。而且,你没有做错。"

"我不该半夜在外面乱晃。"

"对。你的确不该。"

"……"文心心中再次狠狠一痛,低着头,恨不得被关在看守所的人是自己。额上的碎发却被苏愆拨开,苏愆的声音冷淡,却透着不容置喙的意味:"没我在,你保护不了自己。"

文心的眼泪骤然落下。

经过一夜的折腾,又是录口供,又是前往看守所,又是接受思想教育,苏愆依然风度不减,习惯熬夜的他,并未显露出半分憔悴。他不关心自己的保送,却还在担心她没有自保能力。

"你的保送名额,你集训队的位置……"一想到这里,文心鼻子泛酸,"而且留下的案底肯定会有影响的。"

"一个保送名额没了,还会有第二个。集训队更没什么,我又没打算加入国家队。"苏愆越是温柔,文心越是难过,她不想哭,可眼泪忍不住往下砸落。

苏愆的眉毛拧成了一团。从小到大,他最不擅长哄人,家里的弟弟妹妹哭了,他也从来不管,任由他们哭到累了就不哭了。但文心这孟姜女哭倒长城的气势,实在让他没办法无视。

苏愆叹气:"真的别再哭了,哭得我头痛。"

## 第四章

天才少年，追梦少女

文心捂着脸，瞬间止住了眼泪。

❤ 10 ❤

"啪"的一声响，划破了文家老宅的寂静。文心捂着脸，一阵火辣辣的痛，嘴角渗出了点点血迹。

"你去不夜天的事，我还没和你算账。我说了我没有派人去删视频！你看看现在几点了？"文盛达紧绷着一张脸，眼底的寒意仿佛能冰封万里。

"你知不知道这样会毁了苏愆？"文心抬头挺胸，高高地仰起脸，直视文盛达冷厉的目光，被文盛达的理直气壮激怒，又害怕，又绝望。

文盛达继续说："不毁了他，毁的就是我们文家的脸面。他运气不好，刚好撞上沿江公园附近的视频模糊，看不清真相。"

文心已经完全陷入绝望的边缘，根本没听到父亲说的话，只知道父亲说"不毁了他，毁的就是我们文家的脸面"。文家，文家，她从小到大背负着这两个字，压得她喘不过气。如果是她被毁掉也就罢了，偏偏是苏愆。

"要毁也是毁我的脸面，和你们有什么关系？"文心伤心地问。

"你是我女儿，你说有什么关系？你与文家，一荣俱荣，一损俱损，文家的未来是你打从出生便要扛下的责任！我真是对你太放纵了，怎么养出你这样的女儿？"

文心被父亲的理论震惊，忍不住倒退两步："明明不遵守约定的人是你，为什么你毁了别人，还能这样理直气壮？"

文盛达说："我怎么不遵守了？"

文心说:"我辛辛苦苦做好了一桌饭菜,但你们却在我生日当天,把手机扔给助理,拒绝跟我沟通。凭什么要我听从你们的命令?我的诉求有得到过回应吗?我的要求并不多,我只希望你们偶尔陪陪我,但连这些你们都做不到……既然你们不在乎我,当初为什么把我生下来呢?对,我去不夜天是我的问题,可你们作为父母,没有问清我为什么会去不夜天,反倒在出事之后只会一味指责我,陷害一个保护过我的朋友!你们以为这样就是对我好吗?对,你们大概是好领导、好老板,但绝对不是好父母!你们生了我,可你们根本没有能力、没有资格管教我!"

文心一口气将这些年心中的憋屈全数道来。她要为自己而抗争,为苏愆而抗争。

一直在一旁默不作声的文母钱媛媛也没想到文心突然爆发了这么一通,反应过来后,赶紧将文心扯到了身后,冷着脸责备道:"文心,这是你身为文家大小姐该说的话吗?"

文心不依不饶:"什么是文家大小姐该说的话?眼看着朋友替自己顶罪,沉默不语,这就是文家大小姐?那我的确不是称职的文家大小姐,我脸皮不够厚,心肠不够狠,是非观念不够黑!"

"啪!"又是一巴掌狠狠甩在文心脸上,文盛达气得浑身发抖,一拍扶手,声色俱厉:"反了!反了天了!张萍!把她关在房间里面壁思过!"

文心被关了一个星期,脸上的伤慢慢痊愈,但有些伤害却是一辈子都无法愈合的。

重回校园的文心,发现前桌的人又回来了。以前觉得前桌的人不

## 第四章

### 天才少年，追梦少女

在很不习惯，现在盯着前桌的后脑勺儿，良心就会受到谴责。她已经不由分说把罪过扣在了父亲莫须有的"删视频"上面，扣在了自己头上，她分外难过。以前她总会找各种理由和苏愆聊聊天，但现在，她连跟他开口说话的勇气都没有。是她害他失去了保送的名额……

所有人都好奇，苏愆为什么又回到学校上课了呢？

天下没有不透风的墙，不知道是谁道破了真相，事实慢慢浮出了水面——苏愆因为替文心打架，却被文家删了文心被欺负的前半段视频，被警方指为故意伤人罪，失去了北京大学的保送资格！

一夜之间，所有人看文心的眼神都变了味。苏愆，多少人的憧憬和向往，无法企及的存在，却因为一个文心，从神坛坠落，留下一生的污点。

文心咬着牙，顶着或探询或厌恶的目光，如过街老鼠一般从走廊匆匆而过。

"别理他们。"苏愆淡淡道，"当事人都没有怪你，其他作妖的人都是黑暗势力。"苏愆揉了揉文心的头发，他的指尖微微泛着凉意。

文心握紧了拳头，指甲深深地掐进皮肉里："就因为当事人没有一点儿责怪我的意思，我……很难受。"

"那当事人该怎么做呢？"苏愆的手轻轻落在了文心的脸颊上，"比如打你一下？"

文心仰起脸，视死如归，一脸倔强："你打吧。"

"……"苏愆挑了下眉，哭笑不得，情绪有些复杂。他用力捏了一下她的脸："好了，快上课了，回教室吧。"

这就完了？文心眨了眨眼。

"期中考考入年级前三吧,文心。"苏恁的声音缓缓从前面传了过来。他背对着她,阳光下,他的背影仿佛蒙上了一层光芒。

明明他们相隔很近,但文心却觉得,隔在他们之间是一段无论她如何奔跑,都无法缩短的距离。

## 《第五章》
### 十七岁,一场梦

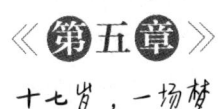

苏愆做了一场梦。
梦中,父亲没有发生教学事故,
家中没有遭受剧变,
还是当初那个母慈子孝、幸福美满的苏家。
他没有去二中,有一天,他在路上碰见了文心。
文心穿着二中的校服在对他微笑。
他张了张嘴,想跟她说些什么,
却见她朝自己这边跑了过来……

● 01 ●

近来,文心发现同学们都开始躲着自己。偶尔,她会听见零星的流言。

"对啊,她凭什么得到苏愆的照顾?她那么过分,那么失败,凭什么获得苏愆的友谊?她心里有愧疚,有自责,有不舍……那些忧郁的小心情,就像是暗流下的礁石,黑漆漆的,藏在平静的海面下。从小她就知道,大喊大叫并不能解决困厄的现状,除了自己没有任何人可以帮她。她唯有忍耐。

原本,她以为自己独自忍耐就可以将日子熬过去,但并没有,直到某一天,她做完值日去倒垃圾,恰撞见小操场有人在角落议论。

"我哥以前就是替人顶罪,在看守所吃了不少苦头,所以我最讨厌找人顶罪的人了!"

"连承认自己错误的勇气都没有,真的好过分……"

"我怎么跟这么种人在同一个学校……"

"听说某人为了逃避责任,故意删视频找苏学长顶罪的。真是个害人精!"

流言像一颗小石子突然砸在平静的湖水中。

文心一怔,她的拳头握了又松,松了又握,她以为自己还能和从前一样装作若无其事,可她的脑海里不停地闪过苏愆的脸……痛楚一阵阵袭来,一直以来憋闷在心中的愧疚自责全面爆发。她记不得自己是怎么离开小操场的,只记得她回过神的时候,耳畔模模糊糊传来一些声音:

"学生,老旧危楼拆迁……走开……

"说了怎么不听,这里危险,快离开……

## 第五章

十七岁，一场梦

"小心啊……"

眼前的一切都仿佛无声放映机中的慢镜头，一帧一帧，极为缓慢地从眼前闪过，她听不见声音，耳鸣阵阵。直到她突然被人狠狠往边上一推，一个清越好听的少年嗓音狠狠呵斥："文心，你傻了吗？危楼旁边发呆，不要命了？"

身子摔倒在地的时候，地上粗糙的沙砾磨破了文心白嫩的掌心，渗出殷红的血珠子。但是让她如遭雷击的，却不是自己的伤，而是眼前的少年……

"苏愆……"她口中艰难吐出一个人名，这个少年把她推开，却被石头砸伤了胳膊。

"别站在这儿，太危险了，走吧。"苏愆却仿佛根本没发现自己也受伤了，拉着文心离开拆迁危楼区。

苏愆从药店买了药膏，一边帮文心上药，一边问"痛不痛"，文心摇摇头。

"怎么不疼？都怪我不好，推得太重了……不过你也是，外面立着危险的标牌，你怎么就往里面闯了？这次要不是我看见你进去，你万一被砸了……"苏愆说到这儿，猛然顿住话音，乌黑润泽的眼瞳闪过一抹复杂的神色，不肯往下说。

眼前的少年，肤色雪白，眉目如画，自己的胳膊都青了一片，却还在关心她……

文心憋了许久的愧疚终于爆发。

她抹着眼泪，自责到忍不住大哭起来："我说我不痛……你怎么就不信……你为什么要来救我？你知不知道你越对我好，就会让我越

觉得自己是一个特别糟糕的人！你替我打架，可我却害你替我顶罪！还害你受伤了……"

顺着文心的目光，苏愆摸了摸胳膊，有点儿痛。怪不得刚刚药店的老板一直目光古怪地打量着他了。苏愆在文心身旁坐下，轻轻地给她上药，许久，才轻轻叹了口气："笨蛋。"

文心扁了扁嘴，又要哭。苏愆出言及时制止："不是你害的我。"

"你不知道，是我爸派人删了视频前半段……她们没有骂错……"

"但我知道不是你。"

"……"

"你爸来接你的时候，你和他说的话……我都听见了。"
文心的眼眸瞬间瞪大了，声音有点儿苦涩："你都听见了。"
苏愆点头应："嗯。"

文父这些天，担心她想不开，破天荒第一次来接她回家，可是她拒绝坐他的车，而且还爪牙全张，把十七年来所有的话全部砸了出来，用疯狂言语攻击董事长，希望董事长能够改变主意，去警察局澄清事实，却被董事长狠狠打了一巴掌，骂她"没出息"。

苏愆轻轻把药涂在她受伤的脸颊，正是因为他看见了，才明白在没人的地方，她替自己做了多少抗争和努力，挨了父母多少打骂。她应该是张扬的、自信的，而不是畏手畏脚，愧疚自卑。

苏愆涂药的神情认真专注，眼眸干净清亮，像深邃的夜空中闪闪发光的星子。这微微垂下的睫毛，轻轻撩动着文心的心，让她的心跳倏地漏跳半拍。可当他低低"嗯"了这一声，文心心底所有的情绪又

## 第五章
十七岁，一场梦

宣泄而出，"哇"的一声，抱着他的胳膊大哭出声。

"几点了？"

文心抽抽噎噎地摸出手机，看了看，"六点五十分，你要赶着去上班吗？你等等……"她心里一急，顾不得哭，拽住苏恣，夺过他手中的药膏，"我先帮你涂点儿药。"

"……"苏恣叹了口气，顺从地俯下身，给她一个最适合上药的高度。

棉签用完了，文心索性用手指蘸了点儿药膏，轻轻地在苏恣的胳膊上推开。她的手是温热的，不知道是药膏的作用还是怎的，她的手指滑过的地方，都留下了火辣辣的感觉……一直烧到了耳根。幸好文心没有察觉。

"好了，"半晌，文心拍了拍苏恣的肩膀，"你去工作吧。"

苏恣握住了文心的手腕："跟我来。"

虽然不知道苏恣到底要做什么，但文心还是老老实实地跟着他。两人穿过繁华闹市，一路往市中心走去。

"我们要去哪里哦？"文心忍不住问道。

"这里。"苏恣在世纪广场的音乐大喷泉前，停住了脚步，"我那天听你家管家说，你是在晚上七点十七分出生的。"

"是啊……"

文心正摸不清状况，就听见苏恣在她的耳边轻声倒数："五、四、三、二、一……迟到的生日礼物。"

他的话音刚落，眼前的音乐喷泉突然响起了震撼人心的旋律，所有的射灯一下子全部亮了起来，一道道水流飞溅而起，彩虹瀑布光怪

陆离，五彩争胜。

路过的行人都忍不住驻足观赏，隐隐约约听到有人在问："今天是什么节日吗？怎么音乐喷泉突然开了？"

而手机屏幕上，正好显示七点十七分。

"生日快乐……"苏愆的眼眸中仿佛淬进了星光，星星点点，璀璨夺目。

文心难以置信地捂住了嘴，眼底的阴霾逐渐驱散："苏愆，你是怎么做到的？"

苏愆没有回答文心的问题，不紧不慢地问道："喜欢吗？"他的唇角微勾，溢出了些许温柔，虽然唇边挂着彩，却一点儿也不影响他的俊容，反而灿烂得宛如撕裂天空的阳光。

所有的不满，所有的不悦，都消散在了喷泉缓缓流淌的音乐之中。耳边的音乐由高昂慢慢转变成了轻快的调子，文心似乎被感染了一般，"扑哧"一声笑了起来。

"我不知道我的十七岁生日，居然还会收到这么特别的礼物……"文心吸着鼻子，拭去脸上的泪痕，展露了笑颜，"谢谢你，苏愆。"

一双明亮的眼眸弯成了月牙，虽然身上还有伤，但文心整个人看上去神采奕奕，再也不是那个郁郁寡欢的小女孩了。

苏愆鬼迷心窍般，伸出手摸了摸她的脸，眉宇间的冷峻渐渐融化。

文心将脖子上的天鹅玉坠摘下，闭上眼睛，双手合十，握在手心。她对着迸发着生命力和激情的喷泉瀑布，许下了愿望："愿我们的友谊天长地久。"

## 第五章
十七岁，一场梦

再回头看苏愆时，文心的眼中带着狡黠的笑意。她握住苏愆的手，将天鹅玉坠小心翼翼地放到他的掌心："苏愆，送给你。"

这是已经去世的奶奶在文心小时候送给文心的礼物，文心一直佩戴在身上。前几天生日闹别扭，玉坠险些摔坏了，幸好管家及时接住，又还给了文心。

文心想将这块失而复得的玉坠送给苏愆，希望他们的情谊长长久久。

♥ 02 ♥

天鹅玉坠在灯光下透着晶莹剔透的光泽。苏愆躺在床上，打量着手中的玉坠，长长地叹了口气。虽然他不懂玉，但看这柔和的质地，圆润温和的手感，就知道价格不菲。

这么贵重的礼物，他本不该收下的，但文心硬是要塞给他，推让间，文心还扬言苏愆要是不收下，她就将玉坠扔到喷泉里去。

他知道她说到做到，真的会扔掉。文心倔起来，十头牛都拉不动，没办法，只能暂且收下。

"苏愆，你不是全校的男神吗？如果你能跟我表妹成为好朋友，这两百万就是你的了。你爸的病，你家的吃穿用度，我全能解决。"

徐昭然的话再次在脑海里响起，如魔咒一般，恍如昨日。

当年父亲病重，苏家没办法承担起昂贵的医药费，被驱逐出医院的时候，是徐昭然如救世主一般出现了。于是苏愆来到了二中，放任文心接近自己，和文心成为所谓的"朋友"。

这场像过家家一般的"友情"戏码，到底付出了多少真情，多

少假意，连他自己都开始有些分不清楚。他为什么会借用了市政大厅的绿化软件，想方设法给文心制造这么一份神秘礼物呢？苏愆辗转反侧，心乱如麻，如何也睡不着，索性爬起来，翻出一本数学题库，握着笔埋头做了起来。唯有一串串冰冷的数字，能够让他静下心来。

"嗡嗡嗡——"手机铃声打破了一室宁静。苏愆缓缓从试题堆中抬起头来，看了屏幕一眼，一个陌生的号码在不断跳跃。他接起电话，对面突然传来了一阵怪异的笑声："嘿嘿嘿嘿嘿。"

没人说话，那笑声在黑夜里显得格外诡异。恶作剧电话吗？苏愆皱起了眉头，正要挂断手机，却听见一声惊恐的尖叫："啊！你们要干什么！要带我去哪里！放开……呃……"

虽然对面风声很大，但苏愆还是听出来了——是文心的声音！

一颗心突然悬了起来。"你们是谁？"苏愆直觉文心现在有危险，而且对方应该正在高速移动中。

电话里传来一道处理过的声音，雌雄莫辩："给我五千万，要不然，我杀了这个女孩！"

苏愆还想说什么，对方却已经挂断了电话，再拨过去，已经是关机了。

"该死的。"苏愆咬了咬牙，猛地站了起来，想到附近的网吧试图搜索这个号码的定位。

才走出家门，手机又响了，又是一个陌生的电话。苏愆想也不想接听了电话："你们……"

话还未说完，一个急切的女声突然从手机另一端响起："苏愆吗？你把文心弄哪里去了？文心到现在还没回家！"

苏愆眉头微蹙，觉得这人的声音有些熟悉。"你是谁？"苏愆警

## 第五章 十七岁，一场梦

惕地眯了眯眼睛。

叶安安稍稍平复情绪："我是文心的好朋友叶安安……"

"我也不清楚文心在哪里，但是我刚刚接到了一个电话。"

听说文心被绑架了，徐昭然的第一个反应是不相信。他扶着眼镜，嘴角微微上扬，勾勒出一道嘲讽的弧度："苏怼，你最好不要陪文心玩这种无聊到试图引起大人注意的把戏，绑架事关重大，后果你们承担不起。"

"……"苏怼蹙眉。

偏偏管家和叶安安都觉得徐昭然说得很有道理，不太愿意相信文心被绑架了，或者说是不愿意接受这个事实。

"是啊，苏同学，如果你知道小姐去了哪里，请转告她快点儿回家！要是惊动了老爷和夫人，小姐又得受罪了。"

"苏怼，我知道文心信任你，但希望你不要陪她任性。"

"不管你们相不相信，"苏怼放弃跟他们沟通，揉了揉太阳穴，走进了网吧，"我都会尽力把她找回来吧。"

徐昭然这人城府极深，根本没人知道他心里到底在算计什么，从他一开始极力大事化小、小事化无的态度，苏怼就咂摸出一丝诡异来。

苏怼不知道绑匪为什么会选择打电话给他，而不是直接通知文心的家人。到底是文心授意还是别有用心？而这一起绑架，到底是蓄谋已久还是偶然巧合？苏怼挂了电话，陷入了沉思。

城西是恒市公认的贫民区，但大隐隐于市，贫民区卧虎藏龙，隐藏了不少民间高手。苏怼家附近的网吧，老板老邱年少时仅凭一台电

脑和一部调制解调器破了国外某500强企业号称固若金汤的系统主机，对方以天价薪酬请他编程，他却以喜欢国内的美食为名拒绝被挖。后来，又曾经被市政附近的牛肉面馆吸引，削尖脑袋挤进了市政部门工作。牛肉面馆拆迁盖了个超市，老邱没了好吃的，也果断辞职不干了。不过市政部门系统安全部门的主管小汪是老邱的徒弟，直到现在有拿不准的注意还会找老邱帮帮忙。老邱是苏母的牌友，苏母每次欠老邱麻将钱，就会喊儿女到老邱的网吧打工抵债。老邱觉得苏愆是可塑之才，总忍不住想指导他。

现在，每每遇到小汪想喊他出山，老邱就会把苏愆推出去："你这个师弟，青出于蓝而胜于蓝，有事找他，别烦我。"

前阵子，恒市的市政官网页面被黑客袭击，老邱又不愿意出马。百般无奈下，小汪只能找到师弟苏愆，本以为师父老邱是说笑，没想到苏愆出马果然摆平一众黑客。所以苏愆也就被特聘为市政部门的安全顾问，相应地，也被许可了部分权限。

老邱趿着人字拖打着哈欠从寝室走了出来："刚刚小网管跟我说你来了，我还不信，怎么了？这么晚不睡觉，大半夜跑过来，又想'黑'绿化系统哄女孩子开心？"

苏愆没搭理他。老邱点了根烟，往电脑屏幕瞅了一眼："小子，你可真行啊。最近市政大厅的程序员是得罪你了吗？你咋老给它增加工作量。别看市政大厅的汪部长是你师兄，你师兄给你部分权限，是为了让你抓黑客的。"

苏愆的手指在键盘上敲下了一串字符，调出了整个恒市的监控录像。苏愆先将目标锁定在自己和文心分开的那段监控视频。

老邱看见视频中的文心，吹了声口哨："挺好看的嘛。怎么，大

## 第五章
### 十七岁，一场梦

晚上想念人家想念得睡不着，过来调监控视频？"

"她刚被人绑架了！"苏愆直截了当地掐灭了老邱的胡编乱造。

老邱啧啧道："什么！所以这是要英雄救美喽？这么酷的事，怎么能少得了我？"

苏愆的目光一直停留在电脑屏幕上。"嗒"的一声，苏愆一点鼠标，视频定在了七点四十一分，文心独自离开，在人行道等红绿灯时，突然被一个不知道从哪里冒出来的黑衣男子带走了。随着镜头的不断放大，黑衣男子隐藏在帽子下的脸逐渐清晰，是一张陌生的脸。

"你师兄不是给你开了部分权限，你可以进档案科查查，找找这个男人的资料。如果他不是黑户，应该能找到。"老邱建议道。

苏愆点了点头，按照老邱说的去做。果然，系统很快识别出了视频中的人脸——

陆为安，男，46岁，外来务工人员，高二辍学，多次打架斗殴，曾涉嫌电信诈骗勒索……

♥ 03 ♥

苏愆再次接到了绑匪的电话，这次是另一个陌生的号码。电话中，绑匪公布了交赎金的第一个地点，要求先支付八百万的赎金作为安抚金。苏愆想要尽量拖延，给老邱定位的时间，但绑匪很警惕，交代完事项后便挂掉了电话。

不过绑匪虽厉害，老邱也不是浪得虚名。他得意地一敲回车键，自信满满："搞定。"

苏愆看向屏幕，脉络相连的信息网上，一个红点儿正在高速移动。苏愆站了起来，转身就走："在省道上。我现在就过去。"

"等等,"老邱一把拉住苏愆,"别急。"他摸出车钥匙,"我送你去。"

夜深人静,货车在公路上飞驰。两旁全是高山荒野,杳无人烟。风吹得林中树木张牙舞爪,漆黑中树影颤抖,如山中鬼魅,诡异非常。身旁偶尔有几辆大卡车匆匆而过,除此以外,连路灯都没有一盏。

陆为安握着方向盘的手心全是汗水。虽然他坏事做过不少,但还是第一次参与绑架。身旁的刀疤烈则淡定得多,目光落在手中把玩的小刀上,嘴角挂着淡淡的笑意:"这小妞,挺有意思的。"

"我倒是觉得她烦得要死。"陆为安不满地皱眉。一般被绑架的人,尤其是小女生,不是应该瑟瑟发抖,苦苦哀求,一张小脸梨花带雨的吗?怎么他们这次绑架回来的小姑娘,不把嘴封上就会河东狮吼、唐僧念经,不把手脚绑上还能摆出要大战个八百回合的架势……

他不得已把她敲晕了扔到车厢,世界才恢复平静。陆为安只想好好地干完这一票,拿到钱远走高飞,并不想节外生枝。

刀疤烈问:"说起来,你怎么看出来这小妞家里有钱的?我看她穿得挺普通的。"

"今天我在世纪广场,看到她和一个男生在一起,随随便便就给人家送了枚价值连城的天鹅玉坠,那玉坠啧啧,至少七位数……我可不会看走眼。"陆为安本来是打玉坠的主意,但一个鬼迷心窍就把人给绑了,他最近也是被高利贷逼得走投无路了。

"怎么我感觉后面那辆车一直在跟着我们?"陆为安瞟了后视镜一眼,警惕道。

## 第五章

十七岁，一场梦

刀疤烈"扑哧"一笑："你别疑神疑鬼的，这里就这一条路，路又不是你家买下的，还不让别人走了？"

"我感觉不妙！坐稳了！"陆为安狠狠往油门上一踩，小小的货车瞬间飙了起来，像离弦的箭一般往前冲去。

车厢传出了一阵撞击声。昏迷的文心被突然加速的惯性甩起，撞到了车厢里摆着的一堆木箱子上，木箱子倾倒，尽数砸到了文心的腿上。

"啊！"钻心的疼痛从小腿传来，文心痛得猛然惊醒。她想要推开那些木箱子，但手脚都被绑住了，根本无法动弹。箱子的边缘割破了皮肤，感觉有温热的液体缓缓地流了出来，文心死死地咬紧牙关。

不会真的就这样挂掉吧？她会因为失血过多而死去吗？人虚弱时，就爱胡思乱想。恐惧感渐渐吞噬着文心，她浑身都在发抖，体温好像随着血液一起流出了身体，她只觉得冷。

车厢外有些嘈杂，似乎还混杂着打斗的声音。文心的意识逐渐远去，直到一道光猛地一下从外面照了进来，落在了她的脸上。

"吱"的一声，车厢的门被人从外面缓缓打开，文心艰难地睁开眼睛，就见一道熟悉的身影被光芒笼罩，出现在了她的眼前。

苏恣！文心惊恐地瞪大了眼睛，剧烈地摇摆着身体："呃呃呃！"

一道高大的黑影正举起铁棍，悄悄靠近苏恣。危险！

♥ 04 ♥

苏恣做了一场梦。梦中，父亲没有发生教学事故，家中没有遭受剧变，还是当初那个母慈子孝、幸福美满的苏家。他没有去二中，有

一天,他在路上碰见了文心。文心穿着二中的校服在对他微笑。他张了张嘴,想跟她说些什么,却见她朝自己这边跑了过来……然后,擦肩而过。他回过头,看见文心正挽着一个男孩背对着他,渐行渐远。原来她不是在对他微笑。他摸了摸心脏的位置,不知道为什么有些空落落的。

"苏愆……苏愆……"一阵熟悉的呼唤突然在耳边响起,将苏愆从睡梦中拉了回来。身上传来的疼痛令他下意识地皱起了眉:"唑……"

"苏愆!"一直守在苏愆身旁的文心惊喜地叫出了声来,"你终于醒了!你昏迷了两天!真的吓死我了。"

手被另一双温暖的手握住了,苏愆声音沙哑地吩咐道:"帮我倒杯水。"

"好……"文心起身去倒水。

手上的温暖一下子消失了。苏愆勾起嘴角虚弱地笑了笑,抬手想扯下挡住视线的绷带,从醒来开始,他就觉得眼前一片漆黑。手碰触到眼睛,却发现什么都没有,并没有任何东西在视线里,他只是单纯地……看不见东西了。

"……"苏愆沉默了几秒,才慢慢接受这个现实,平静异常。

唇边一阵温热,文心的声音在耳边响起:"苏愆,水。"

玻璃杯抵在苏愆的唇边。苏愆伸手,接过杯子:"我自己来。"温热的液体缓缓缓解了口中的干燥。苏愆想将杯子搁到桌上,摸了半天,没摸到,文心赶紧上前帮忙,接过杯子放好。

苏愆抿了下唇,面无表情地问文心:"我的眼睛怎么了?"

"……"文心沉默了一阵,眼睛开始濡湿,"你的头部受到了重

## 第五章
十七岁，一场梦

击，有血块压住了视觉神经，虽然已经清除掉了，但眼睛会有一段时间的暂时性失明。"

文心捂住了脸，眼泪从指缝间溢出："对不起，苏愆……都是因为我……"

"暂时性，是多久？"苏愆摸了摸形同虚设的眼睛，问道。

"医生也不清楚。"文心忍不住哭得更凶了。她口口声声说要做苏愆最好的朋友，却三番五次让他陷入困境。前段时间她才害他进了看守所，现在又……文心多希望现在躺在病床上的是自己，而不是苏愆。

苏愆叹了口气："你身上的伤怎么样了？"

文心吸了吸鼻子，声音中是满满的哭腔："都是些皮外伤，不碍事。"

苏愆悬着的心这才稍稍放下："绑匪呢？"

"一个被赶到的刑警控制住了，另一个逃跑了，警方正在全力通缉。"

原来绑匪不止一个啊……当时他和老邱控制住了陆为安，他去开车厢救人，结果遭到了另一名绑匪的袭击。

"嗯，"苏愆点了点头，闭上了眼睛，"你先回去吧，我想休息一会儿。"

"可是……"文心有些不放心。

"让我一个人冷静一下，可以吗？"

苏愆直接下了逐客令，文心才不情不愿地离开了。

苏愆躺在床上，脑子里乱糟糟的。父亲昏迷不醒，他现在又双目失明，他一直勉强支撑的家会不会就这样分崩离析了呢？

其间,母亲林倦雪来了一趟,还破天荒地熬了粥给苏愆。这两年来,林倦雪不是找苏愆要钱,就是找苏愆处理赌债,这是她第一次给苏愆熬粥。

苏愆本以为自己已经看淡了亲情,内心会毫无触动,但当母亲小心翼翼地给他喂粥的时候,他还是心头一暖。清淡的白粥,加了几颗干贝,味道很鲜,不会显得寡淡……就是糖当成了盐,吃起来又咸又甜,味道有点儿奇怪。林倦雪已经很多年没进过厨房了。

"家里的事情你不用担心……"林倦雪收起碗筷,"文心的父母给了一笔丰厚的抚恤金,应付你爸的治疗费,家里的开支,都绰绰有余了。"

关于文家会给钱这一点,苏愆也不是没有想过。一笔抚恤金,买下他这一双失明的眼睛,挽救他支离破碎的家庭,于他而言,大概也是一笔不错的交易。

"不过他们让我转告你,不要再接近文心了。"林倦雪平静地说道。

文心一瘸一拐地走出医院。文心觉得自己最近真是衰神附体,大伤小伤不断,前几天挨揍的瘀青还没消,现在腿上又缝了三针。

司机早就等在医院门口了。文心打开车门,才发现车内除了司机,还坐着个人。她低垂下眼帘,毕恭毕敬地喊了一声:"爸。"

"进来。"文盛达的声音不怒自威,中气十足。

文心一下子就服软了,乖乖上了车:"爸,你怎么来了?"

"听说我女儿被绑架了,还受了伤,我这个当爸的不是很应该过来看看吗?"文盛达看向文心,冷厉的目光让文心下意识地

## 第五章

十七岁，一场梦

浑身一颤。

文心保持着矜持又不失礼貌的微笑："应该的，应该的，谢谢董事长关心。我的救命恩人就在楼上，你要去探望下他吗？"

"救命恩人？"文盛达挑了挑眉，还是绷着一张冷脸，眼底却涌起了淡淡的嘲讽。

"对，苏愆，多亏他救了我……他是个很好的人！"文心一个劲儿点头道。

文盛达突然吭了一声，宽厚的手掌一托，将调查的报告递给文心："我调查过你这个救命恩人，父亲躺在医院急需大量资金支撑生命，母亲好赌成性不事生产，弟妹还在上学家里开支不断，家住贫民区，一天最多需要兼职十二份工作才能养活家里的人……他去年在全国物理竞赛夺得金牌，以前也获得过不少大大小小的奖项。不是我怀疑他的能力，但说他是好人……文心，你还年少无知，涉世未深，难免会被表象蒙蔽。"

"这些我都知道，但爸爸你从小教育我不能嫌贫爱富。"

"但你是华盛集团的继承人，你的身上有他渴望得到而且迫切需要的东西——金钱。"

"你有没有想过，为什么他会知道绑匪在哪里？为什么他能够这么及时地出现，并救下你？为什么他不通知文家的人，而是选择只身一人前往？"

"文心，我的傻孩子，这场绑架，极有可能就是这个人自导自演的一场苦情戏！只要接近了你，他就可以轻易获得他需要的东西，不用再辛苦地营生了！"

"不是这样的！"文心用力拂开父亲的手，尖叫，"爸你根本不

了解苏悠,你凭什么这么说他?"

刚刚还在父亲的关切下锋芒收敛的小女孩,又立马竖起了一身的利刺,目光炯炯地与文盛达对视,眼神坚定,毫不退缩。

女儿的叛逆,在父亲的眼中不过是一次认人不清的执迷不悟。

"以后不许再和这个人有任何来往。"文盛达的话像千斤锤般砸下,不容拒绝。

"你无权干涉我的交友自由!"文心不死心地抗议。

文盛达绷着一张脸:"我是你爸!"

"停车!"文心气急败坏地大喊。

司机从后视镜看了一眼董事长,咽了口唾沫,没有理会文心。文心直接站了起来,上手要去抢方向盘:"我说了,停车!"

车子在公路上猛地一阵颠簸,呈蛇形走势前进。旁边一辆大货车呼啸而过,司机吓得不轻,连忙一个急刹,稳住了车。司机冒了一身冷汗:"小姐,你这样很危险的!"

文心推开车门,吹胡子瞪眼地看着文盛达:"管我的时候是我爸,不管的时候把我扔到一边不理不睬,我才不需要这样的爸爸!"

"砰"的一声,文心甩上车门,跟跟跄跄地离开。

"董事长……"司机为难地看向文盛达。

文盛达一脸怒容地喝道:"回公司。"

## 05

"气死我了,我怎么会有这么不可理喻的父亲!"文心一边啃着鸡腿,一边火冒三丈地说着文盛达的不是。

周锐尴尬地递上一杯水:"你慢点儿吃,别急……"

## 第五章

十七岁，一场梦

文心感激地看了周锐一眼，接过水杯："真的太谢谢你了。"

刚刚文心一怒之下摔车门而去，走了没多远，腿上的伤口就传来一阵阵的疼痛，幸好遇上了在附近打球的周锐。

文心转移话题："你到班上找我，是有什么事吗？"

一语惊醒梦中人，周锐说道："对，我是想找你告别的。"

文心惊诧地瞪大了眼睛："告别？"

"我不是高三了嘛……"周锐摸着后脑勺儿笑了笑，"家里人打算把我送到国外去。"

"这样……"文心点了点头。

终有一天，所有人都会一个个离开，从此天涯海角，各奔东西。想到这里，文心的心空落落的，一种孤独感慢慢升起。

"你什么时候走呢？"握着水杯的手紧了紧，文心淡淡地问道。

"下周的飞机，本来也想和苏愆说一声的，但是不知道怎么联系他。他还欠了我一场篮球赛呢。"

"苏愆他……"

"嗯？"周锐疑惑地看向文心。

文心摇了摇头，低头继续对付鸡腿："没什么。"

她本来想告诉周锐，苏愆现在在医院，但想到苏愆暂时性失明的双目，又打消了念头。高傲如苏愆，大概不希望别人看到他现在狼狈的模样吧。

医生说苏愆的眼睛，虽是暂时性失明，但什么时候能恢复视力，不得而知，也许是一两天，也许是一两年，也许是十几年二十年甚至更久……文心的心一点点往下沉，目光暗淡。

周锐试探地问了一声："你和苏愆……是不是发生了什么事？"

文心连忙摇头否认:"没有没有,我和他会发生什么事?"

"其实呢,文心……"周锐扬起嘴角笑了起来,笑容中透着阳光般的爽朗自信,"我应该是喜欢你的。"文心愣住了。

周锐拿起纸巾,帮她擦了擦嘴角的酱汁:"没别的意思,就是想在临走前告诉你一声。"

文心笑了笑:"谢谢你。"

文心没有告诉周锐,其实她当初也有点儿喜欢他的。

和周锐告别后,文心没有回家。虽然知道父亲肯定不在家,但她一点儿都不想回去。

文心坐车回了医院,想在医院附近先找家宾馆,却发现她的卡全部被冻结了。看来董事长对她的这次叛逆做出了切实行动。钱包里只有两百块。文心咬咬牙,走出了宾馆。她就不信她没有文家就活不下去。

眼睛看不见东西以后,世界变得嘈杂了许多。苏愈躺在病床上,听见的除了电视里偶像剧主人公你侬我侬的对话,还有走廊外人来人往的脚步声。

女主人公得意地说:"看在你是残疾人的分上不跟你计较。"

男主人公嫌弃地回:"我还看在你是脑残的分上不跟你计较。"

……

苏愈起身想要找遥控器换频道,房门被推开的声音传了过来。紧接着,是文心担忧的声音:"苏愈,你要找什么呢?我帮你找吧。"

苏愈叹了口气,重新躺回到床上:"帮我把电视关了吧。"

## 第五章

### 十七岁，一场梦

"哦哦。"文心连忙过去把电视机关了。

"我刚去买了碗鸡汤，你现在要喝吗？"文心在床边坐下，注视着苏愆。苏愆脸色憔悴，唇色苍白，从前炯炯有神的星眸，如今毫无光彩……

这个为了从歹徒手中救下她，一只脚踏进鬼门关的人，文盛达竟说一切都是他为了接近她而自导自演的一出苦情戏！文心攥紧了拳头，越想越气，胸口在猛烈地起伏。

"不要了。"苏愆面无表情地缓缓道。

"好，"文心将鸡汤倒进保温瓶里，"那你等会儿想喝了再和我说。"

"文心，你不要再来找我了。"

苏愆的话像一把利剑，直插文心的心脏。她的手一抖，鸡汤洒出来了大半。文心赶紧用纸巾擦干净，难以置信地笑着问苏愆："我知道你心情不好，为了救我，你才会变成这样……我知道你不想见到我……但是……"

"跟这些都没有关系。"苏愆不紧不慢地道。

文心情绪激动地握住了苏愆的手："那是为什么呢？是不是我家里人和你说了些什么？"

苏愆狠下心，一个抬手，直接甩开了文心："因为我的目的已经达到了。"

"什么？"文心踉跄了一步，摔倒在地上。

小腿上的伤口崩开，有鲜血从伤口中渗了出来。疼痛的感觉从腿部一直漫延到心脏，文心死死地捂住嘴，才抑制住哭出声来的冲动。好痛，好痛……

苏愆眉头都没皱一下,一字一顿地说道:"我为你做的一切,都只是为了钱。现在我的目的达到了,你的父母给了我很大的一笔钱,我家里的人可以依靠这笔钱衣食无忧。"

"文大小姐……"苏愆勾起嘴角微微一笑,"我已经不需要再讨好你了。"三分嘲讽,七分玩味。苏愆的笑容明明很好看,却灼伤了文心的眼,刺痛了文心的心。

"我不相信!"文心咬着牙,愤怒地朝苏愆大吼,"我才不相信你说的话!你才不是这样的人!"

"我不是圣人,我只是一个被生活所困的普通人。"苏愆的反应相当平淡。

外面的护士听到病房里吵闹的声音,推门走了进来。只见文心满脸泪痕地坐在地上,小腿上的伤口汩汩地流着血,鲜血滴落在地砖上,触目惊心。

"小姐,你的伤口裂开了……"护士赶紧为文心止血,将她送到了治疗室,重新缝合伤口。

叶安安火急火燎地赶到医院的时候,文心正坐在走廊的休息椅上抽泣。文心的头发乱蓬蓬的,衣服上还沾着血迹,一脸憔悴,和平日里活力四射的她判若两人。

叶安安过去小心翼翼地抱住她:"好了好了,小心,不哭了……我来接你回家了。"

"我不要回家……"文心紧紧地抱着叶安安,声音都沙哑了。

叶安安无奈地帮她将头发撩到耳后,哄道:"知道了。不回你家,回我家,回我家行了吧?"

## 第五章

十七岁,一场梦

❤ 06 ❤

房门被人轻轻地锁上了。苏愈蹙起眉头,躺在床上,背对着来人,没有说话。

"能把我表妹弄哭成这副模样,你还是第一个,佩服佩服。"徐昭然扶了扶眼镜,眼底滑过一丝幸灾乐祸。

苏愈知道来人是徐昭然,嘲讽地笑了一声:"这次的事件,和你有关系吧?"

"啧啧啧,你可不能随便给我扣帽子,我可什么都不知道。但在我舅舅和舅母的心目中,这次的事件,跟你脱不了干系。"徐昭然走到苏愈身边,并没有坐下,而是居高临下地俯视着虚弱的苏愈。徐昭然很享受这种感觉。

徐昭然和苏愈,同是同龄人中的尖子,从小到大都是长辈口中的"别人家的孩子",但徐昭然却总被苏愈压一头。从三岁那年,第一次参加儿童围棋大赛开始,两人在数不清的各种大大小小的比赛中狭路相逢,但徐昭然从未赢过苏愈。

苏愈总是站在舞台最瞩目的位置,受尽所有人的赞赏,而徐昭然,即便他再努力,却都只能活在苏愈的光环之下。既生瑜,何生亮!徐昭然一直在找机会赢过苏愈。直到有一天,机会来了。仿佛无所不能的苏愈,却窘迫到要在医院门口下跪哀求。高冷淡漠的苏愈也有这样的一天,每次回忆起那个雨天的一幕幕,徐昭然都会忍不住笑出声来。

徐昭然抑制住内心喜悦的躁动,质问苏愈:"虽然文心很难过,但我交代给你的任务,你却还是没有完成……就差一步了,你为什么要推开她?"

他想要看到文心向苏愆告白以后，被狠狠挫伤自尊心的模样。那绝对是一场好戏吧！

"我已经不需要再听从你的安排了。"苏愆坐了起来，看向徐昭然的方向，虽然他的双目毫无神采，但眼神却依旧犀利，"文家的人用千万买下了我的这双眼睛，你的两百万对我而言，根本不值一提。"

"你——"徐昭然指着苏愆气得说不出话来。

苏愆却淡淡地笑了笑："你看似自信，其实一直很自卑。"

"你胡说！我有什么好自卑的？我家境优渥，接受最好的教育，接触最上流的社会，吃穿用度都是你无法企及的。"徐昭然急切地反驳道。

"可你最引以为豪的一切，都不属于你。"苏愆静静地注视着徐昭然，徐昭然分明知道他什么都看不见，却从他的眼眸中看到了自己的模样，那双眸子仿佛探进了自己的内心。"你一直引以为傲的聪明头脑，却总被我压一头；你一直引以为傲的家境，却根本不属于你，你只是文家的养子……"

"你羡慕你表妹文心不费吹灰之力就能继承巨额财产，你接受不了文家只把你当作一个外人，甚至连姓氏都是外姓……明明你的养母文露从未结过婚，可偏偏她没让你随她姓文。徐昭然，你的人生，真是太可悲了。"苏愆嘲讽道，"你不过是一个处处都不如我的孤儿罢了。"

"你说我不如你这个瞎子？"徐昭然被气笑了，"哈哈哈哈，你是脑子也被打坏了吧？"

"我说的话，是真，是假……"苏愆慢条斯理地缓缓道来，"你

## 第五章

### 十七岁，一场梦

心里，最清楚。"

"苏愆！"徐昭然咬牙切齿，"你会为你今天的这番话，付出代价的！"

"砰"的一声巨响，房门被人甩上。

病房里终于恢复了平静。苏愆彻底松了口气，放下了一身的戒备，自言自语道："所有麻烦的人终于都走了。"手不自觉地抚上了小腿，苏愆微微蹙起了眉头："应该……很痛吧。"

洗过澡后，文心的心情终于稍稍平复了下来。她抱着枕头来到了叶安安的房间，扁着嘴，特委屈地看着叶安安："安安，我要和你睡嘛。"

叶安安扶额："你是小孩子吗？自己一个人睡还怕黑啊？"

"我都好久没在你家过夜了，你就陪陪我呗。"不等叶安安答应，文心已经将枕头放在了叶安安的床上，钻进了被子里。躺好后，她还不忘叮嘱叶安安："安安，你记得关灯哦，不关灯我睡不着。"

"……"叶安安真不知道该笑还是该哭，依言关了灯，回到床上，和文心挤在了一起。

熄灯后的夜晚，好像变得格外宁静。文心睁眼看着一室的漆黑："我觉得肯定是我爸跟苏愆说了什么，所以苏愆才故意气我，要我疏远他。"

"你还没死心啊……"叶安安感叹道，"我真佩服你不撞南墙不回头的决心。"

"我和苏愆那可是伟大的革命情谊……"提到和苏愆的点点滴滴，文心忍不住有些自豪。原来在这段青涩如梅的时光，他们一起经

历过这么多事情。

大概也是哭累了,文心一边回想着过去的事一边微笑,很快就进入了梦乡。

♥ 07 ♥

清风吹动窗棂,清晨的阳光从窗户洒落进来,带来了一室的暖意,饭厅里弥漫着烤吐司的香味。

文心喝了口牛奶,瞅着坐在对面的人问道:"大清早的,你怎么也过来了?"

徐昭然动作优雅地拿起一片吐司,不紧不慢地吃了起来:"如你所见,吃早餐。"

叶安安笑着从厨房走了出来,手上捧着一碟荷包蛋。文心不满地控诉:"安安,为什么徐昭然要过来蹭早餐!"

"文阿姨经常不在家,我就喊昭然哥一起过来吃早餐了,毕竟他就住在隔壁啊……"

文心撇了撇嘴,看了看叶安安,又看了看徐昭然,感觉自己像一颗发光发热的大灯泡。她放下筷子,吃饱离席:"我要出去了。"

"去哪儿?"徐昭然挑了挑眉。

"医院。"

"找苏愆?"徐昭然恨铁不成钢,"你昨天不是才哭哭啼啼地回来吗?怎么还要去?"

"我觉得事情没这么简单,肯定是我爸跟苏愆说了什么,我得再去问清楚。"说完,文心转身就要走。

徐昭然却伸手拉住她的衣领,像拎小鸡似的把她拎了起来:"小

## 第五章
十七岁，一场梦

心，听表哥一句话，苏愆真的没你想的这么好。"

"你也觉得他是图我家的钱？"文心伸手打掉徐昭然的手，"你们又不了解他，却总给他安罪名。就因为他穷，和我交朋友就是图我的钱吗？"

"我坦白跟你说了，小心，是我给苏愆钱，让他接近你的。"

徐昭然将自己雨夜找到苏愆，吩咐苏愆完成任务的事情说了出来，当然，他隐瞒了对自己不利的事情。只说是见文心总嚷嚷着要和苏愆交朋友，他这个做表哥的想达成她的心愿。

见文心还是一脸的不相信，徐昭然摊了摊手，一副君子坦荡荡的姿态："你如果还是不信，可以去问问苏愆，我是不是给了他两百万，搞定了他父亲的住院费和他弟妹的学费。"

"……"文心咬了咬牙，一声不吭地拖着伤腿走出了叶家，直奔医院。

叶安安担忧："小心，小心你腿上的伤口啊！"

苏愆睡得并不好，平时在家隔音效果差，总能听到各种奇怪的声响，住院部的夜晚太过安静，他反而适应不了。辗转反侧好不容易有了睡意，半梦半醒间，门突然被人推开了。

苏愆怀疑等他出院，病房的这扇门差不多也该报废了。

"苏愆！"是文心的声音。

昨天不是还哭着离开，今天怎么就元气满满地回来了？苏愆正疑惑着，就听见文心气喘吁吁地责问道："你是不是收了徐昭然的钱才跟我做朋友？是不是所有的一切都是你在演戏？"

徐昭然竟然把他的龌龊事告诉文心了？苏愆怔忡了一阵，转念一

想,又觉得不太可能。徐昭然大概是想先发制人,编了一套真假参半的说辞告诉文心了吧。

"对。"苏愈低着头,指尖刺破掌心,长长的睫毛垂下,在目之所及的一片黑暗中,清冷得仿佛局外人。他将计就计,平静地说道:"徐昭然帮了我的忙,我肯定要满足他提出的要求。"

他接近她,目的本就不纯粹,迟早会东窗事发。趁现在尽早撇清关系,对彼此都是好事。他和文心不是一个世界的人,她是高高在上的华盛集团继承人,而他只是被金钱玩弄的底层百姓。

一个人说苏愈接近自己是为了钱,文心不信;两个人说苏愈接近自己是为了钱,文心不信;三个人……文心也不信;但当一群人,甚至是苏愈自己,都三番五次地告诉她这个真相时,她……没办法不去面对。

苏愈一点点地瓦解掉自己在文心心目中的高大形象。

"我帮你模仿家长的字迹签字,只是因为你真的太吵了。

"我把你甩给周锐教你篮球,不是因为周锐多会教,也不是为了给你们创造二人相处的空间,我只是单纯地不想把时间浪费在你身上。

"送给你的音乐喷泉的生日礼物,只因我觉得市政大厅的绿化软件是公共资源,可以免费利用一下而已。"

……

苏愈一字一顿地告诉文心,是她自作多情,没有什么革命友谊,没有什么过命交情,一切只是虚情假意,逢场作戏。

苏愈看不到文心的表情,却听到了她啜泣的声音。他在心里默默念道:回去吧,回到属于你的世界去吧,别管我了。

## 第五章

### 十七岁，一场梦

文心胡乱擦了一把脸上肆意的泪水，声音中是浓浓的哭腔："你演技这么好，怎么不去演戏？"撂下这句话，文心也顾不得腿上的疼痛，冲出了病房。她打电话给徐昭然："借给我两百万，我要钞票。"

徐昭然笑了笑："可以。"

十分钟后，徐昭然亲自来到医院，将两百万奉上，并语重心长地提醒道："文心，不是所有人都像你一样是含着金汤匙出生的，多少人羡慕你觊觎你，想将你的一切占为己有。以后，切记带眼识人。"

文心再回到苏愆的病房时，手上多了个保险箱。她打开保险箱，将两百万的钞票一沓沓拆封，丢在苏愆的脸上："苏愆你个浑蛋，你不是要钱吗？这里有两百万，我给你，我全给你！你想要，就凭自己的本事去捡！"

红艳艳的钞票漫天飞舞，而此时此刻，文心还存有念想：只要苏愆不弯腰，不低头，一切的一切，她都可以原谅他！

可她万万没想到，苏愆真的弯腰去捡起了钞票，他分明什么都看不见，却努力探着手去摸索，然后将摸到的钞票一张一张地攥紧。模样相当狼狈。

"有钱人果然任性啊。"苏愆冷漠地嘲讽道。文心根本不相信眼前的这个人是苏愆！苏愆不应该是高冷从容清心寡欲的吗？她不禁开始怀疑，难道这才是真正的他？

文心痛苦地捂着脸："快把从前的苏愆还给我……"只觉得心脏像是被人徒手硬生生地撕开，血淋淋的，痛得已经麻木。

"可我从来没有改变过。"苏愆面无表情地抬起头，目光沉静如水，薄唇微启。

变的只是人心。

08

徐昭然亲自将文心送回了文家老宅。张萍看到文心回来，连忙迎了上去，欣喜地一把将文心抱进了怀里："小姐，你终于回来了……几天没见瘦了好多，张阿姨给你做些好吃的补补。"

文心仿若未闻，精神放空，呆若木鸡地站着，一声不吭。

张萍疑惑地看向徐昭然："徐少爷，我们家小姐这是……"

"她遇到了些事，没想明白，等她想明白就好了。"徐昭然微笑着指了指文心的小腿，眼中看似一片温柔，"文心小腿上有伤，尽量让她少走动，避免伤口再次裂开。"

张萍点头："好的，谢谢徐少爷。"

张萍送走徐昭然后，再回到文心的房间，却见文心面若金纸地倒在了地上，已经失去了意识。

"小姐！"张萍吓得脸都白了，赶紧打电话找私人医生。

文心觉得很累，身心俱疲。她就像大海中的一叶扁舟，随波逐流，不知漂向何方。耳边不停地闪过一个声音，低沉的，悦耳的，富有磁性的，分明如此美好，却又令她心碎。

"你的名字在最上面，（3）班。"

"这里的事，麻烦替我保密。"

"你不是要努力考上我的大学吗？加油吧，少女。"

"文大小姐……我已经不需要再讨好你了。"

……

## 第五章

### 十七岁，一场梦

意识逐渐清醒，文心隐隐约约地听见私人医生和张阿姨说话。

"伤口发炎引起高烧，我已经进行了消炎治疗，再给她开一些药，你督促她按时服用……另外，她的精神状态好像不太好，你要多注意些。"

文心躺在床上，看着空荡荡的天花板，默默地流下了眼泪。连这样的感情都是假的，这世界上，还有什么能够相信？破碎的除了友情，还有怅然若失的少女心……

文心病了一周，天天郁郁寡欢。徐昭然向文盛达提议，让文心转学，离开二中这个伤心地，远离苏愆。文盛达本来想将文心送出国，但又考虑到文心现在的状态不适宜独自一人待在国外，于是将文心转到了一中。起码一中有叶安安，有徐昭然，可以照顾文心。

身上的伤痊愈了，心中的伤却依旧还在，满地狼藉。回归校园后的文心变得沉默寡言，拒绝融入班集体，不过一中的学生都是一门心思扎在学业上的，也没闲心搭理文心。文心在一中的生活，可以说是相当平静了。每天默默去上课，默默回家，日子明明过得很慢，却又像转瞬即逝。

胖子偶尔会给文心打电话，诉说身边发生的事情，末了，还会止不住地叹气："文心姐，自从你离开以后，我天天待在学校，都快发霉了。"但胖子从来没有提到过苏愆，大概他也猜到了一些端倪。

自从医院一别，文心再也没有见过苏愆。关于苏愆的事情，都是从一中的老师或者同学口中断断续续听说的。学神的坠落被大家当作是茶余饭后的谈资——

故意伤人锒铛入狱，勾结亡命之徒涉嫌勒索，双目失明前路渺

茫……明明谈论的人连见都没见过苏愆本人，却能将所有事情说得好像亲眼所见，证据确凿。

后来，传言越演越烈，捕风捉影，更是出了什么盗窃、酗酒，听着就离奇可笑。

到底苏愆是不是真的做了这些伤天害理的事，文心根本不在乎。但一听到苏愆的名字，文心就会想起自己错把朽木当金玉，错付了两年的纯真感情。苏愆就是文心心底的一根刺，她年少轻狂的岁月，都是苏愆一手造就的。

高考前一天，文心收到了来自美国的信息。照片中，一大片的阳光与大海，周锐一身潜水衣，手举一只还活蹦乱跳的波士顿龙虾，脸上的笑容灿烂得令阳光失色。

"小徒儿，请连我的份儿一起加油！"

文心"扑哧"一笑，回复道："师父在国外过得不错嘛。"

"欢迎有空过来旅游，师父带你游遍整个美国。"

"说好了哦，到时候可别反悔！"

"一言为定！"周锐又发来了几张大海的照片。

蔚蓝的大海，水天一色，宽广无边，一股宁静祥和的气息漫入心扉，心旷神怡。

文心忽然想起当年和苏愆约定的温泉之旅，到最后都没有去成。她摇了摇头，将这些乱七八糟的杂念甩出脑袋。文心拿起一本习题册，握拳："坚持就是胜利！"

## 《第六章》
### 苏同学，求合租

"明晚十点见，我要买下你夜晚的时间。"文心一字一顿道。

不等苏愆做任何回复，文心便已挂上了电话。

就好像只是来宣布一件事，而不是来咨询他的意见。

苏愆薄唇微勾，笑着摇了摇头："了不得了。"

语气中竟有化不开的甜味。

❤ 01 ❤

远处的天空泛起鱼肚白，温暖的阳光冲破淡薄的云层，小心翼翼地浸润着浅蓝色的天空。秋风微拂，道旁已经泛黄的梧桐树发出了细微的沙沙声，然后大片大片飘落而下。才刚六点，北京大学里寂静一片，校道上只有三两个人影。

吴峰戴着耳机，在树荫下晨跑。看似心无旁骛，实则目光不断地在东张西望，寻找着那一抹心中的倩影。这时，女生宿舍里走出来了一个人。

来人扎着高高的马尾，五官精致好看，密密的睫毛下是一双明亮的灵眸。少女此时正穿着一身简单的运动服，撸起袖子，露出细细的胳膊，看起来清爽可爱。

吴峰忍不住微微一笑。一天的好心情，从此刻开始。

吴峰迎着少女跑了过去，向她打招呼："早上好。"

文心愣了愣："早上好。"

自从上了大学后，文心坚持每天晨跑，风雨无阻。不知道从什么时候开始，经常会在晨跑时碰见同班的吴峰。不过这还是他第一次主动过来跟她说话。

文心的声音真好听啊。吴峰的心里像融化了一罐蜜糖，整个人都酥软掉了。他努力稳住心神，笑着邀请道："一起吗？"

文心没有多想，点了点头。她像往常一样围着学校小跑一圈，然后跑到饭堂吃早餐，顺便给宿舍里还在睡懒觉的三个室友捎带一份。自从上了大学，住进了集体宿舍，文心变得比高三时开朗了不少，虽然曾经活泼单纯的她，再也找不回来了。

## 第六章

苏同学,求合租

七点,北京大学慢慢热闹了起来,饭堂里集聚了不少买早餐的学生。文心和吴峰找了个位置坐下,两人面对面地坐着,偶尔吴峰会找个话题说几句,文心一边吃着早餐一边默默地听,俊男美女,场面十分和谐。

一些认识吴峰的人见此情景,在一旁窃窃私语。

八卦是女生们的天性。室友们逮住她逼问道:"小心,听说你和吴校草很熟?怎么我们都不知道!"

"咦?"当事人表示一脸蒙,"谁?我怎么不知道呢?"

"刚刚隔壁宿舍的跑过来八卦了,说看到你和吴校草大清早在学校里约会!"室长抱着文心,各种羡慕嫉妒恨,"那可是吴校草!有才有貌,一曲《梨花落》绕梁三日的吴校草!"

"吴校草?吴峰吗?"这种颜值,就是校草了吗?文心表示深深的怀疑,不就是一张路人脸嘛……想当年,苏恁……

但想到这个人,文心的脸色沉了沉,心情瞬间掉到了谷底。文心将早餐塞到各室友怀里,摆了摆手,眼底的笑意荡然无存:"早餐都堵不住你们的嘴。我和吴峰没什么,就是今天跑步碰到了而已。"

今天第一节,解剖课,文心和吴峰再次撞见。周围的同学看着他们俩,捂着嘴偷偷地笑,直到文心狠狠的一记眼风扫过去,才讪讪地作鸟兽散。

还没上课,学生还没有来齐,解剖课的老师走进教室,喊道:"来七八个男同学,帮忙运下大体老师。"

教室里坐着的男生主动站了起来跟着解剖课老师去负一楼的尸池,文心自告奋勇地跟上。经常听说尸池,文心一直很好奇那里到底

是怎样的一个存在。

见到文心和吴峰一同离去的背影,教室里剩下的所有人对视了几眼,露出了心领神会的笑容。

尸池像是迷宫似的,灰色的水泥墙,透着阴森的气息。虽说是尸池,但里面却不如文心想象中的是一个个泡着尸体的池子,相反,这里其实摆放着许多冷冻柜。

老师挑了一个柜子拉开,一阵寒气冒了出来。吴峰下意识地挡在了文心前面,文心却蹙起了眉头,探着头想瞧瞧整个尸体的模样——

尸体被塑料膜包裹得严严实实的,根本看不到任何部位。文心有些失望地默默叹了口气。

结果在男生把尸体抬进电梯的时候,一个颠簸,尸体脸上的塑料膜突然打开了。文心当时正盯着尸体看,就见一张女人苍白的脸突然出现在了面前,吓得往后踉跄了一下,撞上了身后一方结实的胸口。

文心回过头,见是吴峰,连忙道歉:"不好意思。"

吴峰只觉得心都快蹦出来了。吴峰百思不得其解,怎么有连道歉都这么可爱的女孩子呢?

旁边的男生在兴奋地起哄:"哟——"

吴峰抿了抿唇,耳根都在发烫。

之后的日子里,文心突然觉得吴峰无处不在。除了每天晨跑会碰见他,必修课会碰见他,选修课会碰见他,饭堂会碰见他,参加围棋社碰见他,连到图书馆复习都会碰见他!文心头都大了。

室友们得知文心对吴峰一点儿意思都没有后,喜哀参半。喜的是吴峰又是属于大家的了,哀的是吴峰居然不能被自家宿舍占为己有。两方衡量了一下,室友三人最终决定,还是帮吴校草追到文心,让他

## 第六章
### 苏同学，求合租

成为206宿舍的妹夫，给她们这些姐姐们介绍优质对象更划算！

在外总是见到吴峰，回到宿舍总听到吴峰的名字，文心几近崩溃，求着她的室友姐姐们："放过我吧，我真的对他没什么想法啊。"

"感情可以慢慢培养的嘛，吴峰各方面都很不错啊，"室长笑着帮文心捶背，"不会是……你心里藏了个什么人，所以跟吴峰不来电吧？"

"没有啦。"文心想都不想直接否认。

室友小陶给文心递上果汁："你先别急着排斥人家，观望观望呗，没准就喜欢上了呢？"

"对对对，"室长亲昵地抱住文心，"就是这么个理儿，所以，吴校草周日约我们一起去吃饭，你可不能爽约哦。"

"我为了买包包，已经一个月没吃过肉了……小心心……你应了吴校草的邀约，顺带带我去蹭顿饭好不？"安琦抱着她刚"败"回来的包包，可怜兮兮地看向文心。

室长和小陶也期待地看向文心："小心心……"

三个室友，六双水灵灵的大眼睛，文心扶额，想拒绝都不忍心了："知道了，我会去的，可以了吧？姐姐们。"

三人欢呼，齐曰："爱你，比心。"


得知文心应约，吴峰兴奋得差点儿从床上蹦下来。吴峰从开学那天第一次见文心，就对文心一见倾心，所以才拼了全力爬上了北京大学的校草榜，希望文心能注意到他。现在看来，幸福果然是要靠自己争取的。吴峰庆幸自己鼓起勇气踏出了第一步。

杜子祺到宿舍找吴峰的时候,就见他正傻愣愣地对着镜子练习微笑。他毫不客气地损他这个被迷得神魂颠倒的好友:"怎么?乐成这样,把女神追到手了吗?"

"都说女神了,哪有这么容易,不过……"吴峰揉了揉笑得发酸的嘴角,"我想跟她告白试试。她答应我周日一起出来吃饭,虽然她的室友也一起。"

"一步一步来吧,太激进了容易吓到人家。"杜子祺在吴峰身旁坐下,摸出了手机,递给吴峰,"想要吗?"

手机屏幕上,赫然出现的是文心端坐在围棋前全神贯注的照片。吴峰难以置信地打量着杜子祺问:"你为什么要偷拍我女神?难道你……"

"喊,你以为谁都像你一样稀罕她啊……社团里的人拍的。"虽然文心的确挺漂亮的……杜子祺在心里默默补了一句。

不过"朋友妻不可欺",虽然现在文心还没答应吴峰,但杜子祺还是下意识地想撇清关系。在杜子祺的潜意识里,太漂亮的女孩子都惹不得。而他的这个想法,后来也得到了印证。

"那你赶紧发给我啊。"吴峰拿起手机迫不及待地等着接收女神的美照。

"说起来,"杜子祺想起了件事,"这周日,我们社团和清华大学的围棋社有场友谊赛,文心不上场,但会去观摩,你要不要也一起过去啊?"

"能去的话,当然最好啊。"吴峰拍了拍杜子祺的肩,感叹道,"有你这个围棋社社长和我里应外合,我感觉追女神的道路简直如有神助啊。"

## 第六章
### 苏同学，求合租

❤ 02 ❤

周日，下起了小雨。天空阴沉沉的，似乎在酝酿着一场大雨。

文心索性撑着伞提前到了训练室，不知道是巧合还是有意为之，吴峰正好也提前到了。两人在训练室门口碰见，吴峰笑着朝文心打招呼，文心点了点头，气氛有些尴尬。

"昨天还是大太阳大热天，今天突然就开始下雨降温……"吴峰收起雨伞，和文心说着话，"这天气还真是奇怪呢。"

文心抿了抿唇，想到吴峰对自己的心意，完全不知道该如何跟他相处，只能默默地"嗯"了一声。

已是深秋，天气变得有些凉，一阵风吹来，带着雨水的湿气，透出些冷意来。文心罩着一件粉嫩的喇叭袖风衣，举手投足都带着清纯甜美的气息。吴峰微微侧过身，替文心挡住了外头吹进来的风："我们先进去吧，外面冷。"

训练室里还没有人。八个棋盘一字排开，黑子白子规整地收入了盒子里，摆在棋盘两侧。

文心在观众席随便找了个位置坐下，吴峰坐在了她的身旁。房间里很静，风吹打着窗户，发出声响，吴峰紧张地咽了口唾沫，眼睛总忍不住往文心那里瞟。

所幸不多久就陆陆续续有人来了，训练室里渐渐变得热闹了起来，很快，观众席就坐满了人。十六位棋手在后台抽好签后，也进入了训练室，找到各自的位置坐下，两两对弈。

裁判宣布所有棋手入席的时候，文心的笑容僵在了脸上，手一抖，手机险些摔到地上。

离文心最近的棋盘边，正端坐着两个男生，双方各执黑白棋子，

正聚精会神地落子对弈。其中一个男生，是她的围棋社社长杜子祺，而另一个……

一个熟悉到陌生的名字在文心的脑海里炸开，文心浑身都在发抖。

苏愆……苏愆……

文心万万没想到，会在和清华大学的围棋友谊赛上，再次遇见他！

离开恒市后，文心没再听说过苏愆的消息。苏愆的眼睛到底有没有恢复？苏愆有没有参加高考？苏愆考到了哪个大学？文心不得而知。直到她再见到他的时候，一切都有了答案。

苏愆过得很好！他仿佛一朝回到了高二最辉煌的那段时光，背脊挺拔，姿容清俊，清眸凛冽，好像所有的光都聚在了他的身上，美好得令人挪不开眼睛。

苏愆目光犀利，每次都能迅速找到关键的点，食指和中指轻轻夹着黑子，落棋的动作干脆利落。几番交锋下来，白子已渐渐被逼入了困境。

杜子祺眉头微蹙，苏愆则冷着一张脸，淡然自若。吴峰虽然看不懂围棋，但也感受到了杜子祺被逼得走投无路的无奈，暗暗替好友捏了把汗。

回头看了下文心，却发现文心浑身颤抖。他担忧地问道："文心，你怎么了？不舒服吗？"

说着，他脱下了外套，想为文心披上。文心木讷地喃喃道："没……没事……"并没有拒绝吴峰的示好。吴峰心中暗喜，脸上却仍是担忧之色。

## 第六章
### 苏同学，求合租

杜子祺感觉到对面的人好像恍了恍神，不知道对方是失误还是看落了，落子时竟给他留了一线生机。杜子祺轻敲棋盘，回以反击。但苏愆很快就恢复了状态，甚至每一步都走得更狠更绝。

半个小时后，杜子祺放下了手中的白子，礼貌地鞠了个躬："我输了。"苏愆也微微一鞠躬："承让。"

文心好想赶紧离开训练室，远离苏愆，但出于对棋手的尊重，棋局没有结束，观众不能随意离场。直到裁判宣布"苏愆胜"的瞬间，文心冲出了训练室。

吴峰搞不清楚情况，只当文心是真不舒服了，捡起地上的雨伞赶紧追了出去。眼看着文心就要冲进大雨中，吴峰连忙拉住了她，轻声问道："文心，你还好吗？要不要送你去医务室？"

清风迎面袭来，吹散了文心的不安。文心慢慢平复下来，回想起自己的失态，懊悔不已。为什么她见到苏愆要逃？明明该逃的人是他！

文心将手从吴峰手中抽回："抱歉，我有点事儿，想先回宿舍。"

吴峰看着空落落的手，有些失落。但他很快调整好状态，将文心落下的雨伞递给她："我送你回去吧。"

文心微微垂下眼帘："嗯。"

三楼的训练室里，苏愆正倚靠在窗边，静静地凝视着楼下撑着伞走入雨中的两个人，深邃的眼眸中暗涌翻腾。

"苏愆，"清华大学围棋社的社长拍了拍苏愆的肩，"准备下一局比赛了。"

"嗯。"苏愆转过身，面无表情地再次入席。

♥ 03 ♥

"小心心,艳福不浅哦,去看场比赛,吴校草便亲自送回宿舍。"文心一推开宿舍门,就听见安琦饱含笑意的声音。

小陶笑着迎了上去:"怎么样,吴校草向你告白了吗?"

文心此刻心乱如麻,连对她们笑的力气都没有,淡淡道:"没有。"

"那他要是告白了,你会答应吗?"

文心爬上了床,钻进被子里:"到时候再说吧。"现在她什么都不想去想,只想好好地睡一觉。但愿一觉醒来,苏愆永远不要再出现在她的视线范围里。

室长低头看着手机,给吴峰通风报信:"我问文心,如果你向她告白,她会不会答应,她这次没有直接拒绝,只是说到时候再说。"

吴峰说:"所以我还是有机会的喽?"吴峰觉得,文心应该已经有些被他打动了。

室长说:"有志者,事竟成。"

文心一觉睡到了下午五点,醒来时见室友们都在忙碌地梳妆打扮。

文心疑惑地问道:"你们都要出门吗?"

安琦放下腮红:"小心心,你不会忘记了今晚要和吴校草一起吃饭的事吧?"

"……"她还真给忘记了。

"现在拒绝,还来得及吗?"文心弱弱地举手发问。

众人异口同声:"拒绝无效。你快下来收拾啦,就等你了!"

"好吧。"文心认命。

## 第六章

苏同学，求合租

傍晚六点，吴峰开着车出现在了北京大学校门口。

安琦积极地将文心推进了副驾驶座，自己则和室长、小陶坐到了后座。吴峰问她们想吃什么，文心放弃选择，安琦说："我听说酒仙桥路新开了家泰国餐厅味道很不错，要不我们去那家尝尝？"

得到了众人的一致赞成后，吴峰驱车往酒仙桥路进发。

什么叫冤家路窄？文心在喜泰莱见到苏愆的一刻，撞墙的心都有了。偏偏安琦一看见帅哥挪不开步，拉着文心非要在苏愆隔壁的一桌坐下，还激动不已地用只能两个人听见的声音，轻声对文心说："妈呀，太帅了，吴校草站在他旁边，瞬间被秒杀啊。"

安大小姐，有没有听说过吃人嘴软，拿人手短啊？请你吃饭的吴校草现在还在外面找车位停车呢。

"也就那样吧。"文心看都没看苏愆一眼。

安琦摇了摇头，感慨道："小心心，看来你已经开始情人眼里出西施了，我真不知道该遗憾还是该高兴……"

"……"文心不想再跟她说话了，起身，"我去趟卫生间。"

文心去卫生间的空当，室长将小陶和安琦拉到了身边："我们现在先出去一趟，吴校草等会儿要跟文心告白，等他成功了，我们再回来庆祝……万一没成功，我们就等吴校草走了，再回来陪文心。"

"如果吴校草不走呢？"小陶冷不丁冒出了这么一句。

室友恨铁不成钢地敲了下她的额头："我和吴校草都商量好了，哪有这么多如果？"

室长认为一切尽在掌握之中，可偏偏，文心不是会按常理出牌的人。

文心从卫生间出来，与苏愆狭路相逢。她下意识地攥着拳头，指

甲掐进了皮肉里,竖起了一身的利刺;他却一脸淡然,仿佛并没有看到她,与她擦肩而过。文心心里莫名地有点儿生气,连她都有些搞不懂自己。

文心回到座位,发现宿舍的三个小妮子不知所终,只有吴峰手捧一束蓝色妖姬,坐在那里等待着她。很多人都向他投以好奇的目光,包括隔壁桌苏愆的同学。

文心突然升起了一种逃跑的冲动,但吴峰却先一步注意到了她,连忙站了起来,微笑着一步一步地走到了她的身边,将鲜花递到了她的面前。

吴峰是真心实意喜欢着文心的,觉得她好看,和自己也般配。他就不信全校有比他还帅的男生,男生是看颜值,女生何尝不是?日久生情,只要文心能在众人的喝彩声中答应自己的追求,那他就算踏出了第一步,迟早能够俘获文心的芳心。

他虔诚地向她单膝下跪,温柔地说道:"文心,我喜欢你,你可以做我的女朋友吗?"

文心站在原地不知所措,眼前的蓝色妖姬,接也不是,不接也不是。她没想过吴峰会当众告白。

恍惚中,她仿佛听见苏愆曾经说的:"真正的喜欢,是不会当众对她告白的,因为会担心给对方压力,怕她迫于舆论答应,怕她会有细小的不确定。"

无数道目光落在了她的身上,她恨不得找个地缝钻进去。脸上一片滚烫,她张了张嘴,正准备说话,身旁却传来了一道轻轻的冷哼。似讥笑,似不屑。

一抬头,就见苏愆优哉游哉地回到了座位上,看戏似的看向了这

## 第六章
### 苏同学，求合租

边。心中一直按捺着的一团火，突然像熔岩喷发般四溅开来。

一瞬间，文心突然有种说不出的愤怒和不甘。为什么自己看见吴峰告白，就下意识地会想到苏愆？而苏愆为什么永远这么一副无所谓的样子？男生都是这样的吗？好的时候蜜里调油，背弃的时候也能将一颗心打碎，毫不在乎？他笑什么？有什么好笑？是嘲笑现在向她告白的人？还是嘲笑她的追求者感情很廉价？又或者是不屑一顾？

文心一咬牙，伸手甩开了吴峰的花。玫瑰掉在了地上，支离破碎，众人仿佛听到了心碎的声音。

吴峰虽然有些诧异文心的直接，却也能够理解她，毕竟是自己太唐突了。但文心接下来的一串话，却瞬间让吴峰无地自容。

"你赚过钱吗？"文心突然开口，眼睛看着苏愆，话却是对着吴峰。

吴峰愣了愣："没有。"

"你有智商吗？"文心二度开口，还是直直看着吴峰背后的苏愆质问吴峰。

"……"

"你赚的钱能在三环内买套别墅吗？智商过150了吗？没有？没有你还敢跟我表白？我看起来有那么廉价吗？"

文心抬起头，狠狠地剜了苏愆一眼："以后，不要让我再看到你了。"

丢下这一连串炮弹般极具杀伤力的话，文心头也不回地转身离开了。守在喜泰莱外面的三个室友见文心一脸冰霜地走了出来，透过橱窗，往里面看了一眼。

只见吴峰颓败地站了起来，脸色苍白地盯着地上破碎的蓝色妖

姬，眉宇间有种隐忍的怒意。看来是失败了。

### 04

文心找了家环境清幽的旅馆住下。刚洗完澡从浴室里出来，就接到了来自徐昭然的英国长途来电。

"视频我看到了。"电话里传来徐昭然温润如玉的笑声。

"什么视频？"文心还没有上网，根本不知道自己的事情已经在各大高校的论坛和贴吧传遍了。

"你拒绝向你告白的男同学的视频，"徐昭然顿了顿，饶有深意地说道，"拍视频的人还拍到了旁边的苏愈，怎么？你们又见面了？"

"纯属巧合，我也不知道世界这么大，为什么跑到了北京还会遇见他。"文心心中一刺，轻描淡写想把事情揭过。

"我还以为你对苏愈旧情难忘，才这样冷漠地拒绝了别的男同学。"徐昭然轻轻地笑出了声来，笑声中带着嘲笑。

"什么旧情难忘！"文心下意识地反驳。

"真的吗？"徐昭然表示怀疑，"那你为什么拒绝人家啊？还说那么过分的话。我看对方还挺帅气的，你不是颜控吗？这个入不了你的眼？"

文心睁眼说瞎话："我只是有别的喜欢的人，不想这个人再纠缠我而已。"

"有喜欢的人？怎么不去追，磨磨叽叽什么？不会是被苏愈伤害过以后，怕再受伤了吧？"

"……"

苏愈是文心心里最尖锐的一根刺，最受不了别人提到他，偏偏

## 第六章
### 苏同学,求合租

徐昭然开口闭口都说她忘不了苏恣,把文心刺激得口没遮拦:"追就追!我怕什么?徐昭然我警告你,你要再敢提那两个字我跟你没完!"

"哈哈哈,哪两个字?"徐昭然明知故问。

"滚!"文心气呼呼地挂了电话。

冷静下来,文心才后知后觉地意识到,自己中了徐昭然的激将法,被坑进了阴沟里。要是她不给他点儿成果看看,对"喜欢的人"采取行动,就坐实了她旧情难忘之说。

对!她承认她今天用最尖锐的话拒绝吴峰,就是因为看见苏恣,可是徐昭然把她的心思赤裸裸地剖开,她还是会痛。今天她这样羞辱了吴峰,不可能再找他当幌子了,而其他男生……她也没认识几个。躺在床上思来想去,文心最终把主意打到了围棋社的社长杜子祺身上。杜子祺眉清目秀,一副翩翩公子的模样,是公认的校草。

早上没课,文心睡了个懒觉,神清气爽,才慢悠悠地回到了学校。

校道上迎面走来不少学生,文心不知道是不是自己多心,总觉得那些人似乎都在偷偷打量自己,窃窃私语着什么。

宿舍里只有安琦正在梳洗,室长和小陶出去了。

"文心,你总算回来了!"安琦见到文心,脸洗到一半都跑了出来,"你昨天到底是怎么回事?你拒绝吴校草也不至于说这么拜金物质的话啊,现在学校论坛全都炸了,都在diss(嘲讽)你……"

安琦点开手机,往文心面前一送:"你自己看看。"

北京大学医学院平日针砭时弊、指点江山的校园BBS(论坛)

里，竟一夜刷出了十几页水帖，随手点开一个——

这种女的，还没出学校，就染得一身铜臭。她怎么不干脆嫁给房子、车子？

我承认婚姻在某种程度，是资产重组，但是我以为校园阶段，这种物质化不会这么严重，是我孤陋寡闻了。

可能是家里穷吧。

家里穷也不能污染校园风气啊。对了，男主角是谁啊？

@楼上 是咱们学校校草……@吴峰小学弟，你还好吗？千万别想不开啊！

女主角是谁啊？长得还行的。她身上穿的是限量款的名牌，这牌子我认识……有钱都买不到，她是不是想拒绝却没借口啊？

有人弱弱给文心辩解，紧接着被人大骂：楼上你傻吗？像这种拜金女三大套路，整容、包装、傍大款，能穿限量款肯定是钓上了有钱的富豪……

见文心一声不吭，安琦以为她承受不住打击，夺回手机："算了，你还是别看了。论坛里这些人都是些口没遮拦的。反正大家不认识你……"

文心眼神落向窗外，没吱声。

放学后，饭堂高峰期，人山人海。

吴峰因为告白被拒的事闷在宿舍里不想见人，杜子祺帮他出来打饭："阿姨，麻烦帮我打两份饭，谢谢，一份宫保鸡丁，一份糖醋里脊。"

阿姨举起勺子："好咧！"

## 第六章
### 苏同学,求合租

好不容易买好饭,从人群中挤了出来,杜子祺刚准备离开,身旁传来的熟悉的女声却让他忍不住一愣。

"子祺学长,来打饭吗?"

杜子祺一抬头,就见文心微笑着朝自己挥了挥手。他隐藏住内心的尴尬,平静地点了点头:"嗯。"

其实文心心里也是千万个不愿意,要不是为了堵住徐昭然的嘴,她才不想跑到杜子祺面前强颜欢笑。

文心张了张嘴,想再说些什么,杜子祺却抱歉地看向她:"我还有急事,先走了。"话音刚落,人已经溜出去大老远,那急急忙忙的小模样,根本就是视她如蛇蝎。

文心错愕半晌,脸色发黑。不是吧,她又不会把人吃了,要不要看见她就跑?我看你避得了初一,避不了十五。同在一个围棋社,抬头不见低头见。

自从上次围棋社的大部分骨干败给了清华大学的棋手以后,围棋社加强了集训。

北大的围棋社一直是北大津津乐道的一个社团,社团不少成员都曾在全国性的围棋比赛中获得过奖项,虽然这次和清华大学对弈的只是一场友谊赛,但棋手们都有了危机感。

尤其是那个叫苏愆的少年,从容不迫,手法老练,战术卓越,五局五胜,开挂了一般无人能挡。时隔多日,再提到苏愆,北大围棋社里还是一阵赞叹和感慨。

"为了提高对战技巧,我特地请了几位外校的朋友过来跟大家切磋练习。你们等会儿别太热情,吓到了他们。"杜子祺在台上微笑着

说道。台下一阵热烈响应。

这时，杜子祺的手机响了。他边拿起电话，边往外走，对社团活动室里的人说道："他们应该到了，我先去带他们过来。"

文心跟了出去："子祺学长，我有话要跟你说。"

这杜子祺躲了她好些天了，徐昭然天天打电话过来嘲笑她，文心都快急死了，索性趁这个机会直接把话说了吧。

杜子祺蹙了蹙眉："有什么话可以等下再说吗？我……"

"不会占用你很多时间。我就想跟你说……"文心拉住杜子祺，深吸了一口气，破罐子破摔，"其实我喜欢的是你。"

"……"杜子祺一直以为文心是要跟他说吴峰的事，闹半天，居然是说喜欢他啊。

等等！杜子祺猛地瞪大了眼睛，满脸难以置信。她刚刚说什么来着？她……喜欢他？震惊过后，是一阵惶恐。

杜子祺的脑海里下意识地不断浮现起文心羞辱吴峰的那段视频，视频里的文心尖酸刻薄、不留情面，浑身都长出了扎手的利刺，让人敬而远之。后续她拜金穿名牌，被人包养，更是人尽皆知的秘密。

杜子祺眼神一闪，他不知道文心的告白到底是真是假，是真的对他有意还是玩弄他，但他并不像吴峰那样傻里傻气。他克制地微笑着，抽出了手："抱歉。"

"你……"文心还要说什么，一抬头却看到了一双熟悉的深邃如墨的眼眸，话全卡在了喉咙间。

杜子祺也看到了苏怹，礼貌地对他笑了笑："苏怹，你来了啊，我还以为你们不知道路。其他人呢？"

苏怹面无表情地指了指身后的卫生间："在里面。"

## 第六章
苏同学，求合租

他平静的目光落在了文心身上："我是不是打扰到你们了？不要在意我，你们继续。"

继续个毛线！他到底是什么时候出现在这里的？都听到多少了？有没有听到她刚刚……

文心的脸骤然变得通红，面上却偏要强装冷静："我……我先走了……"

她转过身，落荒而逃。文心没有回到活动室，而是冲回了宿舍，扑进了被窝里。她悔恨不已地捶床："告白被拒绝就被拒绝呗，我一点儿都不在乎……但是……我的妈呀，为什么偏偏被苏愆撞见呢？怎么哪里都有他啊？要不要这么阴魂不散？"

正在塞着耳机躺床上看电视剧的室长被"咚咚咚"的捶床声吓了一跳，弹了起来："什么情况？地震了吗？"

文心这才发现宿舍里还有人，吐了吐舌头："室长，不好意思。"

"是你回来了啊。"

室长重新躺下，结果躺下没两秒，又弹了起来，大叫道："文心，刚刚小陶给我转发了一条视频！是不是真的！你你你你你……居然跟杜子祺告白了？"

♥ 05 ♥

真是一百岁不死都有新闻听，前几天才爆出文心羞辱吴校草，扬言只有最聪明、最优秀的男孩能配得上她，结果今天又爆出来文心死缠烂打拉着杜子祺告白被拒的事。

人生如戏，变化莫测。难道杜子祺就是那个赚的钱可以在三环内

买别墅,智商超过150的优质股?还是说他是隐形的富家子弟,比谣言中的那个金主还有钱?

面对众人揣测的目光,杜子祺在微博上澄清自己不过是个农村出来的穷学生,智商平平。他还声明,自己和文心只是同社团的关系,对文心并没有什么想法……文心一下子从全校公敌沦为全校笑柄。

得知文心跌宕起伏的大学生活,叶安安特地过来探望了她一番,鼓励道:"天涯何处无芳草,小心,被拒绝一次,没什么大不了的。他们觉得你拜金,是不知道你是华盛大小姐而已,他们要是知道了,只会觉得自己配不上你。"

室友们不知道文心华盛大小姐的身份,却也在劝:"小心,你别当一回事,我们学校不就这样?一阵风,一阵雨的。天天diss时事,diss拜金女、diss直男癌……都一阵的事情,过一阵子就好了。"

话是这么说,可这一阵也不好过啊。最令文心痛不欲生的是,自从自己被杜子祺拒绝后,她居然夜不能寐,天天失眠!明明很困,但就是辗转反侧睡不着觉。

看到文心顶着一张憔悴的脸出门,其他人还幸灾乐祸:"看,这就是报应了,之前伤透了校草的心,现在也让她尝尝被拒绝的滋味。"

文心真想上前撕碎那些人的嘴脸,骂一句:"我拒绝谁,跟谁告白关你们什么事了?"但她实在太累了,有心无力,只能拖着疲惫的身子往前走。

校医替文心简单检查了一下,给她开了安眠药,起初还有些用处,但渐渐地身体好像产生了抗体似的,吃安眠药都睡不着。

"要不你还是去医院检查一下吧,总不睡觉对身心健康都不好。"校医提议。

## 第六章
### 苏同学，求合租

"好吧。"文心接受校医的提议。

下午的课满满当当的，而且都是喜欢点名的老师。文心打算先到办公楼给辅导员请个病假再出发。

经过篮球场时，看到几个男生在那里打篮球，那挥洒青春热血的模样，令文心十分怀念。明明已经十二月，冷得够呛，但他们却像不知寒冷似的，越打越起劲。曾经她也有过这样的一段热血时光。

不知不觉，文心便看入了迷，等她回过神来，人已经坐在了观众席。一道颀长的身影突然出现，挡住了洒落在身上的温暖的阳光。文心不满地皱着眉，抬头去看来人。那人背着光，分明连模样都看不真切，但文心却一眼就认出来了。

"喀喀。"她故作镇定地将目光移回到篮球场上。

苏愆慢条斯理地在她身旁坐下，一句话也没有说。两人并排坐着，相对无言。

文心抿了抿唇，想要起身离开，但不知道为什么，倦意突然排山倒海地朝她涌来，紧绷的神经忽然变得放松。平时躺在床上努力想睡却怎么也睡不着，现在不想睡却困得挪不动脚……

文心在心里狠狠地骂了一声"没出息"，但眼皮像注入千斤重的铅，她费尽全力想抬起眼皮，却无补于事。双眼一合，黑暗袭来，文心就这样睡着了。

肩上微微一沉，苏愆侧过脸，才发现旁边的人不知道什么时候睡着了。他张了张嘴，想唤醒她。但看到她眼底的黑眼圈……

"唉……"苏愆叹了口气，保持着一个坐姿，坐了很久很久。

文心再次睁开眼，发现自己回到了宿舍，正躺在自己的床上。她

伸了个懒腰，揉了揉眼睛："是梦吗？也对，苏愆哪能动不动就出现在北大？不过总算是睡了个好觉了。"

文心一边想着，一边下了床。刚站稳，就见三个室友趴在桌子上一副累趴的样子。文心问："你们搬砖去了吗？累成这样。"

安琦翻了个白眼："我们搬'尸体'去了。"

小陶喝了口水："文心，没想到你看着瘦瘦的，体重却不轻啊……累死我了。"

"啊？"文心一脸蒙。

"我们三个把你从一楼背到二楼，已经成这副半死不活的模样了……"室长拍着胸口顺气，"人家大帅哥，都不知道是从哪里把你一路抱回来的，居然眉头都不皱一下，也是厉害到不行。"

"你们在说什么呀？"文心疑惑地看向安琦。

"我刚从外面回来，在宿舍楼底下碰到了一个帅哥……好奇地多看了两眼，不得了，帅哥居然抱着个我的熟人……我过去一问，原来是某人睡死了，醒不过来，帅哥就把她抱回来了……"安琦狠狠地捏了文心的脸一把，"你这桃花运怎么这么好？"

小陶和室长举手："安琦一个人背不动你，喊我们俩过去帮忙了。"

文心怔忡了好一阵子才消化了信息："我被一个男生抱回来了？"

三个室友点头："是啊。"

"啊——"文心见鬼了似的突然尖叫了起来，捂着脸痛不欲生，"刚刚的……居然都不是梦！要完了要完了！"

"丢脸是丢脸了点儿，"安琦意味深长地拍了拍文心的肩，鼓励

## 第六章
### 苏同学,求合租

她振作起来,"但被帅哥公主抱,艳福不浅啊!"

被苏愆……公主抱了一路。文心差点儿晕过去。那个人可是苏愆!她视为眼中钉、肉中刺,恨不得除之而后快的苏愆!

"呜呜呜,我还要不要面子啦?"文心欲哭无泪。这瞌睡虫怎么来得这么不是时候呢?

♥ 06 ♥

元旦假期,徐昭然和文露从英国飞回恒市过节,文心也被文盛达召回了。

徐昭然在国内读了半年大学后,就跟着他妈文露去了英国,一边读书一边帮忙处理公司业务。虽然徐昭然经常打电话骚扰文心,但掐指一算,文心已经有一年没见过他了。

经过了篮球场的那一睡,文心以为自己的失眠不治而愈了。然而事实证明,她真的是想多了,没过多久,她再度失眠,而且症状比之前还严重。之前只是单纯睡不着,现在是一闭上眼,就能听见自己"扑通扑通"的心跳声,声音异常清晰响亮。

文心到医院一看,医生说她患上了神经性失眠,需要找心理医生进行心理治疗,慢慢调理。文心都做好了与失眠持久对抗的准备了,结果回家时上了一辆出租车,一看司机,居然是苏愆!倦意袭来,失眠症再次不治而愈……

后来文心思来想去,想到了一个可能性——

每次遇到苏愆,失眠多日的自己又能安稳入睡了,难道治疗这个失眠症的关键,在苏愆?

文心被自己大胆的想法吓到了。那么问题来了,是过去的恩怨重

要还是现在的睡眠重要?

每天在"想念苏恣""自我鼓励"的艰难抉择中,日夜煎熬度过。苏恣有没有后悔向钱看、向厚看,她不知道……但是她是非常后悔自己要什么破烂面子!这比安稳地睡一觉更重要吗?

文心身体的自我策反,发生在第七天,她形容憔悴,真的熬不住了,稀里糊涂地摸出手机,给胖子发了条微信:"胖子,知不知道苏恣的手机号码?发给我一下。"

胖子很快回复了她:"哇,文心姐,你和苏恣重归于好了?"

"不是,我跟他不可能好。"对!她才不要和好,她……只是为了自己的睡眠着想,才不得已再次联系苏恣!

文心被疲倦折磨得快发疯了,一不留神,连自己都没察觉到潜意识里,她有多么想念他。

"哥,你难得放假回家一趟,就别再去打工了吧,多在家陪陪我和弟弟不好吗?"苏家的小平房里,苏七月托腮看向许久不见的哥哥苏恣,埋怨道。苏七月知道哥哥的劳累,想要哥哥多些时间休息。

"知道了,隔壁的通叔今天有事,才会拜托我帮他顶一天班。"苏恣温柔地摸了摸苏七月的头,"有没有遇到什么不会做的题?"

苏七月摇了摇头:"你可别小瞧我,我也会拿到全国物理竞赛的金牌的。"

感觉到口袋的手机在振动,苏恣摸出手机一看,屏幕上,文心的名字闪烁不停。苏恣抿了抿唇,起身走向屋外。关门前,回头看了正在奋力做题的苏七月一眼,苏恣淡淡地说道:"你只要做你自己就好了。"

## 第六章
### 苏同学，求合租

他知道弟弟妹妹都很崇拜他，并在努力模仿他，但他实际上……并不如他们想象中的这么好。

屋里没有暖气，却也比屋外强一些。苏愆紧了紧衣领，挡住凛冽的寒风。苏愆接起电话，没有说话。苏愆一直没有删掉文心的联系方式，没想到的是，她居然也一直没有更换手机号码。

"苏愆。"文心轻轻地唤了一声。明明是再寻常不过的一声呼唤，却让苏愆有种恍如隔世的感觉。以前，她也经常在电话里这样轻轻地呼唤他的名字。喉头蓦地有些发紧，苏愆保持冷静地"嗯"了一声。

"明晚十点，世纪广场会合，我要买下你夜晚的时间。"文心一字一顿地说道，声音中透着伪装的强硬和不容拒绝。不等苏愆做任何回复，文心已挂上了电话。她好像只是来宣布一件事，而不是来咨询他的意见。

苏愆薄唇微勾，笑着摇了摇头："了不得了。"语气中竟有化不开的甜味。当年的傻白甜，如今居然霸道如斯。

实际上，文心根本没有苏愆想象中的那么淡定。挂上电话后，她烦躁地捶着枕头："不管了不管了，为了睡个好觉，我容易吗我？什么精神性失眠症！对！我才不是和苏愆见面！我只是因为……因为……"

2016年的最后一个夜晚，文心这次的失眠除了烦躁，还多了一点儿她坚决不会承认的微妙期盼。

元旦，作为2017年的第一天，除旧迎新，恒市到处都张灯结彩。精致的花灯挂了一路，远远看去就像一条火龙，将整座城市点亮，美不胜收。

文家一家子好不容易又聚在一起吃了顿饭。文露一如既往地让文

心不知如何应对,不过一想到接下来有更难对付的挑战等着自己,文心这次对文露倒没多少不耐烦了。

等吃完饭,文心赶到世纪广场已经十点半了。今晚晴空万里,繁星点点,夜色如画。世纪广场上回荡着音乐喷泉的旋律,文心左顾右盼,寻找着苏惢的身影。该不会是已经走了吧?

正这么想着,却见一道音乐喷泉的彩色射光在眼前猛地一晃,黑暗中立着的人影瞬间暴露无遗。

苏惢正站在一个没有路灯的角落,目光平静地注视着不远处的喷泉。他是怕冷的体质,整个人被包裹得严严实实的,几乎只露出了一双眼睛,但文心就是一下子就把他认出来了。

苏惢回过头,看了她一会儿,淡淡地开口:"找我什么事?"

"我昨晚失眠了,其实自从那次跟杜子祺告白被拒以后,我就经常失眠……"文心别开眼,借着失眠,把心底微妙的思念倾诉而出,道,"但我发现,待在你的身边,我的失眠会有所缓解。别误会,这不代表我原谅你了!"

苏惢挑了挑眉,不置可否。

"所以……"文心鼓起勇气继续说下去,"我希望今晚你能陪我,我可以支付高额的失眠诊治医疗费。"

"……"

♥ 07 ♥

空阔的卧房中,苏惢终于还是跟着文心回家了。

目光穿透落地窗,抛向沉沉夜幕中,他问:"如果能缓解你的失眠症的人,不是我,你也会这样随随便便把人带回家?"

## 第六章
### 苏同学，求合租

是啊，如果是其他的男生，她还会这样做吗？答案当然是……不会。

曾经的岁月，看来无论她如何努力想要遗忘，结果还是徒然。在她的潜意识里，还是依赖相信着这个人……但文心不想承认。她只是瞪着一双澄澈灵动的眼眸，与苏愆对视。

苏愆叹了口气，站了起来，走向沙发："你睡吧。"

"嗯。"文心点了点头。

不多久，文心闭上眼睛，缓缓进入了梦乡。

细微均匀的呼吸声轻轻地响起，睡相却有些不堪，被子已经踢掉了大半。苏愆蹑手蹑脚地过去帮她重新盖好被子，端详着她安静的睡颜，眼底渐渐溢出了些许温暖的笑意来。

谁知道文心突然翻了个身，把苏愆吓了一跳。但文心只是再一次踢掉了一半的被子，咂吧咂吧嘴："你……浑蛋……浑……蛋……"并没有要醒过来的迹象。

"这睡相也是够厉害的。"苏愆暗暗松了口气，俯下身再次给她盖好被子。一条项链却从文心的领口处露了出来，出现在了苏愆的视野里。

玉制的天鹅坠子，与当年文心送给他的天鹅玉坠有些相似，但色泽和质感又大不相同，隐隐约约间，似乎还散发着一种淡淡的香气，也分不清是玉本身发出的香气，还是文心身上的沐浴露香气沾染在了上面。

苏愆这才想起来，身上的天鹅玉坠还一直没有机会还给文心。他摘下挂在脖子上两年的项链，想放在文心的枕边，但犹豫了一下，还

是收了回来:"还是等她醒过来了,再还给她吧。"

在一旁的单人床躺下,苏怨关了灯,然后向着文心的方向,轻轻地念了一声:"晚安。"

那声音磁性悦耳,温柔得仿佛可以挤出水来。

发现苏怨真的可以缓解自己的失眠症后,文心内心的天使和恶魔开始打架,一个嘟囔:"文心,你忘记了,苏怨是怎么伤害你的?"另一个便一字一破音,细细地尖叫反驳:"就算苏怨是为了两百万才对你好,但是……他伤害过你吗?没有!"

文心点点头,对啊,他就算为了两百万接近我,他也没伤害过我,是我自己死缠烂打要接近他的,又不是他主动的。

文心分辨不出自己是什么心态,也许是为了睡个好觉,也许是为了弥补自己无疾而终的青春。总之,她豁出去了。

文心点开苏怨的微信,提议道:"苏怨,我们这三天两头出去住也不是办法啊,要不……我们一起出去租个房子吧!"

学校里已经有人对她三天两头不回宿舍睡觉产生了怀疑,更加肯定她被富商包养了。

"不要。"苏怨回复得简洁明了。

文心锲而不舍:"为什么不哦?你不用担心房租,房租我来付就好。"

苏怨深感无奈:"你还记得自己是个女孩子吗?"

文心反驳道:"迂腐、过时、老古董,现在合租多正常啊。"

这次,苏怨索性不回复了。文心笑了两声,找到了苏怨的室友,一问,知道苏怨就在学校图书馆。文心直接打车到清华大学,让苏怨

## 第六章
### 苏同学，求合租

的室友带着进了图书馆。

图书馆很大，寂静无声，只能听到翻书的声音。文心左顾右盼，找了很久，终于在医学类图书的角落里找到了苏愆。苏愆正站在书架旁挑着书，一袭白衬衫轻逸美好，修长的手指轻轻划过书脊，炯炯的目光柔和专注。他的薄唇微微抿着，似在思考着什么。

文心蹑手蹑脚地走到他正挑选的书的书架后，心中暗喜，就等着他将书籍取下来。

苏愆并没有注意到文心来了，圆润美好的指腹轻轻在书角上一勾，取下了一本《临床睡眠障碍学》，与此同时，一张笑嘻嘻的脸出现在了他面前。

苏愆面无表情，什么话也没说，像是没有看到文心似的，重新将书本放回了原位，挡住了她的笑颜。

文心的笑容僵了僵："……"

苏愆转过身去看别的书架。文心赶紧跟上，也不说话，就围在他身边目不转睛地瞅着他，一双澄澈率真的眼眸闪闪发亮。

苏愆被看得头皮发麻，低头瞪了她一眼，索性离开了图书馆。但文心穷追不舍，一出图书馆，直接拉住了苏愆的手。

"苏愆，不许动！"图书馆里太安静了，害她都不敢说话，现在总算是出来了。

苏愆停住了脚步，却没有转过身，依然背对着文心："我不答应，你想都别想。"不容置疑的声音。

她都还没说什么呢，文心汗颜："你不乐意跟我出去租房子住在一起吗？"

图书馆外人不多，也是静悄悄的，环境清幽，文心的话明明没说

多大声,却引起了部分路人的侧目。

苏忞黑着脸将她拉到一边:"我以后也不会再和你出去住了。"

文心急得跺脚:"苏忞,你不负责任!"

"我对你没有责任!"

是啊,他对她没有任何责任。他为什么要对她好?当初他对她好只是为了徐昭然的两百万元。

"……"文心扁着嘴委屈地注视着苏忞,"你见死不救!"

"我学的是编程,不是医学,你可以到医院去接受治疗,而不是为了莫名其妙的失眠症不断地缠着我。"苏忞一脸冷酷地俯视着文心,声音冷冰冰的,没有任何情感可言。他的眼神也冷冰冰的,刺痛了文心的心。

"你就这么不待见我?就算我愿意再给你一两百万呢?"

"钱不是万能的,"苏忞挣脱文心的手,一步一步离开,"我不贪财,从前只是迫不得已。"

文心看着苏忞渐行渐远的背影,鼻子一酸。她咬紧牙关,才抑制住了眼眶中的泪水。

他宁愿不要钱,也不想和她多待一会儿。可她想!

❤ 08 ❤

"浑蛋,浑蛋,浑蛋!"文心气呼呼地握着叉子对着盘子里的土豆泄愤,将可怜的土豆块插成了土豆泥。

"谁惹到我们文大小姐了?"叶安安切下一块牛排,动作优雅,赏心悦目。

文心咬牙切齿:"一个冷漠到不可一世的坏东西。"她才不会说

## 第六章
### 苏同学，求合租

自己是被苏愆气到的，叶安安肯定会告诉徐昭然，到时候，徐昭然又要来嘲笑她了。

话锋一转，文心打趣道："安安，你怎么到现在还没跟徐昭然在一起啊？你们俩俊男美女，搭配在一起多完美啊。我觉得徐昭然对你其实也有意思的。"

徐昭然，是叶安安心头的朱砂痣，提到这事，她也十分郁闷，愁眉不展。

叶安安咬了咬唇，叹了口气道："他心里有个结……这个结一天不解开，他一天都不会接受我。"

"那你帮他一起解开啊。"虽然不知道徐昭然到底在想什么，不过文心还是很乐意为好友加油的。叶安安要是以后嫁给了徐昭然，她们也是一家人了。

叶安安抬眸看了文心一眼，抿了抿唇："嗯……我在努力和他一起解开。"

"我要是能有个愿意替我分担烦恼的人就好了。"文心看着稀巴烂的土豆泥，脑海里浮现了一张冷漠的脸。文心痛苦地想着：今晚都不知道能不能睡得着了。

206寝室熄灯后，文心闭着眼睛躺在床上，默默祈祷早点入梦。也不知道是不是越在意越适得其反，文心觉得自己的心跳声越来越大、越来越清晰。"扑通扑通……扑通扑通……"仿佛心脏就长在耳朵边一样。文心捂住心口，深呼吸，试图平复心情，但心跳声反而越发急切。

"文心……文心……文心……"嘈杂的心跳声中，隐隐约约地

传出了一道声音，音调很空灵，听不真切，却又好像是在呼唤着她的名字。

文心皱紧眉头，用被子罩住了耳朵，但奇怪的声音并没有消失："文心……你不存在该多好……你不在了该多好……就这样静静地死去吧……静静地不留痕迹地……死吧……"

身上感觉越发沉重，像被谁压住了一样，文心冷汗直冒，一颗心跳得失了频率。文心睁开眼，猛地坐了起来："谁？"

一道光芒打在了文心的身上，文心这才看清楚，自己的床上什么都没有。安琦开了手机的手电筒功能对着文心，室长和小陶被惊醒，睡眼惺忪地问道："发生什么事了？"

安琦一脸蒙："小心心不知道为什么突然叫了起来。"

室长翻了个身："做噩梦了吧？"

文心渐渐平复下来，擦了一把额上的汗水，向室友们道歉："不好意思。"

其他人重新睡下，都很快进入了梦乡。文心坐在床上，越想越怪异。难道撞鬼了？作为信奉科学的现代人，文心很快就摇了摇头，自言自语："怎么可能……"

另一个想法紧接着猛地蹿进了文心的脑海里——幻听。

文心重新躺下，但一闭上眼睛，诡异的声音又响了起来："救……救命啊……救命啊……"惊得文心又出了一身汗，睡衣都湿了。她翻出手机，手指停在了苏愆的名字上方……

"唉。"犹豫了很久，最终还是没法拔出去。文心趴在阳台上，依靠着幽幽的灯光俯视着校园的夜色。一直看到了天明。

## 第六章
### 苏同学，求合租

吃过早餐，文心请了假，到医院检查。虽然头一直隐隐作痛，但医生检查后说一切正常，让她挂心理医生治疗。文心又跟心理医生交代了自己的症状，失眠和幻听，还伴随着焦虑。

心理医生问："你是从什么时候开始失眠的？"

"一个多月前。"

"发生了什么重要的事吗？"

文心想了想："其实也不是特别重要，我那时候跟一个男生表白，然后被拒了，但我其实并没有多喜欢那个男生，所以没有什么伤心的感觉。"

医生在本子上记录下文心的话，继续问道："当时是怎么样的一个情景，你还记得吗？"

"当时我追着男生走到了走廊，跟他告白，人不是很多，不过因为之前有一件事，我在学校挺有名的，所以大家都看向了我，我感觉很紧张，仿佛我做错了什么一样，但我还是勇敢地跟那个男生告白了。"

"会因为被拒后丢脸而感到焦虑吗？毕竟这么多人看到了。"

"还好，我之前做过一件比这丢脸得多的事……不过焦虑，的确有点儿，因为被一个以前的熟人撞见我被拒绝了。"

文心和心理医生谈了半个小时，心理医生做出初步的诊断："被熟人撞见表白被拒绝而感到焦虑，后来失眠后待在这个熟人身边却可以安稳入睡，你的治疗关键，应该是在这个熟人身上。你可能很在意他的想法，不妨跟他好好谈谈。"

说来说去，最后问题还是出在了苏愆身上，可苏愆压根不乐意搭

理她了。

　　文心惆怅："医生,要是我没法跟这个熟人好好沟通,是不是就永远治不好失眠症了?"

　　"这个很难说……"心理医生也有些为难,"但正常来说,沟通以后会更容易痊愈。我先给你开点儿镇定安神的药吧。"

　　"好的,谢谢医生。"

## 《第七章》
### 失眠症之夜

苏悠的手有些凉,但掌心却是温暖的。
他的体温像是阳光渗入了她的肌肤,
顺着血液流淌到了他的心田里。
文心的嘴角微微上扬,露出一抹幸福的弧度,
整个人放松了下来,
不多久,就传来了细长而均匀的呼吸声。

## 01

"老师,有人晕倒了!"

"哇,居然是她!"

"看来报应来咯。"

冬日的暖阳倾泻而下,北京大学解剖楼,突然传出一阵吵闹声。老师急急忙忙地赶到,扒开黑压压的人群,就见一个漂亮的女孩子脸色苍白地躺在了地上,面容憔悴,双目紧闭,眼底有两道黑眼圈。

"呼吸和心跳都停止了……"老师检查了一下昏迷女生的情况,皱着眉头嘀咕道。

"什么?"安琦难以置信地叫了起来,"文心刚刚还好好的,怎么突然就昏迷了呢?连呼吸和心跳都停止了!"

"你们都让开,留出一片空地,不要围过来。"老师解开文心衬衫最上方的两颗扣子,然后朝安琦一勾手指,"你过来,给她做人工呼吸,我来心脏按压。"

安琦指着自己:"我?"

老师挑了下眉:"对,就是你,怎么,没学过?"

"学过的,学过的。"安琦连忙走过去,配合老师给文心做心肺复苏。

三分钟过后,文心终于恢复了呼吸和心跳,但仍处于昏迷状态,被送到了医院治疗。检查过后初步诊断是体虚劳倦引发的呼吸和心脏骤停。

安琦说:"文心这几天好像都睡不好,整晚整晚地失眠,精神也有些脆弱,今天早上她说头痛胸闷,我们都劝过她在宿舍休息,但是她说反正也睡不着,还是坚持来上课。"

## 第七章
### 失眠症之夜

文盛达赶到医院的时候，文心还处于昏迷状态，得知文心患有精神性失眠症，近一两个月都在看心理医生，他终于意识到自己对女儿根本一无所知。

她一个不愁吃不愁穿还待在象牙塔里的小姑娘能有什么压力和焦虑呢？怎么会常常失眠？在他的印象里，文心除了和一个姓苏的同学关系决裂后颓败过一阵，其他时候都是个阳光开朗的女孩。

文心虚弱地躺在病床上，她的睫毛微微颤抖着，额上慢慢沁出了汗水，一场无尽的噩梦将她困在其中，无法挣脱。

"文心……文心……救救我……"

眼前一片漆黑，每天夜里总是在文心的耳边响起的诡异的声音都会再次响起，但这次却不仅仅是在耳边，而是从四面八方奔涌而来，仿佛一双大手将她包裹住，攥紧。

"你到底是谁？"文心用尽全力地在黑暗中大叫。

"为什么父母从来都不关心我呢……为什么最好的朋友却要背叛我呢……为什么同学会欺负我呢……为什么我什么都做不好呢……为什么我还要活在这个世界上呢……"诡异的声音一点点地逼近，一道光芒在不远处亮起。

文心向亮着的地方跑过去，只见一个穿着公主裙的小女孩，正蹲在地上，低着头，手指在地上不知道画着什么。察觉到文心的靠近，小女孩猛地抬起了头，一张忧伤的脸，眼眶红红的，却没有哭。她可怜兮兮地注视着文心，声音有些沙哑："为什么我还要活在这个世界上呢？没有人关心我，没有人在乎我……我什么都做不好……"

"小妹妹，如果很难受的话就哭出来吧，这样会好受一些。"文

心摸摸她的头发道。

"你不是不让我哭吗?"小女孩撇了撇嘴,控诉道。

"啊?"文心愣了愣。

小女孩甩开她的手:"你说要一直坚强,不能轻易哭鼻子,不能让别人看轻……所以我从来不哭……"

文心突然觉得头部一阵剧痛,她捂着头,问道:"你是谁……"

"我就是你啊……你为什么这么没用?"

小女孩抬起头,面目渐渐模糊,但黑曜石一般的眼眸却始终在紧紧地盯着她看,仿佛看进了她的内心,拷问她的灵魂。

文心猛地睁开眼睛,胸口剧烈起伏,身上的病号服早被汗水濡湿。病房里空荡荡的,一个人也没有,安静得能够听到吊瓶"滴答滴答"的声音。静谧中,内心的恐惧像打破了的潘多拉盒子,四窜而逃。梦魇随行,刚刚的一切不断在脑海中回响,压得文心喘不过气……

"为什么我还要活在这个世界上呢?没有人关心我,没有人在乎我……我什么都做不好……"

是啊,为什么呢?

"80年代日本大阪医学院的研究者,在试验中发现前列腺素E具有催眠作用;美国麻省理工学院的沃特曼和他的助手们,发现了松果体的褪黑素有致眠作用……"

明媚的阳光透过玻璃窗洒落在图书馆里,苏愆坐在靠窗的位置上,心无旁骛地翻阅着手中的书籍,修长白皙的手指轻轻地扣在书桌上,清俊的侧颜温润如玉,浓密的长睫毛根根分明,仿佛新雨后的银针，干净美好。

不知是谁偷偷拍下了这一幕发到了微博上，附文："清华大学图书馆，偶遇一个美丽的梦。"

不到五分钟，转发已达两万多。网友们赞叹不已："明明可以靠脸吃饭，偏偏智商还这么高！"

但渐渐地，也有其他的声音冒出——

"咦，这不是我们高中的苏愈吗？"

"之前要保送北大的，后来又考了清华。但说到男神，他担当不起吧，人设都崩坏了，虚有其表。"

"前排吃瓜，坐等爆料。"

"照片里的人高二的时候在全国物理竞赛中拿过金牌，非常牛，还保送了北大，但因为故意伤人罪取消了保送名额，后来传出了他家里很穷，偷过学校的电子仪器出去倒卖，还涉嫌绑架案……"

"我的天，这么可怕！"

"都只是谣言吧，真这么多案底，哪个学校敢要他？"

此时，苏愈还对自己在网上被人肉的事情一无所知。手机微微振动了一下，是室友喊他帮忙带饭的短信。原来不知不觉已经十二点了。

去饭堂的路上，苏愈碰见了清华大学围棋社的社长薛东明和北京大学那边的杜子祺。之前听说这两个人是从前学围棋时认识的多年好友，杜子祺经常到清华找薛东明。

薛东明朝苏愈打了声招呼："我和子祺现在要去饭堂，一起？"

"嗯。"苏愈点了点头。

三人到了饭堂，点了菜，坐在一桌。

薛东明哪壶不开提哪壶,问杜子祺:"听说你前段时间被女生告白了?不错嘛,还是这么受欢迎,我就不行了,女生看到我就绕道,惨。"杜子祺笑了笑,没说话。

薛东明继续追问:"那个女生怎么样?长得漂亮吗?性格怎么样?你为什么拒绝人家啊?"

"呃……漂亮是挺漂亮,性格嘛……"杜子祺看了苏愆一眼,"苏学弟也认识的,你问他吧。"

苏愆淡定地夹了块鸡肉,垂下眼眸,语气平淡:"也就那样吧。"

薛东明对苏愆的性格有些了解,摆了摆手:"问他做什么,闷葫芦一个,对什么都不关心,可能连对方的样子都记不清吧。"

"不过说起来……"杜子祺顿了顿,"听说那个女生今天早上突然昏迷,呼吸和心跳骤停,医学院的老师过去急救,好像情况还挺危急的。"

"啧啧啧,不会是被你拒绝后想不开了吧?"薛东明开着玩笑。苏愆却突然站了起来,收起餐盘。

"苏愆……你干什么去?"薛东明惊愕地喊了一声。

"我吃饱了。"

"你不是还没吃多少吗?"薛东明疑惑地问道。

"有点儿事,先走了。"苏愆转过身,薄薄的嘴唇微微抿着,目光中闪烁着令人捉摸不透的光泽。

♥ 02 ♥

医院里,护士给文心做了简单的身体检查,由始至终,文心都没

## 第七章
### 失眠症之夜

有说过话，目光呆滞，像还没清醒一般。这时，搁在床头柜的手机突然响了。

安琦过去看了眼，拿起手机："文心，是个叫苏愆的人找你。"

"苏愆……"一动不动的文心呢喃了两声，眼眸中的一片迷雾逐渐散开，意识渐渐清醒。她抬起头看向安琦，伸出了手："手机，给我。"

"哦哦。"安琦连忙递了上去。

"文心。"手机里，传出了苏愆的声音，还是文心熟悉的低沉磁性的声音。

文心想起睡梦中的小女孩，眼眶慢慢红了，她捂着脸，不想让眼泪轻易流出来……梦中的女孩不停地在地上写着两个字……苏愆……苏愆……仿佛是在求救，紧握着最后一根救命稻草。她有很多话想跟他说，但千言万语全都哽在了喉间，一个字都说不出来。

"你在医院？"电话那头毫无声息，苏愆试探地又问了一句。

"嗯嗯嗯……"文心一个劲地点头。

"在哪个医院几楼几号房？"

"呃呃呃……"文心又一个劲地摇头，她将手机递给了安琦，安琦疑惑地接过："你好，我是文心的室友，请问你是有什么事吗？"

"嗯……"苏愆沉吟了一声，"你们现在在哪里？"

苏愆赶到病房的时候，文心的情绪已经逐渐平复了下来，正在吃饭，听见开门声，她还抬起头看了一眼，冲他笑了笑："来了啊。"

安琦也看向了苏愆，眼前瞬间一亮，这帅哥有点儿眼熟啊……虽然想要留在这里看帅哥，不过她还是很识相地站了起来，拿起包包："嗯……我下午还有课，先回去啦！"说完，也不等文心回话，安琦

就一溜烟跑了。

"为什么会突然昏迷?"苏愆走到文心的床边,注视着她,问道。

"之前不是跟你说了吗?我失眠……"文心戳了戳饭盒里的米饭,鼓起了腮帮,"我已经好多天没睡觉了。"

苏愆一直以为文心的精神性失眠是一个戏弄他的借口。明明每次和他在一起,她都吃好睡好,哪里有半点儿生病的征兆。如果他知道她真的只有在他身边才能安心入睡的话,他还会拒绝她的邀请吗?苏愆不知道。

苏愆的内心一直很矛盾,他想要疏远文心,但得知文心生病,又忍不住担忧,忍不住跑来看看她。大概是罪恶感在作祟吧。他心想。

苏愆垂下眼帘,睫毛微微地扇动:"抱歉。"

"你道什么歉,"文心"扑哧"笑了一声,"你又没做错什么,本来就是我自己的问题,你陪不陪我是你的个人意愿,我不应该用道德绑架你。是我应该向你道歉才对。"

"……"

"我突然想通了一些事情……"文心看向窗外,天空碧蓝,万里无云,"我一直怪父母不关心我,怪你不理会我,怪徐昭然总是嘲笑我……我好像从来没有从自己的身上找原因。"

"原来,我是一个这么糟糕的人。"文心抿着唇,脸色苍白如纸。醒来后她突然想通了这一点,自责得几乎陷入抑郁。

苏愆下意识地伸出了手,揉了揉她的发:"你的确有很多缺点,但你也有你的优点。你待人真诚,率真坦然,坚强努力,永不言弃。"

## 第七章
### 失眠症之夜

"但我没有什么事情最后坚持了下来。"

"怎么没有呢?"苏愆的眼眸如黑曜石般美丽,目光似水般柔和,"你以前说过你会努力跟上我的脚步,最后你做到了,考到了北京大学的医学院。"

"这跟你一比,根本不算什么……"

"但这都是你努力的成果。"苏愆微微一笑,灿烂得近乎刺眼,阴霾驱散,"你已经很厉害了。"

文心委屈地低下头,咬了咬唇。

苏愆俯下身,问她:"可以告诉我,为什么突然把问题都归结在自己身上吗?"

只要苏愆稍微对她好一些,文心就弃械投降。她一五一十地将所有的事情告诉了苏愆,从夜里的幻听到昏迷时的梦境。

苏愆听完,若有所思:"所以你现在是药物治疗和心理治疗双管齐下?"

文心点了点头:"不过我的心理医生需要更换了,换成安安的母亲做我的私人心理治疗师。"

"你的那个好朋友叶安安吗?"

"是的,安安的父母都是心理医生,安安从小耳濡目染,现在也是心理专业的。等她学成了,大概就会接替她妈妈成为我的心理治疗师了呢。"文心说着,身子晃了一下,晃动间,脖子上的天鹅玉坠露了出来。

苏愆猛然想起来有样东西要还给文心,摘下了脖子上的项链,递给了文心:"这个,一直想还给你的。"苏愆的掌心里,静静地躺着一枚天鹅玉坠,色泽柔和,温润光滑。

文心摇了摇头，拒绝："我送出去的东西，就不会要回来。你要是不喜欢了，可以扔掉。而且……我已经有另一条项链代替了，安安说见我从小到大都戴着的坠子没了好不习惯，就又送了我一条。"说着，文心还拿起了脖子上的项链，和苏愆手中的一对比："看，是不是很像？"

凑近文心的玉坠，一股淡淡的香味再次飘进了苏愆的鼻子，好像是薰衣草、洋甘菊、檀香等的味道。

"有植物的香味。"苏愆轻轻地说道。

"对的，高三的时候学业紧张，所以安安在这里面添加了些植物精油，缓解压力。不过，现在好像都起不到作用了呢。"

"我现在在这里，真的可以缓解你的压力，让你睡着？"苏愆对此还是有些半信半疑。他还从来没听说过，待在某个人身边可以治疗失眠症的。

文心在床上躺下，盖好被子："那你守在这里，我试试看睡不睡得着。"

"嗯。"苏愆在床边坐下。

文心朝苏愆伸出了手。苏愆疑惑："怎么了？你不是睡觉吗？"

"把你的手给我，"文心握住苏愆的手，闭上了眼睛，"怕你突然走掉，我会惊醒。所以我要一直拉着你。"

苏愆没有反抗，任由文心拉着："睡吧。"

苏愆的手有些凉，但掌心却是温暖的。他的体温像是渗入了她的肌肤，顺着血液流淌到了他的心田里，很温暖。

文心的嘴角微微上扬，露出一抹幸福的弧度，整个人放松了下来，不多久，苏愆就听到了文心细长均匀的呼吸声。

# 第七章
## 失眠症之夜

♥ 03 ♥

《我弱我有理，昔日学霸的堕落！》《我打人我偷窃我酗酒但我是个好男孩》《震惊！清华图书馆男神竟是——》……

眼花缭乱的标题迅速在网上的各类营销号走红，热度比当初文心羞辱吴峰的视频高得多，而这些文章全部直指一个人——苏愆。

苏愆坐在电脑前看着网上的流言蜚语，没有吭声，表情也没有任何变化。泰恒以为苏愆太愤怒了以至于还没法反应过来，拍了拍他的肩膀，安慰道："你不是这样的人，我们都相信你。"

强子和老陈都点了点头。

老陈点开微博，翻出那条转发已达几十万的微博，说道："这里是引发话题的源头。"

ID（账号）：哎呀嘛。

这是个几乎荒废的微博，只发过两三条信息，除了今天突然爆红的清华图书馆男神一条，其他都是转发资讯，关注和粉丝都很少，粉丝几乎都是僵尸号。这样的一个账号，怎么会有上百万转发的影响力？

苏愆往下翻看转发和评论，人肉舆论导向是从一个ID叫"卡卡的男孩"的微博开始的，点进该微博，资料除了性别都是空白的，微博数量也是寥寥无几。

苏愆继续往下看，将所有关键的ID一一记录，查出IP（地址）。其他的暂且不做评论，"哎呀嘛"和"卡卡的男孩"，是同一个IP！

哎呀嘛：清华大学图书馆，偶遇一个美丽的梦。

卡卡的男孩：照片里的人高二的时候在全国物理竞赛中拿过金牌，非常牛，还保送到北大，但因为故意伤人罪取消了保送名额，后来传出了他家里很穷，偷过学校的电子仪器出去倒卖，还涉嫌过绑架

案……

同一个IP，截然相反的言论。苏愆微微蹙眉。寝室三人看着苏愆在键盘上游走的修长手指，再抬头看看屏幕上密密麻麻的一串串代码与信息资料，瑟瑟发抖："我们以后可千万不要招惹学程序的人，分分钟把你的资料翻个透彻，比你自己都更了解你自己。"

不多久，一份个人资料清单罗列在了苏愆的面前——

姓名：段宏涛，性别：男，职业：中国传媒大学大四在读，高中：乔建一中……

苏愆翻遍这个人的资料，都找不到一丝与自己的交集，但为什么这个人这么了解他呢？直到他翻开了他的LOFTER（乐乎），看到了一张照片，手指生生顿住了。

照片中的女生气质优雅，笑容恬静，双瞳剪水，风情万种。她一回眸，仿佛整个世界都亮了。段宏涛在照片上写道：致我的女神。

苏愆虽然跟这个女生不熟，但经常能从文心口中听到她的名字——叶安安！

这是段宏涛和他之间唯一的交集点。过往的一幕幕在脑海里浮现，苏愆抿了抿唇，目光变得越发犀利："难道竟然是这样吗……"

文心在医院休养了几天，苏愆每天都会过来陪她。有苏愆在，文心终于可以安稳入睡，身体恢复得很快。

出院的时候，文心又恢复了神采奕奕的模样，哪里还见当日昏迷醒来后的失魂落魄！目睹了文心自虐全场景的安琦总算是放下了心来。

心理医生对文心说："你目前的状态还是不容乐观，有轻微的抑郁症倾向，精神性失眠也比较严重，不过似乎在那个男生身边，身心

## 第七章 失眠症之夜

都会放松下来。你现在还是尽可能地多待在他身边,缓解情绪。保持好的心情,治疗起来会事半功倍。"

文盛达因为有要事需要处理,在文心昏迷还没醒过来的时候就离开了,但他还是心系着文心的身体,一直有和安琦保持联系。在得知苏愆的出现对文心的健康有帮助后,文盛达也并没说什么,睁一只眼闭一只眼随文心去了。

关于苏愆的谣言,文盛达也略有耳闻,甚至他当年也曾怀疑过苏愆,并要求苏愆远离文心,但现在关系到文心的性命……他只希望叶家的心理治疗师能快点儿将文心治疗好。

此时阳光正好,清风拂面,带着冬天的寒气,有点儿冷。但文心注视着苏愆的背影,心里却暖洋洋的,嘴角下意识地上扬,露出一抹和煦的笑意来。

苏愆的手上提着她的行李,背挺得笔直,却因为裹得严严实实,像个粽子而没了身形。苏愆真的相当怕冷呢。

文心走了上去,和苏愆并肩而行,眼眸中透出些许狡黠:"刚刚医生说了要我尽量多待在你的身边。"

苏愆轻轻地"嗯"了一声。

"所以,你做好了我旧事重提的心理准备喽?"文心笑了笑,见苏愆没有反对,拉住了他,说道,"没有拒绝就是默认了,苏愆,我们现在就去找房子。"

"先把东西拿回宿舍吧。"

文心态度坚决:"找到房子以后,直接放在里面就好啦。"

"走吧。"文心直接拉过苏愆,跑到了房屋中介。

有钱能使鬼推磨,只要价格给得足够漂亮,不愁找不到好的房

子。很快，文心就租下了一套地理位置优越、交通方便、环境优美的居室。

"家具家电都齐全了，宿舍的东西慢慢再搬过来就可以了……"文心朝未来的室友苏愆伸出了手，"苏先生，以后请多多指教。"

苏愆握住了文心的手："不许大声喧哗，不许乱扔垃圾，不许带第三个人进来，暂时想到这三条。"

"我的室友都不可以？"

"不可以，还有这个，"苏愆从口袋里摸出一个幸运符递给文心，"戴上。"

文心眼前一亮，喜笑颜开："你给我求的？"

"嗯。"苏愆催促，"快戴上吧。"

文心点了点头，摘下了叶安安送的玉坠，戴上了苏愆的幸运符，问苏愆："好看吗？"

她的笑容明晃晃的，赏心悦目。

苏愆别过脸，抿了抿唇："幸运符都长这个样，能有什么好看不好看的？"

文心吐了吐舌头，吐槽道："一点儿情趣都没有。"

不过，安安送的玉坠……算了，假意跟苏愆打好关系，一切为了治好失眠症，安安肯定不会怪她的。

苏愆看着文心将玉坠收进了口袋里，眸光微转。

♥ 04 ♥

文心租下的公寓交通便利，从北京大学坐地铁过去只需要十分钟。文心站在地铁口，回头看着帮她搬行李的室友们，弯着眼睛讨好

## 第七章
### 失眠症之夜

地笑着:"呃……行李给我吧,我来拿,你们快回去复习,明天要考英语呢。"

安琦挑了挑眉,一眼看穿文心心里的小九九:"怎么?家里有什么见不得人的?"

"呵呵。"文心尴尬地笑了两声。

室长正色道:"让我们知道你的住处,万一出了什么事,有个照应。"

"是啊是啊,防人之心不可无。"小陶应和道。

"……"文心为难地叹了口气,"好吧。"

四人浩浩荡荡地来到了中苑小区,掏出钥匙开门的时候,文心还祈祷着苏愆还没回来,这样就可以神不知鬼不觉地把室友带回来了。结果,"咔嗒"一声,门从里面开了。

门外的四人齐齐抬头,就见苏愆戴着口罩,如一堵墙一般竖在了门口。

"那个我……她们……"文心低下头。明明四个小时前才被警告了不许带人回来的……

"我们是来帮文心搬行李过来的。"室长礼貌地笑着,指了指放在地上的行李。

"嗯……"苏愆侧过身让了让,"刚搞完卫生,进来坐吧,我先去楼下扔垃圾。"

文心进门一看,地板光洁如新,家具一尘不染,整个房子仿佛焕然一新,一点儿污垢都没有。

小陶对着苏愆远去的背影犯花痴:"虽然戴了口罩,但露出来的部位看着就很帅哦,长得也很高大……绝对是个帅哥!"

安琦拍了拍小陶的肩:"我懂你我懂你,他的确是超级无敌帅!"

文心对着她们摇了摇头:"你们这群外貌协会啊……"

没过多久,苏愆就扔完垃圾回来了。听见玄关的声音,文心从厨房里钻了出来,问他:"你买菜了吗?"

"嗯,在家吃还是外面吃?"苏愆摘下口罩,看了看坐在客厅一脸好奇地打量着他的女生们,说道,"五个人,可能菜不够。"

"在家吃吧,我们到楼下再多买点儿菜?"文心有点儿怀念苏愆的厨艺了。

"你留在这里陪你的室友吧。"

"不用不用,"室长听到两人的对话,连忙摆手,"不用管我们,你们去吧。"

文心拉过苏愆,用力往门外走去:"走吧,快点儿买菜,我都饿了。"


"我想吃牛肉。"

"还要鸡腿。"

"要不要买点儿五花肉呢?我想吃回锅肉。"

"嗯,都买。"

"冬天吃羊肉据说很不错吧?滋补保暖。"

"那就做全肉宴。"

超市里,一双男女在生鲜区推着购物车前进。女生一直在前面指挥,男生则默默地跟在后面挑选,而且挑得很有技巧。俊男美女,走到哪里都是一幅美好的画面。

## 第七章
### 失眠症之夜

文心低头沉吟了一阵，冲苏愆乐滋滋地笑了笑："这个提议好像也不错呢。"

"多吃蔬菜，均衡营养。而且……"苏愆顿了顿，看向文心，"你们女生不是都怕吃肉长胖？"

文心撇了撇嘴，双手叉腰，抬头挺胸："我很胖吗？"

"没有，"苏愆别过脸，"你偏瘦，可以再长点儿肉。"

文心哼了哼："算你识相。"要是敢当着一个女孩子的面说她胖，苏愆绝对是不想活了！

结果话音刚落，文心的眼前就出现了一袋核桃。苏愆神情淡然地说道："你可以多吃点儿这个，滋补健康。"

"……苏愆！"文心咬牙切齿。敢当着一个女孩子的面暗示她笨，苏愆绝对是不想留全尸了！

苏愆并没有意识到自己做错了什么，更不知道文心为什么瞪了他一路，凶神恶煞，仿佛要将他生吞活剥。

"文心？"一道熟悉的声音突然从身后传来。

文心和苏愆同时回头，就见叶安安提着购物篮朝他们走了过来。一件呢料格子收腰大衣，将叶安安整个人衬托得高挑优雅，每走一步都自有风情。

文心笑着和叶安安打招呼："安安，你也在这边买东西吗？好巧！"

叶安安没有回答文心，犀利的目光在文心和苏愆之间逡巡，迟疑地问道："你们这是……重归于好了？"

"其实……"文心想告诉叶安安事情的来龙去脉，但苏愆却不动声色地拉了拉她的袖子。

她抬起头正要开口问他怎么了,他却突然握住了她的手,脸色如常地看向叶安安:"我和文心准备订婚了,我将会成为文家未来的上门女婿。"

"啊!"文心和叶安安都目瞪口呆地看向了苏愆。

"你和他……"叶安安难以置信地捂住了嘴。

文心再次想要开口解释,苏愆却抢先一步说道:"我们在楼上租了房子,你是文心的朋友,有空可以多过来陪陪她。"

"好了,"苏愆拉走还没反应过来的文心,"菜都买齐了,回去做饭吧。"

文心什么时候跟苏愆好上的?而且居然就要订婚了?怎么可以!目送两人渐行渐远的身影,叶安安的脸色越发阴郁,拳头下意识地攥紧。

"小姐,小姐?"一声礼貌的呼唤拉回了叶安安的思绪。

叶安安冲对面微微一笑,百媚顿生:"怎么了吗?"

导购员指了指她的手:"鸡蛋……"

叶安安低头一看,才发现自己不知道什么时候捏碎了架子上的一盒鸡蛋。她连忙将鸡蛋放到了购物篮里,收起目光中的狠戾,满脸歉意道:"不好意思,我会买下这盒鸡蛋的。"

♥ 05 ♥

昏暗的路灯幽幽地洒落下来,将人的影子拉得很长很长。

"苏愆,你刚刚的话是什么意思?"文心仰起脸质问苏愆。订婚是什么情况?上门女婿是什么情况?

"这么做的原因,我现在还不能告诉你,"苏愆目光如炬,从容不迫,似乎刚刚说的只是今夜的天气,而不是关乎文心一生的大事,

## 第七章 失眠症之夜

"但是你配合好我，我会帮你治好你的失眠症。"

"你为什么要骗安安啊？"文心不解地问道，脑海里却闪过了一个念头，她惊诧地瞪大了眼睛，"莫非你觉得我的失眠症和安安有关？怎么可能！"

"现在都只是我的猜测，但我会去证实，在此之前，需要你的配合。"

文心皱起了眉头。虽然她觉得苏愆的话很荒谬，她的失眠症怎么可能和叶安安有关？但宁可信其有，不可信其无。她订婚的谣言对叶安安似乎也造成不了什么影响，而且很快会被识破。

文心点了点头："你需要我怎么配合？"

"什么都不要插手，不要澄清，也不要跟其他人再提起我可以缓解你失眠症的事情，其余的我会处理。"一阵风吹了过来，苏愆下意识地打了个冷战，将拉链拉高，转过身催促道，"回去了。"

"你为什么突然这么积极要帮我？"文心跟了上去，抬头注视着苏愆的侧颜。灯光下，他的轮廓像是被蒙上了一层毛茸茸的光圈。

是啊，为什么呢？文心怎么样，明明跟他没有多大关系。苏愆叹了口气："你痊愈了，就不用我一直陪着你了。"他大概只是想早些和她划清界限吧。

"哦……"文心撇了撇嘴，心里很不是滋味。

苏愆下厨，文心打下手，厨房里缓缓飘出了令人垂涎的香味，勾得客厅里的三个女生一个劲儿地咽口水。

虽然不是第一次看苏愆下厨，但文心还是不得不惊叹。无论是刀工还是厨艺，与五星级酒店的大厨相比，苏愆也毫不逊色。下刀快

准狠,毫不犹豫,切出来的肉片厚薄一致,纹理完整,菜丁大小相同,如同复制出来的一般。翻炒、颠锅,一气呵成,受热均匀。调味把控得非常精准,不过握着勺子稍稍一掂量,就能把味道控制得恰到好处。

厨房里充盈着菜的香味,一碟碟成品顺利装盘,色香味俱全。文心忍不住偷吃了一个肉丸子,肉汁鲜美,爽口弹牙,齿颊留香。

"好吃!"文心忍不住发出了赞叹。心满意足地一抬头,就见苏愆站在她的跟前,眉毛微挑,一双深邃漆黑的眼眸淡淡地睥睨着她。有种小时候干坏事被长辈逮住的窘迫感。

文心咧开嘴笑了笑,重新执起筷子,夹了个肉丸子,送到苏愆唇边,目光盈盈。苏愆怔忡了片刻,张嘴咬住了肉丸子。

文心得意地笑着:"我们是一起偷吃的共犯啦。"

苏愆没有说话,脸颊却微微浮起了一抹红晕。

安琦从门口探出头来,打趣地嘟囔道:"好了没有哦?室长和小陶都很饿了……我现在吃了顿狗粮,感觉就没这么饿了。"

文心走过去捏住安琦的嘴,瞪她一眼,故作凶狠:"敢再乱说话,看我不撕碎你的嘴。"

"小的不敢,大人请息怒。"安琦喜笑颜开地陪着文心嬉闹。安琦觉得,自从这个叫苏愆的男生出现后,文心活泼开朗了许多。

"好好吃!"尝过苏愆的厨艺后,宿舍的三个女生都被俘虏了。

室长感觉吃过这一顿以后,再回去吃饭堂可能会食不知味了。室长揶揄道:"都说想征服一个女孩子,就要先征服她的胃,我们文心就是这样被你征服的吗?"

"我才没有被征服呢!"文心从碗里抬起了头,表明自己的立场。

## 第七章 失眠症之夜

"但至少你的胃已经被征服了。"安琦笑着给文心递了张纸巾,"擦擦你的嘴吧,你能不能吃得斯文点儿?"

小陶好奇地问苏怼:"你是从哪里学的?怎么这么会做饭?要不是知道你在读书,还以为你是酒店大厨呢。"

"我的确在酒店当过厨师。"苏怼语气平淡地说道。

"啊?"三个女生都愣了。

文心解释道:"苏怼高中的时候经常去兼职,一天可能会兼职七八份工,什么行业都有涉及。"

"哦……"看来传言没有说错,果然是家境贫困啊。

吃饱喝足后,三个女生看时间不早,该回宿舍复习去了。临走前,安琦还叮嘱文心明天记得早点儿起床,期末考试别迟到了。

文心在楼下送走室友们,心情愉悦地回到了房子里。刚关上门,一道颀长的身影却落在了她的身上,挡住了所有的光。

文心愣了愣,转过身就见苏怼居高临下地俯视着她,双手撑着门,将她控制在了两臂之间。

文心脸颊微红,尴尬地扬起了个笑容:"苏怼,怎……怎么了……"

苏怼面无表情,一双黑曜石般的眼眸紧紧地锁着她,像黑洞一般,仿佛在吸走她的灵魂。他的声音低沉而富有磁性:"说了不许带第三个人进来,你还多带了第四第五个。"

"呵呵。"文心别过脸,强颜欢笑。

苏怼俯下身,他身上属于男性的刚阳气息渐渐逼近,湿热的鼻息喷洒到她的耳朵上,痒痒的。他微启薄唇,在她耳边说道:"去把今天的碗筷全部洗了,下不为例。"

"知……知道啦！"文心的脸涨得通红。

苏愆轻笑了一声，收起了禁锢文心的手臂，轻轻揉了揉她的头发："加油吧。"说罢，他双手插进裤袋，不紧不慢地坐在客厅，打开了电视。

文心伸手摸了摸头发，心扑通扑通的，久久不能平复。她怔怔地走到厨房，看着满满一摞的碗碟，终于明白苏愆刚刚的"加油"是什么意思。文心欲哭无泪，哭笑不得："苏愆，我们还是买个洗碗机吧……"大冬天的，谁爱洗碗啊！

苏愆回头朝厨房看了一眼，厨房里的人，一脸崩溃的模样，他的眼眸中不自觉地溢出了浅浅的笑意："在买洗碗机之前，你还是认认真真地把碗洗了吧。"

文心的手机正静静地摆放在茶几上，苏愆拿起手机，轻轻滑开，没有密码。通讯录的最上方，是备注"爸"的号码，苏愆按下了拨打键，起身走到了阳台。黑暗中，他的眼眸明若星辰："文先生，是我，苏愆……有个交易，我想跟你谈谈。"

今夜无月，风吹得窗户噼啪作响，据闻明天将迎来今年的第一场雪。

屋内的暖气开得很足，叶安安倚靠在床边，看着窗外北风卷地，车来车往，行人匆匆，目光越发深沉。耳边是漫长的等待音："嘟，嘟，嘟……"规律却又令人烦躁。

不知道过了多久，对方才接起了电话："安安？"声音透过电波传送过来，和平日里不太一样，带着点儿沙哑和性感。她已经半个月没见到他了。

## 第七章
### 失眠症之夜

"昭然哥……"叶安安轻轻地唤了一声,正要说什么,却听见电话那头传来了女人甜美的呼唤——"Honey, Are you finished yet?"(甜心,你还没结束吗?)

紧接着是徐昭然安抚的声音:"Hold on a moment.I'm almost done."(等一下,马上就好了。)

"安安,有什么事吗?抱歉,我这边有点儿忙。"徐昭然温柔地说道。

叶安安握紧了拳头,指甲掐进了皮肉里,表情变得狰狞,但语气还是娇滴滴:"昭然哥,我听说文心和苏怨,在一起了……还订婚了?"

徐昭然"扑哧"一笑:"你在哪里听说的?我这边一点儿消息都没有。"

"今天我在超市见到了文心和苏怨在一起,苏怨当着我和文心的面亲口说的,文心并没有反驳。"叶安安抿了抿唇,"昭然哥,我们一直努力做的很快就能实现了,出什么差错,就功亏一篑了啊。"

"嗯,我知道了,我会去调查清楚的。"徐昭然扶了扶眼镜,镜片中折射出一片诡异的光泽来,"辛苦你了,安安。"

叶安安听见徐昭然道谢的话,幸福地笑了起来:"只要能打开昭然哥的心结,做什么我都是愿意的,只要昭然哥开心……"

只要他开心,她愿意为他做任何事。

 06 

深夜,台灯下,文心在为明天的英语考试做最后的奋战。手机突然振动了一下,文心拿起手机看了一眼,是苏怨的短信——

"看窗外。"

　　文心走到窗边，一拉窗帘，就见纷纷扬扬的雪末儿从天而降，丝丝绒绒，在路灯的照耀下，散发着晶莹剔透的光。

　　"真漂亮。"文心不由得赞叹道。低下头想要回一条短信，手机响起来，屏幕上闪烁着叶安安的名字。这大晚上的，叶安安给她打电话做什么呢？

　　文心接起电话，叶安安的声音就从手机中传了过来，带着满满的难以置信与质疑："小心！今天苏愆说的话是真的吗？你和他订婚了？什么时候的事？怎么我一直没有听你说起过？"

　　"呃……"文心想了想，苏愆让她配合他，她就配合吧，"就这几天的事情。"

　　叶安安的情绪突然激动了起来："苏愆是什么人你不是很清楚吗？你当年都跟他断绝来往了，现在怎么又和他好上了呢？难道你没听过他的传闻吗？他简直就是个臭虫！你真的要嫁给这样的人，你是头脑发热和我在开玩笑吧？"叶安安在电话那头吼了许久。

　　文心不知道叶安安为什么会因为这件事这么激动。

　　"我知道苏愆他绝对不是大奸大恶的人。"文心说道。

　　叶安安愤恨地大叫："但是，小心，你是华盛的千金大小姐。人又聪明，漂亮，有才华！他根本配不上你。"

　　"对。他配不上我。"这一点，文心点了点头，表示赞同。苏愆那个面瘫、可恶、穷得要死的家伙，怎么可能配得上她！

　　"你知道他配不上你，你为什么还要嫁给他？你告诉我，是他胁迫你的，用不光彩的手段威胁你的。你告诉我真相，我去报警！这种臭虫就应该把他投到监狱里！让他吃个十年八年的牢饭！"她一声声尖叫着，说出来的话越来越刻薄。

## 第七章
### 失眠症之夜

要嫁人的是文心,可叶安安失仪的态度,却让文心忍不住以为嫁给苏愆的人,是她而不是自己。文心突然轻快地笑了。

"笑?你还笑得出来?"

文心却微笑从容,不慌不忙地说道:"他也没这么糟糕吧,而且他娶了我,他就什么烂账都能贴上了啊。"

"你……你……"叶安安恨铁不成钢。

"是。现在的苏愆什么都没有……可华盛却是什么都有的。他没有的东西,我都有。他想要的东西,我都可以给他。华盛什么都不多,钱却是最多的。"虽然和苏愆现在的"订婚",只是一场闹剧,但文心字字句句所言非虚。

"小心,你……"

"好了……"文心打断叶安安的话,看了看时间,已经凌晨一点了,"很晚了,我要睡了,明天还要考试呢。"

"小心!"叶安安锲而不舍,但文心已经挂了电话,回应她的是冰冷的"嘟嘟嘟……"的忙音。

叶安安咬牙切齿地跌坐在床上,一张好看的脸蛋变得阴沉可怕。她从口袋中掏出一个精致的怀表,攥紧:"小心,你不要怪我……我也是迫不得已……为了昭然哥,我必须这么做。"

文心挂了电话,打着哈欠躺到了床上,但辗转了近一个小时,居然都睡不着,明明已经很困了,而且苏愆就在隔壁房间啊……难道一定要在他的身边,才能缓解失眠?

文心揉了揉太阳穴:"老天啊,求求你放过我吧。"

两分钟后,苏愆的房门被人敲响。苏愆刚刚睡着,就被敲门声吵醒了。他皱着眉头,掀开被子下床,语气中带着不悦:"你又怎么了?"

门一打开,就见文心抱着个枕头,扬起脸冲他傻兮兮地笑了笑:"苏怨,我可能需要你帮忙。"

苏怨面无表情地要关上门,文心赶紧用枕头卡住门缝:"我知道,但是我睡不着啊……你不在旁边,我又失眠了。"

苏怨松开关门的手,长长地叹了口气:"进来吧。"

苏怨不耐烦地将床上的枕头和被子扔到地上,文心走过去问他:"你怎么了?"

"我睡地上,床给你睡。"

"地上好冷哎。"

"有地暖。"

"地板硬邦邦的……"

苏怨瞪了文心一眼:"你还睡不睡,不睡就回自己房间去。"

文心赶紧在床上躺好:"睡睡睡。"

苏怨关了灯。文心听见地上传来一阵钻入被窝的窸窣的声音。

床上还有苏怨的体温,以及苏怨身上的味道,感觉自己像被苏怨抱住了一般。文心的脸红了红,翻过身,滚到离苏怨最近的床边,轻声问道:"苏怨,你不会介意吧?"

"我不介意。"苏怨想都不想地说,"快睡吧,你明天不是要考试吗?"

"嗯……"文心撇了撇嘴,"那,晚安。"

"晚安。"

早晨的阳光从窗帘的缝隙间漏了进来,照到了文心身上。文心揉了揉眼睛,正准备起来,却发现自己不知道什么时候居然滚到了地

## 第七章
### 失眠症之夜

上……还躺在了苏愆身旁。

苏愆还没有醒过来,双眸紧闭着,睫毛如羽毛一般浓密细长。文心抬起眼眸打量着宛如一件艺术品的苏愆。心叹上天怎么可以这么偏心,制造出这么好看的男孩。

苏愆的睫毛微微颤动了两下,明眸缓缓睁开,略带沙哑的声音响了起来:"你怎么在这里?"

"……"文心赶紧闭上眼睛,翻个身装睡。

苏愆从地上坐了起来,看见本该在床上的被子被踢到了床的另一边,枕头更是不知所终,无可奈何地说:"你在宿舍没有从上铺掉下来摔死,真是个奇迹。"

♥ 07 ♥

断断续续地考了十五天的期末考后,文心迎来了寒假,而苏愆还要再等两天考完最后一个科目才开始放假。那么问题来了:回恒市后,文心的失眠症该怎么办?

虽然现在叶安安的母亲谭薇那边已经开始进行心理辅导,但是不可能一蹴而就,收效甚微。

文心在客厅的地毯上滚来滚去,滚到了苏愆脚边:"怎么办啊怎么办?我不会要再一次晕倒吧?"

苏愆正对着笔记本电脑不知道捣腾着什么,见文心瞪着一双水汪汪的大眼睛瞅着自己,他合上了笔记本:"说,你又想怎么样?"

"寒假我们在这里过吧?别回去了。"文心冲苏愆嘻嘻一笑。

"不行,这次寒假,必须回去。"苏愆不紧不慢地说道。

"啊……"文心继续滚来滚去,"那我们在恒市再找个房子合租？"

"不。我去你家住。"

"啊？"文心整个人从地上弹了起来，眼睛瞪成了铜铃般大，"你要到我家住？"苏怼不会是入戏太深，真把自己当成是她的未婚夫了吧？

两天后，文心和苏怼一起踏上了回恒市的路途。文家的司机早就在火车站门口等着了，见到了苏怼，司机一点儿都不感到惊讶，反而很热情地帮他将行李抬到了后备厢："老爷已经吩咐过张管家给您准备房间了。"

"嗯，"苏怼点了点头，神色平淡，一点儿都不意外，"谢谢。"

文心目瞪口呆，拉过苏怼，压低声音问他："你和我爸居然有联系？你们都说什么了？"

"秘密。"苏怼故弄玄虚，"反正这几天，你就把我当成是你真的未婚夫吧。好好配合我，你的失眠症很快就会痊愈了。"

文心狐疑地看了胸有成竹的苏怼一眼，妥协："好吧。"

为了治疗好失眠症，苏怼让她喊他老公，她都认了。回想起昏迷刚醒过来时的自己，文心至今心有余悸。那时候铺天盖地的绝望，她仿佛被种种负面的情绪操控，变得完全不像自己。

汽车穿过大街小巷，最终在星辰花园的别墅区停下。张萍给苏怼安排的卧室就在文心的卧室旁边。

"床单被套都是新的，里面的家具和地板都已经消过毒了，日用品也备齐了，如果还有什么需要的可以再吩咐我去购买。"张萍跟苏怼一一交代。

苏怼收拾完行李，要回家一趟，文心本来要喊司机去送他，但被

## 第七章
### 失眠症之夜

苏愆拒绝了:"我打车回去就可以了。"

"那你什么时候回来?"文心问道。

"晚上吧,我陪我妹妹弟弟吃完饭再过来。"

苏愆转身要离开,文心拉住了他:"你在这里等等我。"

话音刚落,她就一溜烟跑回了卧室,没多久,又急匆匆地跑了出来,踮起脚尖,给苏愆戴上了一个毛茸茸的保暖耳罩。苏愆只觉得耳朵一暖,心也跟着一暖。

苏愆冷冰冰的一张脸配上可爱的耳罩,居然一点儿都不违和,帅气中透着一点儿萌。文心笑着拍了拍苏愆的肩:"感觉恒市比北京还冷,你这么怕冷,再戴个耳罩吧,路上小心。"

苏愆"嗯"了一声,眉目间的淡漠似乎融化了一些。

苏愆离开没多久,文心就接到了叶安安的电话,喊她出去滑雪:"城南新开的滑雪场,小心,要一起去玩吗?"

文心躺在床上,四肢伸展开来,累得不行:"改天吧,今天刚回来,累啊。"

"听说是你的高中同学开的哦,就是跟你关系很好的那个胖子。"叶安安锲而不舍地引诱道。

"胖子?"自从上大学后,她和胖子就很少联系了,听说他高考考得不好,索性不去读书,另谋出路了。

叶安安继续问道:"你到底来不来啊?昭然哥也一起去,还有达子和巧巧。"达子和巧巧是叶安安的朋友,他们的父母都是商界大鳄,文心在一些宴会上经常会见到他们,算是点头之交。

"那我也去吧。"

"我们现在过去接你,你十分钟后出来。"

　　飞扬滑雪场依山而建,蔚蓝色的天幕下,大片大片的白云与皑皑的雪山接连一线,一眼望过去银装素裹,仿佛进入了世外桃源,美不胜收。滑雪场生意不错,人群熙熙攘攘的,雪道上大多数是身穿滑雪服、脚踩滑雪板的年轻人和小孩儿。

　　徐昭然去找车位停车,其他人先到前台买入场券和租用滑雪器材。因为人手不够,胖子这个小老板也不得不出来帮忙,文心在器材处碰见他时,差点儿没认出来。当时胖子正帮一个小孩子穿戴滑雪服,他一抬头,看见文心站在不远处愣愣地打量着自己,"扑哧"一笑,朝她打了声招呼:"文心姐!"

　　被顾客闹得烦躁的心情豁然开朗,胖子的脸上扬起了明媚的笑容。文心还是从前的模样……哦,不,比以前更漂亮了。

　　许久不见,胖子瘦了很多,竟出落成翩翩少年郎了。果然每个胖子都是潜力股。

　　"胖子,什么时候瘦下来了?我都认不出来了,变得这么帅。"文心走过去,调侃道。

　　胖子不好意思地挠了挠后脑勺儿:"高三的时候开始瘦的,这么说来,我们快两年没有见过了吧。听说你考到了北京大学的医学院了?厉害了我的姐。"

　　"你也不差啊,混得很不错嘛,"文心指了指前台排着的长队伍,"都成老板了。"

　　"哪里是什么老板,和朋友合伙做点儿小生意而已。来……"胖子把文心推到一排排滑雪器材前,故作谄媚之态,"让小弟我伺候好姐姐,给姐姐挑一套极品装备。"

　　文心小时候学过滑雪,虽然多年没有滑过了,但基本操作还记

## 第七章
### 失眠症之夜

得。但巧巧不会滑雪,胖子说文心姐的朋友就是他的朋友,特地过来教她。

众人穿戴好滑雪服,走到了滑雪场上。叶安安凑近文心,问她:"你未婚夫呢,怎么不一起过来?"

胖子因为从前上课经常偷偷玩手游,早练出了耳听八方的能力,瞪大眼睛一脸惊诧:"我的姐,你都有未婚夫了?怎么认识的?长得帅吗?是不是很有才?"

"帅不帅见仁见智吧,智商的确挺高,要不然怎么拿到北大保送名额,怎么考上清华是吧?"叶安安戳了下文心,"我承认刚听说你和苏愆订婚了有些激动,但我也是关心你啊,抱歉了小心。"

"苏……苏愆!"胖子的下巴都快掉雪地上了,"文心姐你不是前段时间才问我要学神的手机号码吗?还说不可能跟他好……这,怎么就订婚了呢?"

这爱情来得太快就像龙卷风。胖子表示学不来啊学不来。

文心不知道该说什么才好,她跟苏愆只是假订婚啊,怎么就搞得人尽皆知了呢?以后等到事情解决了,取消订婚,岂不是尴尬得要死吗?

文心呵呵地笑了笑:"就……这几天的事。"

"你们结婚记得别忘了请我喝喜酒啊,我可是见证你们爱情萌芽的人。"虽然关于苏愆的谣言很多,但作为和苏愆多年的同学,他还是更愿意相信苏愆的为人。

如果说文心是胖子学生时代最亲近的大姐头,那么苏愆就是他学生时代最憧憬的人。谁不想像苏愆一样驰骋考场,站在最闪耀的地方,睥睨众生,意气风发?

文心点了点头:"当然。"虽然应该不会有这么一天,她在心里

默默地补上了一句。

　　胖子教巧巧踩着滑雪板朝雪地行走，其他人都走上坡地滑雪。滑雪场上有高、中、低不同层次的滑雪道，如同银色的巨蟒，静卧在褐色的山岭之上。徐昭然和达子乘缆车到最高的滑雪道，文心和叶安安则在中低段徘徊。

　　脚踩滑雪板，双手拄杖，身体微微向前倾，呼呼的风声在耳边呼啸而过，文心忍不住大叫了起来，发泄掉所有的不满和郁闷，前所未有的舒畅感铺天盖地而来。

　　几个回合过后，文心累得撑着膝盖喘息，叶安安擦了把汗，两人相视一笑。叶安安提议："我们去喝杯热饮，休息下吧。"

　　"好。"

　　滑雪场旁边就有一个饮品室，里面坐了不少人。叶安安要去卫生间，文心点了杯姜汁可乐和热可可坐在角落等她。摸出手机看了看有没有信息，界面干干净净的，连条新闻都没有。

　　文心瞥了瞥，点开微信里苏恝的头像："回到家了吗？"

　　"文心……"耳边传来叶安安轻轻的呼唤，文心抬起头，还没来得及说话，就见一个怀表从叶安安的手中滑落，悬挂在半空中，一下一下地左右摇摆。

　　文心的目光像着了魔一般，被怀表吸引住了，眼珠子随着怀表的摇摆而左右移动。耳边的喧闹逐渐远去，内心一片平静，只有怀表"嘀嗒嘀嗒"的响声。

　　"文心……你内心的那个小女孩，还好吗？"叶安安静静地微笑着，温柔恬静的声音像温暖的怀抱，将文心紧紧地包裹住。文心的眼神逐渐浑浊迷离，意识渐渐游离，眼前似乎出现了梦中的那个小女孩，小女孩正对着她细细地抽泣。

"她……在哭……"

"她为什么哭泣呢？"

"因为她觉得自己很没用，觉得自己不应该存在在这个世界上……"

叶安安的笑容更加温柔："那你愿意满足她的心愿吗？"

"我……"文心缓缓地站了起来，表情呆滞，"我愿意……我不想看到她哭……"

♥ 08 ♥

正在高段滑雪道比赛的徐昭然和达子，突然看见叶安安气喘吁吁地跑了过来，一脸慌张。达子疑惑地问道："安安，发生什么事了？怎么慌慌张张的？"

"昭然哥，你有见到文心吗？"叶安安一脸无措地顺着气，额上全是汗水。

徐昭然摇了摇头："没有，你不是和她在一起吗？"

"我们滑累了要去饮品室喝东西，结果我去了趟洗手间回来，她就不见了……"叶安安从口袋里掏出一部手机，说道，"但她的手机却留在了桌面上。"

"是不是她去了什么地方，但是忘了拿手机？"达子问道。

"其他地方我都找过了，都没看到她。"

徐昭然摘下滑雪板："我们一起再找找吧。"

巧巧和叶安安在滑雪场内寻找，徐昭然、达子和胖子则到附近的树林里去找文心。胖子和这些人都不熟，留了个心眼，给苏愈

打了个电话:"学神,文心姐失踪了!你快来飞扬滑雪场,地址是……"

苏悠点了点头:"知道了,我现在就过去。"

过了一个多小时,苏悠赶到,胖子过去迎接,其他人还在搜寻,却一无所获。苏悠问胖子:"滑雪场有没有安装摄像头?"

"有,但是很奇怪……"胖子将苏悠带到了监控室,调出了一段监控视频。视频中,从文心和叶安安一起到饮品室,再到叶安安起身离开去卫生间的一段都很正常。但叶安安离开没多久,文心不知道为什么突然站了起来,一个人走出了饮品室,之后的视频里就没有了文心的身影。

"文心姐好像是从监控的盲点区域离开的。"胖子感觉到不可思议,"为什么文心姐能够这么完美地避开所有摄像头呢?这点我觉得很神奇。"

苏悠反复地看了几遍监控视频,最终在文心坐在饮品室低头看着手机的地方按下了暂停键。他看了看微信上文心发来消息的时间,和监控上显示的时间基本一致。

发完信息后,文心抬起了头。苏悠在这里再次按下了暂停键:"她好像在和谁说着话。而且从她的表情上看,并没有紧张感,很自然,应该是熟人。"

"但是文心姐的熟人,就我们几个啊。我、巧巧、徐昭然、达子和叶安安,我们都有不在场证明。我在教巧巧滑雪,徐昭然和达子在滑雪道比赛,叶安安去了卫生间……"胖子调出了卫生间附近的监控视频,证实叶安安的确在文心失踪前进去了卫生间,在文心失踪后才从卫生间出来。

## 第七章
### 失眠症之夜

"既然文心有可能在监控盲点离开,那么叶安安也有可能从监控盲点出来。"

"苏恣,你这是什么意思?"监控室门口传来了叶安安怒气冲冲的声音。

胖子和苏恣一回头,就见巧巧和叶安安都站在了身后。巧巧朝胖子摇了摇头:"我们找遍了整个滑雪场,都没有找到。"

胖子叹了口气,遗憾道:"我看遍了所有监控,也没有找到人。"

"苏恣,"叶安安逼近苏恣,双手叉腰,满脸怒意,"你是想说文心是被我藏起来了?"

"难道不是吗?"苏恣目光如炬地直视叶安安,嘴角勾起一抹淡淡的嘲讽的笑意。

"你!我可是小心从小到大的好朋友!"

这时,达子和徐昭然也回来了。徐昭然将叶安安拉到身后,一脸坦荡地注视着苏恣:"指控人之前,请拿出证据。"

"天网恢恢,疏而不漏,做过的事情总会留下蛛丝马迹。"苏恣面无表情地站了起来,经过叶安安和徐昭然时,轻轻地笑了一声,"徐昭然,你应该一直很清楚,我了解你内心的秘密。"徐昭然扶了扶眼镜,没有说话。

文心的这次失踪,惊动了文家的长辈,文盛达、钱媛媛和文露都赶回了文家。叶安安和徐昭然眼观鼻、鼻观心地站在长辈们面前忏悔:"是我们没有看好文心,我们不应该带她到滑雪场去的……"

文露的目光落在了沙发上的少年身上,挑了挑眉,问文盛达:

"这是谁?"

"文心的未婚夫。"文盛达平静地介绍道。

"什么?"文露一脸震惊地站了起来,"为什么文心有未婚夫了,我却一点儿都没听说过?文盛达,你到底有没有将我这个妹妹放在眼里?"

"都是文心的选择,现在的年轻人不是我们可以控制得住的,"钱媛媛打圆场,"而且前段时间文心检查出有轻度的抑郁症,我们都不敢刺激她。"

文露不满地打量着苏怂:"这是哪家的公子?家境如何?背景怎么样?"

"阿姨……"叶安安弱弱地出声,"这是你以前问过我的那个人……苏怂。"

当年文心被苏怂伤害后一蹶不振,文露曾问过叶安安事情的来龙去脉,因此听说过苏怂的事情,自然也知道苏怂的"斑斑劣迹"。

"什么?"文露拍案而起,"我不同意!"

"现在不是讨论这些事情的时候。"文盛达板着脸说道,"一切等找到了文心再说吧。"

时间一点儿一点儿地流逝,离文心失踪已经过去了八个小时。华盛集团出动了所有人力,以恒市城南为中心发散寻找,范围覆盖了整个恒市乃至周边城市。

文家老宅的气氛越发凝重,客厅里,只有苏怂敲打键盘的声音。文露偶尔抬头看苏怂一眼,目光中全是不满与嫌弃。

直到深夜十二点,一阵手机铃声打破了沉静。文盛达接起电话,目光渐渐变得深沉。文露疑惑地看向他,急切地问道:"是不是有文

## 第七章 失眠症之夜

心的消息了？"

"有人在华盛大厦楼顶，见到了她。"

徐昭然眉头紧蹙："文心去那里做什么？"

"情绪颓靡，意欲跳楼。真是有损家风……"文盛达愤怒地挂掉了手机，站了起来往门外走去，"老康，送我回华盛大厦。"

司机唯唯诺诺地为文盛达推开大门："是。"

其他人都纷纷跟上，唯独苏愆还气定神闲地坐在沙发上，嘴角微微上扬出一个志在必得的弧度。

华盛大厦是恒市最高的标志性建筑物，一共九十三层，鹤立鸡群，高耸入云，站在楼底下仰望，根本看不到顶。消防员早在楼下摆好了救生气垫，但由于楼层太高，不知道气垫能不能承受得了坠楼的冲击力。

文心站在天台边沿，情绪极度不稳定，风将她的衣服吹得鼓鼓的，她像一片虚弱单薄的白纸，摇摇欲坠，仿佛随时随地都会飘走。文盛达等人赶到时，谈判专家已经在和文心周旋，但文心似乎什么都听不进去，只是一个劲地在呢喃着："求求你……不要哭了……我什么事都答应了，只要你不要再哭。"

文心居然会有在自家公司楼顶上轻生的念头！文盛达宁愿文心真的被绑架，被劫持，也不愿意看到她企图自杀！她是华盛集团唯一的继承人，文家的大小姐，竟连生的勇气都没有，随意践踏自己的生命，以后还怎么继承整个华盛集团？他怎敢将手底下数千人的未来交付到她的手上！

文盛达板着脸，想上前将文心骂醒，却被警方阻止了："文先生，不宜刺激轻生者，您还是先留在这里，等适当的时机，我们会安

排您出面的。"

"我说了,你不能哭!董事长见到,会生气的,你听到没有!"刚刚还苦苦哀求的文心突然变得激动,一脸不满地冲着空气大叫,咬牙切齿,"身为华盛集团的继承人,你知道自己该怎么做了吗?"文盛达微微一愣,这是他过去时常对文心说的话。

不多久,文心的私人心理治疗师谭薇也赶到了。谭薇说:"文心有抑郁症倾向,从她现在的状态来看,她有可能躲在了自己的世界里,拒绝和外界沟通。我建议可以让她亲近的人试图和她进行一些日常的沟通,比如唤一声她的名字,看她的反应,然后引导她慢慢走出来,但不能刺激到她。"

文盛达和文露表示可以尝试谭薇的建议,在场的文心的亲人和朋友挨个叫了文心一声。先是文心的父亲文盛达,然后是文心的母亲钱媛媛,再是文心的姑姑文露,文心的表哥徐昭然,文心的好朋友叶安安……

文心均是目光涣散,一直在自言自语,直到叶安安轻轻地唤了一声:"小心……"文心突然微微笑了起来,朝她挥了挥手,打招呼:"安安啊,你怎么来了?"

"……"所有人的目光都落在了叶安安身上。

叶安安咽了口唾沫,不知所措地看向谭薇。谭薇轻声道:"她既然对你有反应,你试着和她说说话,让她回忆起一些美好的事情,引导她往你这边走过来。"

"嗯。"叶安安艰难地点了点头。

"小心,你还记得当年我们一起守着流星雨许愿的事情吗?"叶安安强颜欢笑地对文心说。

文心点了点头:"我当时许下了愿望,希望成为一个救死扶伤的

## 第七章
### 失眠症之夜

医生,而你的愿望是要嫁给徐昭然。"

叶安安的脸猛地一红,硬着头皮继续引导:"后来你凭借自己的努力,考上了北京大学医学院,愿望实现了一半了。小心,再过几年,等你学成毕业,愿望就能实现,你怎么可以现在就放弃呢?"

"我……没有要放弃!"文心的情绪再次激动了起来。

谭薇拉住叶安安,压低声音提醒道:"不要提她轻生的事情!不要让她想起现在的绝境!"

但叶安安却没有听谭薇的话,依然嚷嚷道:"你现在往下一跳,不就是放弃了你的人生了吗?"

"安安!"谭薇皱紧了眉头。

文心抱着脑袋,情绪失控地大叫道:"我没有放弃!是她……是她一直在哭!求我让她解脱!"脚底下一滑,文心如纸鸢一般,飞出了天台。

所有人都久久回不过神来,直到楼下传来一阵惊叫:"啊!"

"文心!"钱媛媛和文露赶紧跑到刚刚文心还站着的位置,往下望去,但楼下一片漆黑,什么都看不清楚。

叶安安则重重地跌坐在了地上,发鬓被汗水濡湿,手心全是汗水。一切……终于都结束了吗?

她将脸深深地埋进了双臂之间,眼泪肆意地在流淌着,嘴角却含着一抹笑意,哭声似哭非哭:"小心……"

♥ 09 ♥

"你是新搬来的邻居吗?"

四岁的叶安安搬了新家,没想到隔壁住了个好看的小哥哥。小哥

哥笑起来甜甜的,像她最爱的棉花糖。她点了点头:"嗯,我叫叶安安,小哥哥叫什么名字呢?"

"徐昭然。"

从幼儿园开始,叶安安便喜欢隔壁家的小哥哥徐昭然。徐昭然总是温柔善良,包容着她所有的小脾气。但一切在徐昭然的十三岁生日那天改变了,徐昭然和叶安安在文露的房间里,翻出了徐昭然的领养证,徐昭然突然发现,原来自己根本不是文露的孩子。他温柔的内心,突然裂开了一条缝隙。

同年,徐昭然在钢琴大赛中再一次输给了苏愆,他内心的缝隙不断扩大,最终成了无底的黑洞。而叶安安为了治愈徐昭然内心的黑洞,费尽心思。

苏愆的银铛入狱、被冤偷窃,文心的绑架事件、故意伤人事件,甚至是后来的精神性失眠症,背后都有叶安安的影子。文心和苏愆,是徐昭然心中的刺,她要替徐昭然一一铲除。

所以,现在只要文心一死,优秀的徐昭然最有可能替代文心,成为文家的继承人……她算不算是成功了呢?可心为什么会这么痛?

叶安安一闭上眼睛,都是文心的音容笑貌。

苏愆不紧不慢地走到了叶安安身旁,递给她一张纸巾,面无表情地问道:"你成功了,开心吗?故意刺激文心,逼迫她跳楼,神不知鬼不觉地达成了自己的目的,应该很有成就感吧?"

叶安安调整了下心情,吸了吸鼻子,抬起头,剜了苏愆一眼:"我不知道你在说什么。"

"你真的不知道吗?"苏愆勾着嘴角笑了笑,但目光中却尽是寒芒。他从口袋里掏出了一支录音笔,点开播放,录音笔里传出了叶安

## 第七章 失眠症之夜

安和文心的对话——

"文心……你内心的那个小女孩,还好吗?"

"她……在哭……"

"她为什么哭泣呢?"

"因为她觉得自己很没用,觉得自己不应该存在在这个世界上……"

"那你愿意满足她的心愿吗?"

"我愿意……我不想看到她哭……"

叶安安一脸震惊,眼睛瞪得如铜铃一般大:"你怎么会……"她想要去抢苏愆手中的录音笔,却被苏愆轻描淡写地避开:"怎么?想要销毁证据?"

叶安安勉强露出一个淡笑,"对,我是和文心说过这些话,怎么?苏愆,你要用它给我定罪吗?我和闺蜜聊天的玩笑而已。"

"叶安安,你是学心理的,应该听说过'催眠'这个词,"苏愆蹲下身,与叶安安平视,语气平淡,"你不仅听说过,还十分精通。"

"你说什么?我听不懂。"叶安安的脸色僵硬,避开苏愆凛冽目光的直视。

苏愆拿出了一条玉制的天鹅坠子:"这是你送给文心的天鹅玉坠,上面含有镇定安神的花香味。如果我没有了解错,利用这些花香,更容易进行催眠。你担心自己的催眠无法一次成功,会使文心怀疑,因此在两年前就埋下了伏笔,常年吸入安神香味的文心很容易就被你催眠。"

"……这都是你的一面之词,毫无根据。"叶安安站直身子,冷下脸,倒退一步,下意识地想离开。

苏愆一点儿也不急,嘴角一勾,没有抬头,只冷淡道:"你催眠文心,导致她夜夜失眠,并在每次催眠时给她施加心理压力,最终致使她患上了轻度的抑郁症,这会让她之后的催眠自杀,变得顺理成章。但我的出现让你乱了阵脚,你担心我和文心真的结婚,就算文心自杀去世了,徐昭然也没办法成为华盛集团的继承人。所以你要趁我和她还没订婚前,害死她。"

"你血口喷人!"叶安安捂住耳朵,下意识地想逃。

"可惜,我没有让你成功。"苏愆站了起来,侧了侧身子,让出了天台上电梯门的位置。电梯门缓缓敞开,文心从电梯里走了出来,出现在了叶安安的面前。

叶安安难以置信,刚刚文心明明已经……

不!错觉!她不可能还活着!叶安安脸色变幻莫测,尖叫着扯着头发:"你怎么没死?你怎么还活着?你活着……"

那昭然哥怎么办?叶安安以为自己心理素质过硬,可是看到文心的刹那,她觉得世界赫然坍塌,她的人生和努力都毁了。

文心目光复杂地看着叶安安:"我以为我们是闺蜜。"

"……"

"徐昭然真的那么重要?重要到让你能够毁灭自己?"文心心情复杂地问。

"这事和徐昭然无关,都是我一个人的谋划。"

在短暂的癫狂绝望之后,叶安安心如死灰,终于安静下来,眼底溅开一丝阴暗的悔意,却依然义无反顾地要替徐昭然顶罪。

文心叹了口气,把手机递给她,手机点开后,却是徐昭然在酒吧左拥右抱,冷冷嘲讽叶安安的画面。

## 第七章 失眠症之夜

文心问:"这样的徐昭然,你也愿意替他顶罪?"

叶安安没有说话,眼泪砸落地面。

叶安安最终被警方带走了,外加苏愆黑入徐昭然电脑取得的证据,徐昭然恐怕也无法脱罪。

事已定局,文心却依然心有余悸:"刚刚真的吓死我了,我还以为身上的降落伞打不开了。如果我打不开怎么办?"

"我会陪你一起。"苏愆的话淡淡的,却让文心倏然一愣:"一起?什么一起?"难不成,是她想的那样?一起跳?

"没什么。"苏愆别过头,不再解释,只是耳尖有淡淡的红。

"我没有想到事情会是这样的……"文心情绪有点儿低落,有些接受不了自己的闺蜜和表哥居然想害死自己,"不过,你是怎么发现我被安安催眠的?"

苏愆平静地说道:"三年前,我查到了徐昭然是养子的事情,揭穿了他内心的阴谋……然后……"

"等等,好端端的你干吗要查他?而且他当时不是你的金主吗?不过他当初跟我说给你两百万让你对我好,是觉得你一直对我爱理不理,所以想要帮我,我现在突然对他的话产生了怀疑。"一个想害死自己的人,怎么可能对自己这么好?

"他给我两百万,是想我狠狠地挫伤你的自尊心,当你向我告白后,让我当着所有人的面拒绝你。"

对于苏愆最后只是伤了她的自尊心,却没有害她在所有人面前丢脸的事情,文心不知道该哭还是该笑。

"你继续说,然后什么?"

"徐昭然最大的心结就是你和我,而叶安安喜欢徐昭然,可以为了帮徐昭然实现愿望在所不惜,再联系到她送给你的安神玉坠,以及她的家庭背景和专业……我有了一个想法,所以在你的身上放了GPS(定位器)和语音接收器。"

苏恋有可能在她身上放这两样东西的地方……

文心掏出了苏恋送给她的幸运符:"……"

"咯咯。"苏恋别过脸,看向窗外飞闪而过的景色,脸颊微微发烫。

"我就说……你怎么一下子就在树林里找到了我……"

今天下午,文心被叶安安催眠后,负面情绪爆棚。她也不知道自己是怎么走到滑雪场后面的树林里的,一心只想着找个地方偷偷地自己了断,然后苏恋及时出现,不顾她寻死觅活,直接将她放到肩上扛走了,还找了谭薇给她寻找解除催眠的方法……

谭薇一直没有往催眠的方面想,只当文心是寻常的抑郁症去治疗,所以收效甚微。结果催眠一解,文心的负面情绪全部消散,哪里还有半点儿抑郁症的苗头。

听完苏恋的一整套逻辑推理,文心忍不住竖起了大拇指:"苏学霸果然是神人……"

"所以,"苏恋的目光落在了文心一直挽着他的手上,"可以放我回家了?"

文心嘻嘻一笑:"这么晚了,要不还是在我家睡吧?你的行李都还在我家呢。"

"放手。"苏恋挑眉。

文心讪讪地收回了手:"哦。"

## 第七章
### 失眠症之夜

就在这时，苏愆的手机突然响了起来。苏愆一看，竟是妹妹苏七月。

"哥，你快来医院！爸爸……爸爸他……"电话里传来了苏七月火急火燎的声音。

苏愆目光一沉："爸爸怎么了？"

"反正你先过来吧！"苏七月挂了电话。

苏愆心情迅速沉下，都还没说话，文心却心领神会，忙吩咐司机："麻烦先到人民医院。"

汽车在人民医院前缓缓停下。苏愆一改平日的从容，迈开长腿朝住院部跑去。文心的小短腿在后面追得很是辛苦。

7楼5号病房的房门被猛地推开，苏七月回过头，泪流满面地唤了一声："哥。"

"爸他……"苏愆双唇紧抿，目光落到了病床上，病床已空无一人，声音都开始发哑："去哪里了？"

"在这里。"一个与苏愆眉目有几分相似的小少年从外面走了进来，他正推着一辆轮椅，轮椅上是已经睁开了双眼的苏父。

苏父的脸上没有半点儿表情，食指却在轻轻地敲着轮椅两侧，似乎想表达着什么。苏七月擦了擦脸上喜极而泣的泪水，解释道："爸爸刚刚醒过来了，但是其他机能还需要一段时间才能慢慢恢复，现在还没办法说话和走动。"

喜悦取代了苏愆目光中的慌乱。苏愆几度想要张嘴说话，却一个字都说不出口，一张俊脸涨得通红，攥成拳头的手在不断地颤抖。

铺天盖地的欢喜，让他无所适从。曾经千盼万盼的场景终于出现了！父亲他，终于……终于醒过来了……

　　文心微笑地抬起头，无意间看到了窗外的景色，目光再难移开。一缕晨曦破晓，划破了长空，黑暗的夹缝中，光芒分外耀眼。

　　"苏愆，你看，天已经亮了。"文心目光盈盈，眉目含笑。

　　所有黑暗的背后，都隐藏着一片美好的光明。也许关于文心和苏愆的故事，从这一刻，才刚刚开始。

（全文完）